自鞏洛舟行入
黃河卽事寄府縣僚友

공현의 낙수에서 배로 황하로 들어가며
즉흥시를 지어 부현의 벗들에게 부치다

강물 긴 푸른 산 뱃길은 동쪽을 향하고
동남쪽 사이 활짝 열려 드넓은 황하로 통하네
겨울 나무는 먼 하늘 끝에 닿아 희미하고
석양은 물결 속에서 사라져 간다

來水蒼山路向東
東南山豁大河通
寒樹依微遠天外
夕陽明滅亂流中

Fantastic Oriental Heroes

녹림투왕

녹림투왕 8

초우 新무협 판타지 소설

초판 1쇄 찍은 날 § 2006년 3월 23일
초판 1쇄 펴낸 날 § 2006년 3월 30일

지은이 § 초우
펴낸이 § 서경석

편집장 § 문혜영
편집책임 § 장상수
편집 § 최하나 · 문정흠

펴낸곳 § 도서출판 청어람
등록번호 § 제1081-1-89호
등록일자 § 1999. 5. 31
어람번호 § 제2-0870호

주소 § 경기도 부천시 원미구 심곡1동 350-1 남성B/D 3F (우) 420-011
전화 § 032-656-4452 팩스 § 032-656-4453
http://www.chungeoram.com
E-mail § eoram99@chollian.net

ⓒ 초우, 2005

ISBN 89-251-0051-7 04810
ISBN 89-5831-402-8 (세트)

幻影投劍

녹림투황 8

청어람

|목차|

第一章

음양합일(陰陽合一)

—남자가 하룻밤에 채워야 할 정량

남창.

포양호 서북부로 흘러드는 간장강 오른쪽에 위치한 남창은 강서성의 성도였다. 장시분지의 비옥한 땅을 끼고 있어서 농산물의 물자가 풍성한 곳이기도 하였다.

특히 차와 목화, 그리고 도자기로 유명한 곳이었다.

포양호와 간장강의 아름다움과 장시분지의 풍부한 물자들이 강서성을 발달시켰지만, 의외로 무림의 대문파들이 많지 않은 곳이기도 하였다. 그 이유는 강서성의 상권이 크다 보니 한 문파가 이곳을 장악하게 놔두지를 않았던 때문이다. 혹여 한 문파가 커지면 주변의 다른 문파들이 힘을 합해 공격을 하였다. 그래서 예로부터 수많은 문파들이 이곳에 터를 잡으려 하였지만, 모두 수십 년을 넘기지 못하였다.

하지만 육십 년 전 천군삼성의 한 명인 천검 백리장천이 이곳에 터를 잡으면서 강서성의 진정한 주인이 탄생하였고, 지금은 강남무림의 중심지 역할을 하는 곳이기도 하였다.

남창에서 이십여 리 떨어진 곳, 간장강이 내려다보이는 강가에는 삼남 일녀가 나란히 걷고 있었다. 그리고 그들의 뒤로 약 삼십 보의 거리를 두고 열두 명의 무사들이 뒤따르고 있었다.

그들은 바로 관표와 도종 엽고현, 그리고 호치백과 백리소소였다.

관표를 비롯한 모든 일행은 남창에서 사십 리 거리에 도착했을 때 배에서 내렸다. 방산군에게 미리 양해를 구하고 신법으로 강변에 도착한 다음 여기까지 걸어서 오다, 강의 경치가 너무 좋아 잠시 앉아서 이야기꽃을 피우는 중이었다.

호치백이 관표를 보면서 말했다.

"동생은 능력도 좋으이. 저렇게 아름다운 여자를 대체 어떻게 차지한 것인가? 나에게 그 비결 좀 알려주게."

관표가 멋쩍은 표정을 지으며 둘의 관계를 간략하게 말해주었다. 이야기를 들은 도종이 의연한 표정으로 말했다.

"인연이란 그런 것일세. 동생의 협의심이 좋은 인연을 만들었군. 그래, 혼인식은 했는가?"

관표가 멋쩍은 표정으로 말했다.

"아직 못했습니다. 그렇지 않아도 이번에 그 일로 처갓집에 가는 길입니다."

호치백이 박장대소하면서 말했다.

"하하, 그랬구먼. 그런데 자네는 참으로 담도 크이."

"그게 무슨 말입니까?"

"아니, 제수씨 같은 미인을 지금까지 그냥 두다니, 다른 사람이 당장이라도 채가면 어쩔 것인가?"

"설마 그러기야 하겠습니까? 그리고 소소의 무공이 제법이라 누가 채가기는 쉽지 않을 것입니다."

"쯧, 자네는 말귀를 알아듣지 못하는군. 자네 아직도 숫총각 맞지?"

관표의 얼굴이 붉어졌다.

옆에 있던 백리소소의 얼굴은 그것보다 더욱 붉어졌다.

천하의 여장부인 그녀지만, 역시 남녀 관계에 있어서는 아직 서툰 면이 있었다. 그리고 아직은 처녀인지라 그런 말을 듣고 보니 여간 민망스러운 것이 아니었다.

"형님, 그런 걸 갑자기 물으시면 곤란합니다."

"아니, 내가 뭐 잘못 물었나? 자네, 그럼 제수씨가 첫 여자가 아닌 모양이군. 허, 이거 큰일이군. 보아하니 제수씨가 힘도 좀 쓰시던데, 나중에 어찌 감당하려나?"

화들짝 놀란 관표가 기겁을 해서 대답하였다.

"그럴 리가 있겠습니까? 저는 맹세코 이제까지 소소 이외의 여자를 단 한 번도 접해본 적이 없습니다. 정말입니다."

관표는 말을 하다가 멈추었다.

옆에 있던 백리소소가 관표의 등을 꼬집은 것이다.

관표는 더욱 무안해서 어쩔 줄 몰라 하였고, 백리소소는 관표의 뒤에서 호치백을 매섭게 눈을 흘겼다. 그러나 그러면서도 가슴이 두근거리는 것은 어쩔 수 없는 듯 얼굴이 상기되어 있었다.

관표와 백리소소의 모습에 도종과 호치백이 껄껄 웃었다.

백리소소는 민망해서 은근히 고개를 돌리고 있었지만, 자신 이외에 다른 여자와 접해본 적이 없다는 관표의 말에 그녀는 어쩔 수 없이 기분이 좋아졌다.

"요것아, 너무 좋아하지 말아라."

호치백의 전음에 백리소소는 속내를 들킨 것을 알고 당황하였다.

도종이 갑자기 엄숙한 표정으로 말했다.

"그럼 제수씨는 접해봤다는 말이군. 그렇다면 자네, 혼인을 하기도 전에? 그래서야 되겠는가?"

관표와 백리소소는 다시 한 번 기겁을 하였다.

"헉! 아니, 형님. 저를 어찌 보시고… 전 단지 입술을 맞추어본 것 이외에는… 그… 그게… 그러니까…… 허허."

관표가 어색하게 웃으면서 어쩔 줄 몰라 하자, 호치백과 도종은 다시 한 번 껄껄 웃고 말았다.

백리소소는 얼굴을 들기 힘들 정도로 부끄러워서 어쩔 줄을 몰라 하면서 말했다.

"두 분은 정말 못됐습니다."

호치백이 느물거리는 미소를 지으며 말했다.

"오호, 과연 팔은 안으로 굽는다더니, 역시 관 아우의 편을 드는군. 이거 서러워서 빨리 결혼을 하던지 해야지… 에잉, 어디 예쁜 처자 한 명 없나."

"제가 보기엔 처자가 아니라 과부 할멈를 찾아야 옳을 것입니다."

백리소소의 따끔한 말에 호치백의 얼굴이 뭉개졌고, 도종과 관표가 폭소를 터뜨렸다.

도종이 웃음을 죽이며 말했다.

"호 아우, 걱정 말게. 내가 아는 과부 할멈이 좀 있으니 반드시 소개 시켜 주겠네. 자네 나이하고 아주 잘 어울릴 것일세. 주름살이 좀 많지만 그런대로 멋진 사이가 될 것이라 내가 장담하네."

호치백이 얼른 손사래를 치면서 말했다.

"어이구, 형님. 그런 말씀 마십시오. 그냥 혼자 살다 가겠습니다. 내 나이 비록 환갑을 넘겼지만, 이래 보여도 마음은 십대요, 보이는 모습은 이십대입니다."

말을 하던 호치백은 갑자기 배에서 본 한 명의 여자가 떠오른다.

놀라서 얼른 고개를 흔들었다.

'나이 들어서 주책이지, 그 소저의 나이가 몇인데. 에잉.'

하지만 이상하게 그녀의 나이가 모호해지는 호치백이었다.

호치백의 이상한 행동을 본 도종이 고개를 갸웃거리면서 물었다.

"아우, 혹시 숨겨둔 여자라도 있는 것 아닌가?"

"그럴 리가 있습니까? 제가 이래 보여도 아무나 사랑하는 남자는 아닙니다. 최소 제수씨만큼은 되어야……."

"평생 혼자 살겠군."

도종의 말에 호치백의 표정이 다시 무안해진다.

관표와 백리소소는 호쾌하게 웃었다.

그들은 모두 오랜만에 사심없이 웃으면서 이야기를 나눌 수 있었다. 그렇게 이야기를 나누며 걷는 사이 벌써 해가 지고 있었다.

호치백이 도종과 관표를 보면서 말했다.

"형님, 오늘은 이 근처에서 묵고 가는 것이 어떻습니까? 마침 근처에 좋은 객점이 있는데, 운치도 있고 시설도 잘되어 있어서 많은 사람들이 찾는 곳이 있습니다."

그렇지 않아도 해가 뉘엿뉘엿 지는 중이었다.

도종이 찬성하고 나선다.

"그러기로 하세. 막내아우의 생각은 어떤가?"

싫을 리가 없었다.

어차피 백리세가는 남창에서 서쪽으로 이십여 리 떨어진 곳이라 하룻밤 묵고 가는 것이 좋았다.

"저도 좋습니다."

"그럼 오늘은 내가 맏형으로서 모든 경비를 대기로 하겠네."

호치백과 관표가 호쾌하게 받아들였다. 그들은 서로 사귄 지 얼마 안 되었지만, 실로 마음이 잘 통해서 벌써 몇십 년은 사귄 지기들 같았다. 일행이 다시 이 이야기 저 이야기 하는 사이 어느새 객점 앞에 도착하였다.

도종의 지시를 받은 감산이 객점 안으로 들어가서 방을 잡고 식사를 시키는 사이, 일행은 강가가 잘 내려다보이는 이층에 자리를 잡고 앉았다.

이층에 있던 사람들은 범상치 않은 기도의 관표 일행이 올라오자 모두 그들을 힐끔거린다. 이어서 험한 인상의 장칠고를 비롯한 청룡단의 모습이 나타나자 쥐 죽은 듯이 조용해졌다.

백리소소는 사방을 조심스럽게 둘러보았다.

'여기 정도라면 백리세가의 정보망 안에 있는 곳이다. 이제부터 조심해야 한다.'

다행이라면 백리세가에서 내부의 인물들 몇몇을 제외하고는 백리소소의 얼굴을 모른다는 사실이었다.

백리소소는 사방을 둘러보았다.

다행히 세가의 사람들은 없는 것 같았다.

그것은 앉아 있는 사람들 중에 세가의 비밀 표식을 한 자들이 한 명도 없었기 때문이다. 잠시 후 식사가 나오면서 일행은 다시 흥겨운 시간을 보냈고, 술도 제법 거하게 마실 수 있었다. 그러나 문제는 자정이 다 되어서 잠을 자기 위해 정해진 숙소로 간 다음이었다.

관표와 백리소소는 당황한 표정으로 자신들의 숙소를 바라보고 있었다. 객점의 뒤쪽에 위치한 두 사람의 객실은 다른 사람들과 동떨어진 곳에 위치해 있었는데, 객점에서도 특별한 손님들에게만 내놓는 별채였다.

문제는 이 별채의 방이 단 하나란 점이었다.

도종과 호치백이 미리 짜고 방 하나를 배정한 것 같았다.

강가 바로 옆이라 운치도 좋고 방 시설도 훌륭했지만, 아직 진행 상황이 미묘한 두 사람에게는 난감한 일이었다.

그렇다고 성의를 무시할 수도 없었다.

관표는 괜히 헛기침을 하면서 백리소소의 눈치를 살폈다.

가슴이 두근거리고 마음이 설레었던 것이다.

"바, 방이 하나밖에 안 잡혔을 줄은 몰랐소."

백리소소는 귀뿌리까지 붉어진 얼굴을 어둠 속에 숨기면서 기어들어 가는 목소리로 대답하였다.

"어쩔 수 없지요."

"그냥, 들어가도 괜찮겠소?"

이럴 때 그런 것까지 물어보는 관표가 답답했다.

그냥 은근슬쩍 들어가면 자신도 어쩔 수 없다는 표정으로 따라 들어갈 텐데, 직접 물어보면 어쩌란 말인가? 들어가자고 하자니 가벼운 여자로 보일 것 같았고, 안 된다고 하자니 아쉬웠다.

참으로 야속하고 당황스런 순간이었다.

"전, 가가께서 원하시는 대로……."

마음속이 들키는 것 같아 목소리가 점점 작아진다.

"험험, 그럼 들어갑시다. 내 장부로 약속하지만, 함부로 하지 않을 터이니 걱정하지 마시오."

백리소소는 화가 울컥 치미는 것을 느꼈다.

설레고 기대가 잔뜩 들어가서 부풀었던 가슴에 바람이 빠지는 기분이었다. 대체 남녀가 둘이 있는데 함부로 안 하겠다고 약속하는 남자가 남자인가? 뭘 안 하겠다는 말인가? 누가 그런 약속 하라고 했던가?

괜히 심술이 나는 백리소소였다. 그러나 마음속의 그 미묘한 갈등을 표현할 수도 없어서 가볍게 한숨을 쉬고는 안으로 들어갔다. 하지만 그녀의 행동엔 자신도 모르게 찬바람이 분다.

관표는 자신이 무엇을 잘못했는지 몰라서 그저 당황할 수밖에 없었다. 그저 순진한 시골 총각에 불과한 관표가 이럴 때의 미묘한 여자의 심리를 제대로 알 리가 없었다.

관표는 어색한 표정으로 백리소소의 뒤를 따라 안으로 들어갔다. 그런데 안으로 들어간 관표와 백리소소는 자신도 모르게 우와 하는 환성을 질렀다.

비단으로 꾸며진 방 안은 정말 아름다웠다.

침상엔 비단 금침이 깔려 있었고, 등은 은은하게 방 안을 비추고 있었으며, 휘장이 걷혀 있는 창으로는 별이 가득하게 들어와 운치를 더해 주었다.

조금만 시선을 아래로 내리면 창가 바로 아래로 흐르는 간장강의 물이 창 안으로 흘러들어 올 것만 같았다. 반대편의 산 그림자는 은은한 달빛과 어울려 한 폭의 그림 같았다.

백리소소는 자신도 모르게 기분이 풀리는 것을 느끼며 말했다.

"참으로 멋진 곳이에요."

관표도 만족한 표정으로 말했다.

"아무래도 형님들이 애를 많이 쓰신 것 같소."

"호호, 좋은 분들을 사귀게 되어 정말 다행입니다. 녹림도원의 집보다는 못하지만 정말 마음에 들어요. 여행을 하면서 마음에 드는 숙소를 찾는다는 것은 정말 어려운 일인데."

"나도 그렇게 생각하는 중이오."

백리소소가 창가로 가서 하늘을 보면서 말했다.

"가가, 하늘 좀 보세요. 별이 정말 아름답습니다. 세상에서 별이 가득한 하늘보다 아름다운 것은 없을 거예요."

관표가 옆으로 다가와 하늘을 본다.

마치 보석을 뿌려놓은 듯한 하늘이었다.

하늘을 보던 관표가 소소를 바라보았다.

꿈을 꾸는 듯한 표정으로 하늘을 보고 있는 그녀의 모습은 선녀보다 아름다웠다. 가슴이 두근거린다. 세상에 오로지 단둘만이 있는 것 같았다. 그녀의 꿈을 꾸는 듯한 눈동자엔 세상의 먼지가 단 하나도 묻지 않은 것처럼 맑고 깨끗했다.

하늘에 취한 여자와 여자에 취한 남자는 잠시 동안 그렇게 모든 것을 잊고 서 있었다.

시원한 바람이 두 남녀를 스치며 방 안으로 흘러들어 왔다.

바람의 향기를 맡고, 먼저 자신의 세계에서 빠져나온 관표가 그녀의 말에 뒤늦은 대답을 하였다.

"소소의 말은 틀렸소. 별이 가득한 하늘보다 아름다운 것은 분명히 존재하오."

백리소소가 관표를 돌아보았다.

호기심이 가득한 얼굴.

"그것이 무엇인가요? 소소는 정말 알고 싶어요. 그리고 보고 싶어요."

관표는 고개를 흔들었다.

"다른 사람은 볼 수 있어도 소소는 보기 힘들 거요."

백리소소가 조금 실망한 표정으로 물었다.

"그게 무엇이기에 소소가 볼 수 없는 것인가요?"

관표가 백리소소를 조금 몽롱한 시선으로 보면서 말했다.

"그것은 바로 소소이기 때문이오. 내가 보기에 소소는 별이 가득한 하늘보다 더욱 아름답소."

백리소소의 얼굴이 붉게 물들었다.

그녀는 조금 부끄러운 듯 고개를 숙이며 말했다.

"홍, 엉터리."

말과는 달리 전혀 싫지 않은 듯한 그녀의 표정 속에는 고운 아름다움과 매혹적인 유혹이 가득했다. 관표는 두근거리는 가슴을 억지로 누르면서 고개를 돌렸다. 조금 더 보고 있으면 범죄를 저지를 것 같은 기분이 들었던 것이다.

백리소소는 관표가 고개를 돌리자, 조금 실망한 표정으로 물었다.

"가가께서는 제가 아름답다고 하시면서 고개를 돌리시는군요."

관표는 당황한 표정으로 말했다.

"그게 아니오. 보고 있으면 너무 아름다워서 내가 혹시 엉뚱한 생각이라도 할까 봐 그런.거라오."

백리소소는 살포시 고개를 숙이며 말했다.

"저는 가가의 여자예요. 가가께서 어떤 짓을 하든 그것은 죄가 아니랍니다."

말해놓고 보니 조금 노골적이었다는 생각에 백리소소는 얼굴이 화끈거렸다. 관표가 제아무리 멍청해도 그 뜻을 모른다면 남자도 아닐 것이다. 그런 이치야 누가 가르쳐서 되는 것이 아니라 저절로 알게 되는 것 아닌가?

관표는 살며시 백리소소의 두 손을 잡고 말했다.

"소소, 당신은 정말 아름답소. 나는 참으로 복이 많은 남자란 생각이 드오."

"가가."

관표가 그녀를 살며시 끌어안으며 말했다.

"하늘의 별이 모두 닳아 없어질 때까지 당신만을 사랑하겠소."

백리소소의 얼굴이 관표의 가슴이 묻힌다.

그녀는 관표의 말을 듣는 순간, 세상에서 자신이 가장 행복한 여자라고 생각했다. 지금 이 순간이 그대로 멈추어서 하나의 그림으로 남을 수 있다면 그녀는 더 이상 원이 없을 것 같았다.

잠시 동안 관표의 품에 안겨 호흡을 다듬은 그녀가 고개를 들고 관표를 보면서 말했다.

"소소는 평생 동안 가가만을 사랑할 것입니다. 죽어서 다시 태어나도 역시 가가의 여자로 남고 싶습니다."

"소소."

관표가 떨리는 시선으로 백리소소를 내려다보았다.

그녀의 시선이 관표를 빨아들이고 있었다.

관표는 자신도 모르게 고개를 숙여 그녀의 입술을 찾고 있었다.

소소가 눈을 살며시 감고 관표를 받아들인다.

부드러운 입술의 감촉이 관표와 백리소소의 혼을 자극하면서 둘은 점점 더 강하게 상대를 원하고 있었다. 작은 미풍은 점점 거센 태풍으로 변해가고 있었고, 관표의 손은 조금씩 대담해지더니 어느새 소소의 가슴을 가볍게 쓰다듬고 있었다.

관표의 손이 가슴에 닿는 순간 백리소소의 몸이 바르르 떨린다.

그것은 유혹이었다.

천하에 어떤 남자라도 견딜 수 없는 유혹이 그 떨림 속에 숨어 있었다.

관표는 그 떨림에 반응이라도 하듯이 자신도 모르게 손에 힘을 주었다.

'헉' 하는 소리와 함께 백리소소의 몸이 완전히 경직되었다.

찌르르 하는 아픔 다음에 찾아오는 미묘한 자극은 백리소소의 정신을 혼미하게 만들었다. 그녀는 자신도 모르게 다리에 힘이 빠지는 것을 느꼈다.

관표는 얼른 백리소소를 안고 침상으로 갔다.

최대한 부드럽게 침상 위에 백리소소를 눕힌 관표가 그녀의 옷을 끄르기 시작했다.

불쑥.

어느 순간 환한 달빛의 조명을 받으면서 두 개의 아름다운 봉우리가 수줍게 고개를 내민다.

관표는 눈을 크게 뜨고 멍하니 내려다보았다.

백리소소는 부끄러움 때문에 고개를 숙이고 숨만 쌕쌕거리고 있었다. 조금씩 떨리는 손이 그녀의 치마를 끌어 내릴 때, 관표는 가슴이 터져 나갈 것 같은 기분을 겨우겨우 참아내었다.

시간이 지나고 그녀의 모습은 관표에 의해 원시의 모습으로 돌아갔다.

두 남녀가 요람 속에서 조금씩 하나가 되어가고 있었다.

별이 꿈속에 고이 잠들고,
포양호 고운 꽃이 벌을 맞았다.
소슬바람 부드럽게 숲을 보듬고,
꿀 향기 입 안에 가득, 노를 젓는다.
나비가 춤을 추는 깊은 골.
밤이 자다 깨어 숨을 멈추고
천지가 합일하여 씨를 뿌린다.
온 힘을 모아 한 번에 폭발한 힘.
절정으로, 음양이 조화롭다.

어느덧 새벽을 넘어 거의 아침이 되어가고 있었다.

넋을 잃고 누워 있던 관표가 조용히 고개를 들고 백리소소를 내려다보았다.

백리소소가 부끄러운 듯 고개를 숙인다.

관표가 다시 그녀를 끌어안자, 그녀는 조금 민망한 표정으로 관표를 보면서 말했다.

"가가."

관표가 조금 미안한 표정으로 말했다.

"미안하오, 힘들 텐데."

얼굴이 붉어진 백리소소가 말했다.

"저는 괜찮습니다. 하지만 가가께서 힘들어하실까 봐……."

"나는 괜찮소. 정말이오."

백리소소는 가볍게 고개를 숙이고 웃으면서 관표의 품 안으로 파고들었다.

관표가 다시 그녀의 위로 올라간다.

백리소소는 조금 당황스러웠다.

'벌써 열 번째인데, 정말 괜찮으신 것일까?'

걱정하는 그녀의 얼굴은 벌써 달아오르고 있었다.

관표는 자신의 뿌리가 깊숙이 들어가자 아주 만족한 표정을 지었다.

'어째서 운우지락은 아무리 해도 질리지가 않는단 말인가? 조공 형이 하룻밤에 열 번을 채워야 겨우 남자 구실을 한다고 하던데, 나는 열다섯 번도 가능하겠구나.'

전혀 지치지 않은 백리소소를 보면, 두 남녀 모두 대단한 편이었다. 남자로서 자존심을 건 관표의 첫날밤은 결국 열두 번을 끝내고서야 멈추었다.

장칠고가 밥 먹으러 오라는 말 때문에 어쩔 수 없이.

第二章

소소귀환(昭笑歸還)

―그녀는 밤새 꿈속에서 고운 모습,

　　　나비처럼 춤을 추었다

어색한 표정의 두 남녀가 함께 나오는데, 약간의 욕구 불만이 있어 보이는 관표의 푸석푸석한 모습과 마치 꽃이 개화한 듯 더욱 아름답게 빛나는 백리소소의 모습이 의외로 조화롭다.

장칠고가 찢어진 독사눈을 끔뻑거리며 물었다.

"주군, 밤새 큰 결전이라도 치르신 듯합니다."

백리소소의 얼굴이 도화빛으로 물들었다.

그 모습이 너무 아름다워서 장칠고가 잠시 넋을 잃을 때, 관표가 의 젓하게 말했다.

"남자가 제구실을 하려다 보니 조금 까칠한 것뿐일세. 어서 가세나."

노총각인 장칠고는 그 말뜻을 다 이해하진 못했지만, 주군이 그렇다는데 뭐라 하겠는가. 세 사람이 들어오는 모습을 보고 호치백이 넌지시 말했다.

"아우, 밤새 좋았는가?"

백리소소가 별걸 다 묻는다는 뜻으로 눈을 흘겼고, 관표는 조금 쑥스런 표정으로 대답하였다.

"밤이 짧아서… 그보다도 두 분 형님은 밤새 잘 주무셨습니까?"

호치백이 조금 심각한 표정으로 말했다.

"밤새 한 쌍의 고양이가 서로 자웅을 겨루는데, 자네라면 잠이 오겠는가?"

백리소소가 너무 부끄러워 관표의 뒤에 숨는다.

관표가 조금 놀란 표정으로 호치백을 보면서 물었다.

"아니, 형님이 그걸 어찌 아셨습니까?"

호치백과 도종은 물론이고 산곡과 감산, 그리고 청룡단원들이 모두 관표를 바라보았다. 호치백이 눈을 크게 뜨고 관표를 보며 놀란 표정으로 물었다.

"아니, 그럼 진짜 밤새도록……."

관표와 백리소소는 쥐구멍이라도 들어가고 싶은 심정이었고, 그 순간 객전이 무너질 것 같은 폭소가 사방에서 터져 나왔다.

휘파람 소리가 가로 세로로 울려 퍼지고 부러운 감탄사가 연이어 터져 나온다. 이제 청룡단원들도 두 사람이 완전하게 부부가 되었음을 알았던 것이다.

호치백이 크게 웃으며 말했다.

"나와 형님이 크게 애썼으니, 그 은혜 잊어선 안 될 것일세."

사람들은 다시 한 번 폭소를 터뜨렸고, 관표의 뒤에 서 있던 백리소소는 원망스런 표정으로 관표를 보면서 중얼거렸다.

'바보.'

강이 내려다보이는 언덕길을 삼남 일녀가 걷고 있었다.

그들은 관표와 도종 엽고현, 그리고 호치백과 백리소소였다. 그들을 따르던 십도맹의 두 명과 청룡단은 어딘가로 사라지고 보이지 않았다. 아마도 각각 관표와 도종의 명령을 받고 어딘가로 떠난 듯하였다.

물이 고여 강이 되고 강이 고여 포양호 되었다.
내 고이면 인생 열두 고비, 무사로 살다 죽을까?
초식이 모여 일 검을 이루면 내 뜻이 검 위에 살고,
정한이 모여 강을 이루면 바람이 날 위로할까?
꽃이 모여 정원에 고이면 내 걸음 저절로 멈추고,
그녀는 밤새 꿈속에서 고운 모습, 나비처럼 춤을 추었다.

호치백의 시에 관표와 엽고현이 박수를 쳤다.

"역시 강호의 시선이라 불리기에 부족함이 없는 실력입니다."

관표의 칭찬에 호치백이 웃으면서 대답하였다.

"자네는 내 시 실력이 뛰어난 것은 알면서 자신의 곁에 나 못지않은 시선이 있는 것은 모르는가?"

관표가 놀라서 호치백을 보았다.

"바로 자네 옆의 아가씨가 나와 견줄 수 있는 시선이라 할 만하네. 비록 술을 마시지 않아 그게 아쉽지만, 시만으로 따진다면 능히 나와 견줄 수 있는 문재일세."

관표가 놀라며 백리소소를 바라보았다.

그녀가 시문에 능하다는 것은 조금 알고 있었지만 호치백이 그것을 잘 안다는 사실이 놀라웠다. 그렇다면 그는 이미 백리소소의 정체를 알고 있단 말인가? 이는 이미 이전에 두 사람이 아는 사이였다는 말이 었다.

도종 엽고현도 새삼스런 표정으로 백리소소를 바라보았다.

그의 표정 역시 어찌 된 사연인지 묻고 있었다.

백리소소도 이렇게 된 이상 더 이상 숨길 필요가 없을 것 같았다. 백리소소는 우선 가장 큰 어른인 도종 엽고현을 보며 말했다.

"제가 사정이 있어서 잠시 신분을 숨기고 있었습니다. 이젠 말해도 큰 상관은 없으리라 생각하고 있던 참이었습니다. 그런데 호 노야께서 미리 이야기를 하셔서 제가 무안하게 되었습니다."

"제수씨께서 그만한 사정이 있을 것이라 생각합니다."

"저는 백리 성을 쓰고 있으며, 천검께서 제 조부님이 되십니다. 그리고 호 노야께서는 조부님의 오랜 친우이셨습니다."

도종이 놀라서 얼굴이 딱딱해진다.

백리소소는 도종의 표정을 보고 단순하게 자신의 신분 때문임이 아님을 눈치챘다.

"혹시 시숙께서는 저의 백리가와 무슨 문제가 있으신지요?"

엽고현은 잠시 생각을 하다가 가볍게 숨을 내쉬며 말했다.

"제수씨가 그리 말하니 내 사실대로 말하겠습니다."

이어서 도종은 자신이 이곳에 오게 된 경위를 설명하였다.

이야기를 다 듣고 난 백리소소는 물론이고 관표와 호치백의 표정도 딱딱하게 굳어졌다. 설마 도종이 섬서성에 온 것이 그의 아들 때문인 줄은 전혀 생각하지 못했고, 하필이면 그것이 백리세가와 은원으로 연결되어 있을 줄은 더욱 몰랐었다.

자칫하면 상당히 곤란한 상황이 벌어질 수도 있는 상황이었다. 그러나 오히려 백리소소는 침착하였다. 그녀는 우선 도종에게 자신이 백리세가를 나가게 된 경위를 설명한 후 이어서 말했다.

"아무래도 근래 들려오는 말들이 여러 가지로 조금 이상합니다. 저도 돌아가면 시숙님의 일을 알아보겠습니다."

"제수씨가 그리 말하니 조금 안심은 됩니다. 그러나 만약 백리세가에서 제 아들에게 위해를 가했다면 저는 백리세가와 한 하늘을 이고 살 수 없는 처지가 될 것입니다."

도종의 말에 호치백과 관표는 조금 당황하였다. 그러나 백리소소만은 끝까지 침착하게 대답하였다.

"그것은 사람의 도리라 제가 어쩔 수 있는 것이 아닙니다. 일단 정확하게 알아보고 행동을 하시는 것이 좋을 듯합니다."

도종은 이 상황에서도 침착하게 대답하는 그녀를 바라보며 내심 감탄하지 않을 수 없었다.

'호 제가 이전에 백리가의 둘째 여식이 능히 여중제일의 인재라고 했다더니, 과연 그 말이 헛되지 않았구나.'

호치백 역시 듣고 있다가 말했다.

"형님, 여기 소소의 말이 옳은 것 같습니다. 그리고 제가 아는 천검은 사람을 함부로 위해하는 자가 아닙니다. 그 안에는 필히 어떤 곡절이 있을 것 같습니다. 우선은 그것을 정확하게 알아보고 행동을 하시는 것이 옳을 것 같습니다. 저 역시 형님의 일에 작은 힘이나마 보태겠습니다. 우선은 저와 소소가 천검을 만나보겠습니다. 그리고 백리청을 만나서 상황을 정확하게 물어보겠습니다."

"아우까지 그러니 일단은 시간을 두고 원인을 알아보도록 하세."

관표가 조금 딱딱하게 굳은 얼굴로 말했다.

"일단 청룡단이 돌아오면 어느 정도 정확한 소식을 알아내어 올 것이라 생각합니다. 혹시나 해서 제가 미리 그들에게 백리세가의 정황을 알아오도록 하였습니다."

"마침 나도 산곡과 감산에게 백리세가의 일을 조사해 오라고 시켰으니 서로 정보를 교환하기로 하세."

"알겠습니다, 형님."

관표는 조금 밝은 표정으로 말했지만, 가슴은 상당히 무거웠다. 만약 정말로 도종의 아들이 백리세가에서 잘못되었다면 자신의 처지가 실로 난감해질 것이기 때문이었다.

백리소소나 도종 역시 침통한 표정이었고 호치백도 얼굴이 약간 굳어져 있었다.

갑작스런 상황이라 서로 당황하고 있는 것이다.

관표는 속으로 가볍게 한숨을 내쉬었다.

'모처럼 강호에서 의형을 모셨는데, 자칫하면 칼 들고 싸워야 하는 상황까지 가는 것은 아닌가 모르겠구나.'

그렇게 되지 않기를 바랄 뿐이었다.

약 두 시진 후.

먼저 돌아온 것은 산곡과 감산이었다.

두 사람이 도종에게 보고를 하는 중에 이번에는 장칠고를 비롯한 청룡단 일행이 돌아왔다. 각자 보고를 받은 관표와 백리소소, 그리고 도종이 서로 마주 앉았다.

관표가 먼저 말문을 열었다.

"이전에 조금 들어서 알고 있는 사실과 큰 변화는 없습니다. 현재 처조부님인 천검께서는 전혀 활동을 안 하시고 폐관수련에 들어갔다고 합니다. 하지만 상황이 조금 이상합니다. 우선 폐관수련 자체가 너무 갑작스럽고, 백리세가를 이끌고 있는 것은 소가주인 소군자(小君子) 백리현(百里炫) 처남인 것처럼 보이지만, 큰 처형인 백리청의 눈치를 보는 것 같다고 합니다. 그리고 그것조차 확실하지는 않습니다. 지금 백리세가의 경계가 너무 삼엄해서 더 이상 정보를 알아내기가 힘든 상황입니다."

엽고성 역시 고개를 끄덕이며 말했다.

"내가 알아온 정보와 크게 다르지 않네. 하지만 그것만으로는 지금 백리세가의 상황을 정확하게 알 수 없네. 문제는 백리청인데, 지금 상황으로선 백리청이 내 아들의 실종에 직접적인 관련이 있다고 보는 중일세. 어쩌면 이 일은 백리청이 단독으로 벌인 일 같으네. 그 이유는 나도 모르겠지만 말일세. 그리고 내 아들이 실종되기 전에 백리청을 통해 무공을 익히고 있었다고 하네."

도종의 말을 들은 관표는 조금 안심이 되었다.

그의 말투에서 자신의 아들 일을 백리청 한 명에게 국한시키려 한다는 사실을 알았기 때문이다. 지금까지 조용히 듣기만 하던 호치백이 백리소소를 보면서 물었다.

"네 의견은 어떠냐?"

도종과 관표는 백리소소를 바라보았다. 이제야 백리소소가 강호 무림의 쌍지(雙智) 중 한 명이란 사실을 깨우쳤던 것이다.

백리소소는 잠시 동안 생각을 정리하는 듯, 한 호흡을 죽이고 말을 하였다. 그 한 호흡 동안 세 사람은 그녀에게 집중할 수 있는 시간을 가질 수 있었다.

"지금 이야기를 들어보면 한 가지는 확실합니다. 아마도 사숙님의 아들은 백리청 언니에게 배운 무공 때문에 실종되었을 것입니다. 요는 이 무공의 종류가 무엇이냐 하는 점입니다. 만약 배운 무공이 정말 엽성 조카의 무공 증진을 위한 것이거나 아니면 어딘가에 이용하기 위해서라면, 아마도 아직은 살아 있을 것입니다. 하지만 만약 두 번째의 이유라면 살아 있지 못할 것입니다."

백리소소는 이야기를 끊고 도종을 바라보았다.

도종의 얼굴 표정은 전혀 변함이 없었다.

그는 그저 백리소소를 바라보고 있을 뿐이었다.

백리소소는 내심 도종에게 감탄하지 않을 수 없었다.

'대단한 분이다. 이런 이야기를 들으면서 조금도 흐트러짐이 없다니, 만약 이분이 백리가와 척을 지게 된다면 정말 무서운 혈풍이 강서성을 뒤덮을 것이다.'

오히려 호치백이 참지 못하고 물었다.

"그 두 번째 이유가 무엇이냐?"

"강시로 쓰기 위해서라던가, 아니면 그의 내공을 흡수하기 위해서일 경우입니다. 만약 전자의 경우라면 지금쯤 강시가 되어가고 있을 것이고 후자라면 내공을 전부 빼앗기고 죽었을 것입니다."

도종은 잠시 동안 백리소소를 바라보았다.

표정이 조금 굳어졌지만 여전히 침착했다. 그러나 백리소소는 그가 억지로 호흡을 가다듬고 있다는 것을 알고 있었다. 그녀는 도종의 숨이 조금 편안해질 때까지 기다렸다.

잠시 후 숨을 고른 도종이 물었다.

"제수씨는 어떤 상황이라고 생각하시는 것입니까?"

백리소소는 잠시 망설이다가 말했다.

"제 생각엔 후자의 경우라고 생각하는 중입니다."

그 말을 들은 호치백과 관표의 얼굴이 굳어졌다.

도종은 가볍게 숨을 몰아쉰 후 다시 물었다.

"그 이유를 물어보아도 되겠습니까?"

"우선 몇 가지 정황이 그렇습니다. 제가 백리세가에 있을 때, 항상 저의 목숨을 노리는 손길이 있었습니다. 물론 그 중심엔 백리청이 있었습니다. 하지만 그것만으로는 설명할 수 없는 부분이 있었습니다. 그것은 내가 밖으로 나갔을 때, 동원되는 살수나 정보력이 그랬습니다. 백리세가 안에만 있었던 백리청이 할 수 있는 일들이 아니었습니다. 그래서 나는 백리청이 아닌 또 누군가가 있을 것이라 생각하고 있었습니다. 하지만 그자가 누구인지 쉽게 꼬리가 잡히지 않았습니다. 내가 무공을 어느 정도 완성한 후에도 마찬가지였습니다. 나는 그들의 꼬리를 잡기 위해서라도 내 무공을 함부로 드러낼 수 없던 상황이었습니다. 그런데 내가 집을 나가면서 백리청은 나를 죽이려 하였고, 그때 나는 어쩔 수 없이 나의 무공을 드러냈습니다. 당시 나는 백리청과 겨루면서 그의 내공에 기이한 흐름을 느낄 수 있었습니다. 사실 나도 그 무공이 무엇인지 확실히 모르지만, 백리가의 무공이 아니란 것은 확실합니다. 그나마 내가 요안이라는 특수한 무공을 익혔기 때문에 조금이나마 느낄 수 있었지만, 지금도 그것이 무공인지 아닌지는 잘 모르고 있습니다. 한 가지 가능성은 있지만, 설마 하는 마음에 그 이상의 생각을 하지 못하고 있었습니다. 그래도 나의 언니였기 때문에."

모두 백리소소의 얼굴을 바라본다.

그들은 그녀에게 정확한 답을 바라고 있었다.

백리소소가 도종을 보면서 물었다.

"혹시 시숙의 아드님이 무공을 배울 때 초식을 배우는 모습을 본 적이 있다고 하던가요?"

도종이 감산을 불렀다.

다가온 감산은 백리소소의 이야기를 듣고 곰곰이 생각하다가 말했다.

"그러고 보니 공자님이 초식을 연공하는 것을 본 적이 없습니다. 공자님은 내공만을 익힌 것 같았습니다. 그것도 무공을 익히는 것을 본 것이 아니라 공자님의 기도를 보고 눈치챘을 뿐입니다."

도종이 그 말을 듣고 물었다.

"자네는 그가 무공을 익히는 것을 보지 못했다면서 초식을 익히지 않았다는 것을 어찌 알았나?"

"공자님의 몸 상태 때문입니다. 분명히 내공은 쌓이고 있었지만 신체의 변화는 거의 없었습니다. 초식을 배우게 되면 초식에 맞게 몸의 근육이 발달하고 신체는 탄탄해집니다. 하지만 공자님에겐 그런 변화가 전혀 없었습니다."

일리가 있는 말이었다.

다시 백리소소에게 시선이 모아졌다.

"아무도 그 무공을 익히고 있는지 알 수 없고, 마공이되 마공이 아닌 무공이 있어요."

호치백이 잠시 생각을 하다가 말했다.

"혹시 흡정무한신공(吸精無限神功)을 말하는 것이냐?"

"그렇습니다."

도종은 물론이고 관표나 호치백, 그리고 감산의 표정이 딱딱하게 굳어졌다.

흡정무한신공에 대해서는 그들도 잘 알고 있었다.

도종이 낮게 신음을 흘리며 말했다.

"결국 성이는 백리청의 무공 증진을 위한 보약이었군."

철혈의 승부사라 불리는 도종의 눈가에 물기가 맺히고 있었다.

백리소소는 대답을 못하고 고개를 숙이며 말했다.

"아직 아무것도 밝혀진 것은 없습니다. 단지 저의 짐작일 뿐입니다. 지금 제가 이 이야기를 한 것은 최악의 상황을 생각하고 있으면 차라리 분노가 덜하기 때문입니다."

그녀의 말에 도종의 얼굴이 조금 더 냉정해졌다.

감산이 민망한 표정으로 자신의 자리까지 물러섰다.

마치 자신이 죄를 지은 것처럼 죄책감을 느끼던 백리소소는 무엇인가 생각이 난 듯 도종 엽고현에게 물었다.

"혹시 이곳에 오는 것을 몇 분에게나 이야기하셨습니까?"

"산곡과 감산만 알고 있습니다. 다른 사람들은 그 누구도 내가 이곳에 온 줄은 모르고 있습니다."

"다행입니다."

"무슨 뜻? 혹시 내가 모르는 또 다른 일이 있는 것입니까?"

백리소소는 일단 현 무림의 상황에 대해서 간단하게 설명을 한 다음 말했다.

"그래서 내 생각으론 백리세가나 십도맹에도 그들의 간자가 있을 것이란 판단입니다."

백리소소의 말에 도종의 안색이 굳어졌다.

그의 표정을 보면서 백리소소가 조심스럽게 말한다.

"시숙께서는 짚이시는 것이 있는 모양입니다. 하지만 쉽게 판단을 하셔서는 안 됩니다. 간자는 그리 쉽게 자신의 꼬리를 보여주지 않을 것입니다."

도종은 가볍게 숨을 조절한 다음 말했다.

"그 말을 명심하겠습니다. 그렇지 않아도 요즘 십도맹에 약간의 문제가 있습니다. 제수씨의 말을 들으니 그냥 넘어갈 일이 아닌 것 같습니다."

"부디 좋은 쪽으로 해결될 것이라 믿겠습니다."

도종 엽고현은 고개를 끄덕이며 말했다.

"제수씨와 불편해지는 것은 원하지 않습니다. 그러나 만약 이 일로 인해 성이가 백리청에게 해를 당했다면 저는 참지 않을 것입니다."

백리소소는 한숨을 내쉬면서 말했다.

"만약 청 언니가 큰일을 저질렀다면 제가 먼저 참지 않을 것입니다. 이 일에 청 언니의 명백한 잘못이 있다면 조부님도 그냥 넘어가시지 않을 것입니다."

백리소소의 단호한 말에 엽고현은 마음이 조금이나마 가벼워졌다. 관표가 조금 어색한 표정으로 물었다.

"소소, 우선 급한 것은 진실을 밝히는 것이고 형님의 아들이 해를 입었는지 확실하게 알아내는 것이오. 혹시 생각해 둔 방도가 있소?"

"있기는 합니다. 잠시 정리 좀 해보고 말씀드리겠습니다."

모두 기대 어린 시선으로 그녀를 바라본다.

백리소소는 잠시 생각에 잠겼다.

'중요한 것은 묵호가 과연 나의 이야기를 하지 않았느냐 하는 점이다. 최악의 경우 백호궁이 전륜살가림의 한 갈래이고, 지금 백리세가에서 일어나는 일련의 사태가 역시 전륜살가림과 관련이 있다면, 묵호의 입을 통해 나의 정체가 이미 백리세가의 간자에게 알려졌을 수도 있다.'

백리소소는 잠시 동안 다시 생각해 보았다.

'내가 본 묵호는 비록 광포하긴 하지만 나름대로 남자다운 면이 있었다. 그렇다면 나와의 약속을 지켰으리라 믿는다. 그렇다면 방법은 있다. 설혹 그들이 내 비밀을 안다고 해도 일단 보자마자 공격하진 못할 것이다. 문제는 백리청 언니가 그들과 어떤 식으로 묶여 있느냐 하는 점이다. 그래도 시도는 해볼 만하다.'

결심을 굳힌 백리소소의 계획은 그렇게 어려운 일이 아니었다.

어찌 보면 너무 간단한 방법이었고, 그것은 백리소소이기에 할 수 있는 일이었다.

남창 백리세가.

강서성의 삼대자랑이 있다면 다음과 같았다.

하나는 포양호요, 또 하나는 강남의 삼대명루 중 하나라는 등왕각이었고, 마지막은 바로 백리세가였다.

강호무림의 오대천 중에서도 가장 정파 지향적이고, 가주인 천검 백리장천은 십이대초인들 중에서도 수위를 다투는 무인이었다.

이미 검선의 경지에 도달했다고 알려진 천검 백리장천은 강서성의 신이라고 할 수 있었다. 강서성의 모든 무인들은 백리세가의 휘하에 있다고 해도 과언이 아닐 정도였다.

사실 마음만 먹는다면 백리세가는 강서성뿐만 아니라 그 주변의 몇 개 성 정도는 우습게 수중에 넣었을 것이다.

불과 육십 년 전만 하여도 강호에 오대세가는 있어도 백리세가란 존재는 없었다. 무에서 유를 창조한 천검의 전설은 무인들뿐만 아니라 민간인들에게도 하나의 전설이었다.

강서성의 일반 백성들은 천검의 사당까지 만들어서 모시는 경우가 많았다.

그 백리세가로 한 명의 서생이 찾아왔다.

서생은 금방이라도 지쳐서 쓰러질 것 같은 말 한 마리를 타고 있었는데, 남루한 옷차림과 먼지가 가득한 얼굴로 보아 많은 고생을 하면서 겨우 이곳까지 온 것 같았다.

백리세가의 문을 지키고 있는 무사들은 호기심 어린 시선으로 나타난 서생을 바라보았다. 근래 들어 백리세가에는 손님이 없었던 것이다.

서생은 거침없이 무사들에게 다가간 다음 말에서 내리며 말했다.

"너희들은 아직도 내가 누구인지 모르겠느냐?"

서생의 목소리는 뜻밖에도 아름다운 여자의 목소리였다.

무사들이 놀라서 서생을 바라볼 때 서생은 묶은 머리를 풀어 내렸다. 서생은 실제 여자였던 것이다.

무사들 중 그래도 눈치 빠른 무사가 서생의 정체를 알아보았다.

"소소 아가씨, 소소 아가씨가 아니십니까?"

백리소소가 미소를 지으며 고개를 끄덕였다.

"오랜만이네, 정팔."

"정말 소소 아가씨라니… 이제 돌아오신 것입니까?"

"뭐, 그런 셈이지."

놀란 무사들이 빠르게 정렬한 다음 인사를 한다.

"아가씨를 뵙습니다."

무사들의 인사를 받으며 백리소소가 안으로 향했다.

이미 무사들 중 한 명이 소식을 전하기 위해 안으로 뛰어들어 간 다음이었다.

정팔이 말고삐를 잡으며 말했다.

"제가 모시겠습니다, 아가씨."

"아니, 되었다. 여긴 내 집이다. 내가 알아서 하겠다."

그 말을 들은 정팔의 얼굴이 어두워졌다.

말 위에서 봇짐을 꺼내 어깨에 들쳐 메는 백리소소를 보면서 가까이 다가온 정팔이 빠르게 말하였다.

"아가씨, 조심하셔야 합니다. 특히 큰 아가씨와 환우 총사님을 조심하십시오. 그리고 누구도 믿으셔서는 안 됩니다."

빠르게 말을 한 정팔이 말을 끌고 사라져 갔다.

백리소소의 표정은 전혀 변하지 않았다.

'환우 숙부님을 조심하라고? 할아버지의 가장 심복이고 아빠의 친우인 환우 숙부님을? 그런 것인가. 그래서 내가 그렇게 찾기 어려웠던 것인가?'

백리소소는 잠시 동안 멍하니 생각에 잠겼다.

그 모습은 오랫동안 타향을 떠돌다 돌아온 고향집의 향취에 젖은 모습 그대로였다.

백리소소가 정신없이 생각에 잠겨 있을 때였다.

"돌아왔느냐? 참으로 오랜만이구나."

백리소소가 담담한 표정으로 나타난 사람을 바라보았다.

백리소소의 얼굴에 얼핏 반가운 표정이 떠올랐다.

"현 오빠."

나타난 청년은 백리세가의 장남인 백리현이었다.

어찌 보면 형제들 중에서 유난히 백리소소를 아꼈던 혈육 중 한 명이 백리현이었다. 그것은 백리소소에게 잘해주어서가 아니었다. 언제나 쓸쓸한 표정으로 백리소소를 멀리서 바라보는 그의 눈길에서 그것을 느꼈었다. 그러나 언제부터인가? 백리소소는 오빠의 시선이 부담스러웠고, 자신도 모르게 그를 멀리하곤 했었다.

어쩌면 이복 오빠라는 점과 자신을 노리는 자들 중 한 명이 그일지도 모른다는 선입견 때문이었는지도 모른다. 그러나 오랜만에 보니 무척 반가웠다.

백리현의 얼굴엔 아련한 아픔 같은 것이 나타났다가 사라졌다.

"그래, 건강했느냐?"

백리소소가 밝게 웃으며 말했다.

"이렇게 무사히 돌아왔으니까요. 다행히 다친 곳은 없답니다."

백리현이 약간 놀란 표정으로 물었다.

"지병은 어떻게 된 것이냐? 완전히 고쳐진 것 같은데."

"다행히 기연을 만나 당분간은 건강하게 지낼 수 있을 것 같아요."

"그거 다행이구나. 그런데 기별도 없이 갑자기 돌아오다니, 놀랐다."

"집이 그리웠습니다. 할아버지도 보고 싶었고. 그리고 할아버지에게 소개할 사람도 있고요."

백리현의 얼굴에 착잡한 표정이 떠올랐다.

"소개할 사람이라고 했느냐?"

"예."

"남자라도 생긴 모양이구나?"

"결혼하려고 합니다."

백리현의 얼굴에 작은 떨림 같은 것이 나타났다가 사라졌다.

잠시 망설이던 백리현이 조금 머뭇거리면서 말했다.

"너는 지금 이곳에 돌아와서는 안 된다."

백리소소가 놀라서 백리현을 볼 때였다.

"네가 돌아왔구나."

갑자기 들려온 말에 백리현의 표정이 굳어졌다.

백리소소가 고개를 돌려보니 그곳에는 백리청이 서 있었다.

오랜만에 만나 자매였지만 둘 사이엔 어떤 반가운 표정도 떠올라 있지 않았다.

第三章

백리세가(百里世家)

—세월이 흘러도 고향집은 변하지 않는다.

그러나…

백리소소가 입가에 미소를 지으며 말했다.

"훗, 오랜만이에요, 언니."

백리청의 얼굴에 냉기가 감돌았다.

"네가 언니란 소릴 다 하고, 밖에 나가서 철이 든 모양이구나."

백리소소는 태연하게 사방을 둘러보면서 말했다.

"세월이 흐르면 당연히 철이 들게 마련입니다. 그런데 언니를 보니 그 말도 별로 신빙성이 없을 것 같습니다."

백리청이 몸을 부르르 떨었다.

그녀의 몸에서 가공할 정도의 기세가 뿜어져 나왔다.

백리소소는 그 힘에 놀란 듯 표정이 굳어졌다.

백리현이 얼른 나서며 말했다.

"오랜만에 만났는데 서로 다투면 됩니까? 보는 눈이 많아 남들이 흉

보겠습니다. 누님은 어서 들어가십시오. 제가 소소를 안내하겠습니다."

백리현이 백리청을 보면서 권하자, 백리청이 입가에 싸늘한 미소를 머금고 돌아섰다. 그녀는 한 번의 기세로 백리소소가 겁먹은 표정을 보이자, 일단 그것으로 조금 마음이 가라앉은 것이다.

"그럼 네가 저 계집을 제 거처로 안내해 줘라. 나는 먼저 들어간다."

"그렇게 하겠습니다, 누님."

백리청이 사라지자 백리소소의 표정이 착잡해졌다.

'내공이 엄청나게 늘어났다. 이건 상상 이상이다. 설사 엽성 공자의 내공을 전부 취했다고 해도 이 정도는 아니다. 그렇다면, 설마 정말 내 짐작이 맞단 말인가? 그래도 설마 했는데. 만약 진짜라면 아무리 네가 내 언니라도 용서할 수 없다.'

결심은 그렇게 했지만, 백리소소는 일단 자신의 짐작대로 백리청의 무공이 갑작스럽게 불어나 있자 불안해졌다. 그 불안감은 엽성의 문제와 조부인 백리장천의 갑작스런 폐관수련과 관련한 것이었는데, 그래도 설마 하는 마음으로 백리현에게 물었다.

"할아버지를 뵙고 싶은데 어디 계신가요?"

"폐관수련 중이시다. 그러니 당분간은 뵙지 못할 것이다."

백리현은 담담한 목소리로 말했지만, 그 목소리 너머에 있는 어떤 다듬어지지 않은 감정의 울림을 백리소소는 느끼고 있었다. 그리고 그의 표정이 미미하게 굳어지는 것을 보았다.

백리소소가 가볍게 한숨을 쉬면서 말했다.

"이미 선의 경지에 오르신 분이 또 폐관을 하시다니."

"전륜살가림의 일로 준비를 하시는 중이다. 어차피 언제고 그들과 겨루어야 하고, 그렇게 될 바엔 조부님께서 직접 앞장을 설 생각이신 것 같다. 그래서 백리세가 자체 내에서도 나름대로 준비를 하는 중이다."

"그렇군요. 일단 저는 좀 쉬고 싶어요. 너무 피곤하군요."

"그래라. 많이 피곤해 보인다. 그간의 일은 내일 이야기하기로 하고, 어서 쉬어라. 시녀들에게 목욕 준비를 시키마."

백리현은 시녀를 불러 몇 가지 지시를 내렸고, 시녀는 부지런히 백리세가의 안쪽으로 사라졌다.

"고마워요, 오빠."

"인사는 나중에 하고 어서 가서 쉬도록 해라. 전에 네가 쓰던 별채가 아직도 그대로니 그곳으로 가자."

백리현이 백리소소를 데리고 그녀의 거처로 가자, 많은 사람들이 백리현을 보고 인사를 하였다. 그러나 드문드문 그녀가 보지 못했던 무사들이 보였고, 그들과 원래 백리세가의 무사들 사이에 보이지 않는 냉랭한 기운을 감지할 수 있었다.

간혹 백리소소를 보고 반가워서 인사를 하려던 무사들이나 시녀들은 백리현을 보곤 두려운 표정으로 인사를 한 후 황급하게 사라졌다.

그 모습을 보면서 백리소소는 속으로 한숨을 내쉬었다.

'오빠까지도 이 일에 관련이 있는 것 같구나. 이제 백리세가에서 내 편은 거의 없다고 봐도 무방하다.'

그녀는 안타까운 표정으로 백리현을 슬쩍 바라보았다.

백리현 역시 무엇인가 생각에 골몰하고 있는 것 같았다.

백리세가의 뒤쪽에 있는 제법 큰 누각 앞에 도착하였다.

누각은 제법 높은 담으로 둘러싸여 있었고, 안으로 들어가는 문 앞에는 '소소루(昭笑艛)'라는 현판이 걸려 있었다. 소소루의 루는 배를 뜻하는 말로 풀이하면 소소의 배란 뜻이었다.

세상은 거친 바다고 자신은 그 안에 던져진 작은 배라는 뜻에서 그녀는 자신의 거처를 소소루라고 지었었다.

백리소소가 백리현을 보고 말했다.

"이젠 돌아가셔도 돼요. 저 혼자 들어가겠습니다."

백리현은 안타까운 표정으로 백리소소를 바라보았다.

잠시 동안 백리소소를 바라보던 백리현이 백리소소에게 무엇인가 말을 꺼내려 할 때였다.

"뭐 하느냐? 설마 누각 안까지 쫓아갈 셈이냐? 소소루는 언제나 금남의 지역임을 모르느냐? 아무리 오빠인 너라고 해도 그 안까지 들어갈 수 없다는 것을 모르느냐?"

백리청의 말에 백리현은 다시 한 번 안타까운 시선으로 백리소소를 본 후 맥없이 돌아섰다. 백리소소가 인사를 하고 부지런히 소소루의 안으로 사라졌다.

그 뒤를 바라보던 백리청이 싸늘한 표정으로 백리현을 보면서 말했다.

그녀의 말은 전음으로 백리현에게 들려왔다.

"너는 아직도 저년을 사랑하는 것이냐?"

그 말에 백리현이 미간을 좁히며 말했다.

"아무리 누이라 해도 말이 심합니다. 소소는 동생입니다."

"피 한 방울 섞이지 않은 동생도 동생이냐?"

"어려서부터 동생으로 알았고, 지금도 동생으로 여기고 있습니다. 누이는 그것 때문에 나를 감시하고자 여기까지 쫓아온 것입니까?"

"아니란 말은 하지 않겠다. 하지만 저년은 며칠 내로 내 손에 죽을 것이다. 넌 감히 나를 막을 것이냐?"

백리현의 얼굴이 굳어졌다.

"꼭 그렇게 해야만 합니까? 그래도 한때는 동생이었습니다."

"누가 동생이란 말이냐? 넌 저것이 얼마나 무서운 년인지 모른다."

"죽이지 않아도 처리할 방법은 많습니다."

"저년을 죽이지 않으면 두고두고 목의 가시가 될 것이다. 백리장천의 일을 알기 전에 죽여야 한다. 어차피 내가 참아도 아버지가 그냥 두지 않을 것이다."

백리현의 얼굴이 굳어졌다.

더 이상 말을 해보았자 소용이 없음을 알고 있었다.

둘은 전음으로 말을 주고받았기에 누각 안으로 들어간 백리소소가 들을 수는 없었다.

자신의 거처인 소소루로 들어온 백리소소는 뭉클해지는 기분을 가까스로 참았다.

얼마 만에 온 곳인가?

이곳은 소소에게 있어서 유일한 안식처였다.

백리소소가 잠시 동안 누각을 보고 감회에 젖어 있을 때였다. 누각 안에서 두 명의 시녀가 나와 그녀를 맞이하였다. 그녀들 중 나이가 조금 많은 여자가 먼저 인사를 하였다.

"소녀 매향이 아가씨를 뵙습니다."

백리소소의 얼굴이 살짝 찌푸려졌다.

"매향이라고? 이전의 시녀들은 어디로 가고 너희들이 이곳에 있는 것이냐?"

"그, 그것은……."

매향이 당황해서 떠듬거렸다.

"못 들었느냐? 가서 보옥과 단설을 데려오너라!"

백리소소의 목소리는 크지 않았지만 단호하였고, 말속엔 살기까지 어려 있었다. 매향과 또 한 명의 소녀는 움찔하였지만 그다지 겁을 먹은 것 같진 않았다. 이미 이런 일이 있을 줄 알았기 때문이다.

매향은 정색을 하고 대답하였다.

"그 둘은 지금 어디 있는지 모릅니다. 저희들은 큰 아가씨의 명령으로 이곳을 지키고 있었을 뿐, 그 외의 사정은 전혀 모릅니다. 일단 오늘은 편히 쉬시고 내일 큰 아가씨께 여쭤보시는 것이 더욱 빠를 것이라 생각합니다."

매향의 말에 백리소소의 입가에 냉혹한 미소가 어렸다.

"정말 모르는 것이냐?"

"그렇습니다."

백리소소는 매향을 찬찬히 살펴본 후에 말했다.

"제법 성깔도 있고 무공도 대단해서 남의 집 하녀를 하기엔 지나친 면이 있구나. 그리고 말투를 보니 한인이 아닌 것 같은데?"

백리소소의 말에 매향이 조금 당황한 표정으로 백리소소를 바라보았다.

"무슨 말씀이신지?"

"무슨 말은, 네가 대단하다고 하였다. 하지만 아무려면 어떠냐. 네 말대로 오늘은 편히 쉬고 내일 따지기로 하자. 우선 목욕물을 준비해라. 그리고 잠시 후면 나를 찾아오는 두 명의 남자가 있을 것이다. 이곳으로 안내해라."

"예, 아가씨. 하지만 지금 세가에서는 낯선 사람들의 출입을 금하고 있습니다. 더군다나 소소루엔 남자들이 들어올 수 없다고 들었습니다."

"네가 내 일에 간섭을 하는 것이냐? 잠시 후에 올 두 분 중 한 분은 내 지병을 치료하던 의원이시고, 또 한 분은 나와 결혼할 분이시다."

백리소소의 당당한 말에 매향은 더 이상 대꾸를 할 수가 없었다.

연인과 의원이라는데 더 이상 토를 달 수도 없었고, 백리소소의 기세로 보아 조금 더 심해지면 용서할 분위기가 아니었다.

"알았습니다, 아가씨."

백리소소는 자신의 누각 안으로 들어갔다.

'다행히 묵호가 약속을 지킨 것 같구나.'

약간은 안도가 되었다.

그렇다면 일을 하기가 더욱 쉬워질 것 같았다.

잠시 후,

매향이 백리소소의 방문 앞에 다가와 말했다.

"아가씨, 목욕물이 준비되었습니다."

"알았다."

짧은 대답과 함께 기다렸다는 듯 백리소소가 나타났다.

그녀는 간편한 옷을 입고 있었는데, 그 옷이 허름함에도 백리소소의 빛나는 미모를 감추진 못했다. 그녀가 목욕실 안으로 들어가려 하자 매향이 목욕 시중을 들기 위해 함께 들어가려 하였다. 순간 백리소소가 그녀를 매섭게 노려보면서 말했다.

"너는 언니에게 나에 대해서 아무런 말도 듣지 못한 모양이구나. 나는 항상 목욕을 혼자 하였고, 목욕할 때 누가 주변에 있는 것도 싫어한다. 그리고 반 시진은 물속에 몸을 담그고 수욕을 즐긴다. 그 말을 듣지 못했단 말이냐?"

"죄송합니다, 아가씨. 이미 교육을 받았지만 잠시 깜박하였습니다."

"알았으면 절대 방해하지 말라!"

그녀의 말에 매향은 얼른 뒤로 물러서면서 말했다.

"항상 버릇이 되어서 그랬습니다. 절대로 방해하지 않겠습니다."

"알았으면 물러서라."

매섭게 말한 후 그녀가 목욕실 안으로 들어갔다.

매향과 다른 또 한 명의 시녀는 어쩔 수 없다는 듯이 물러섰다. 그러나 그녀들은 멀리 간 것이 아니라 누각의 정문 앞에 서서 백리소소가 들어간 목욕실을 감시하듯이 지켜보고 있었다.

그녀가 들어가자 목욕실은 조용해졌다.

절증을 앓고 있는 그녀는 따뜻한 물에 몸을 담그고 있는 것을 상당히 좋아했고, 목욕을 할 때 남이 시중드는 것을 무척 싫어했다. 자신의 병든 모습을 남에게 보이기 싫었기 때문이다.

절증의 후유증으로 음기가 많은 그녀이기에 따뜻한 물에 몸을 담그고 있는 것도 치료의 하나라 물속에 조금 오래 있어도 그녀에겐 큰 해가 되지 않았다.

그래서 평균 반 시진 정도는 물속에 몸을 담그고 있곤 하였다.

반 시진이면 물이 어느 정도 식을 정도의 시간인데, 그 이후 새롭게 물을 받아서 목욕을 하곤 하였다.

매향 역시 백리청에게 그녀의 이런 성향에 대해서 들은 기억이 있었다. 그렇기에 감히 그녀의 비위를 건들지 못하고 밖에서 지켜만 보았다.

이미 백리소소의 무공이 대단하다는 것도 알고 있었기 때문에 함부로 경거망동할 수 없었던 것이다. 사실 백리청의 입장에서도 지금 당장 백리소소를 처리해 버리고 싶었지만 그럴 수 없었다.

아직 그녀는 백리세가를 완전히 장악하지 못했고, 백리현은 소가주로서 인정도 받지 못한 상황이었다. 자칫 잘못해서 백리소소가 눈치채고 반항이라도 하게 된다면 백리가의 십대가신들에게 들킬 수도 있게 되고, 그렇게 되면 상황이 곤란하게 되기 때문이었다.

욕실 안으로 들어온 백리소소는 욕통으로 들어간 다음 조용히 밖으로 빠져나왔다. 그녀의 신법은 은밀해서 밖에 있는 매향과 또 다른 시녀가 들을 수 없었다.

매향과 또 한 명의 시녀는 일단 욕통 안으로 들어가는 소리를 들었기에 그녀가 이제 수욕을 시작하는구나 싶었다.

욕통을 나온 백리소소는 욕통이 있는 오른쪽 벽 근처로 가서 벽의 한 귀퉁이를 힘껏 눌렀다. 그러자 벽 바로 앞의 바닥이 스르륵 밀려나면서 하나의 통로가 나타났다.

그녀는 지체없이 통로 안으로 들어갔다.

이 비밀 통로는 그녀와 그녀의 할아버지인 천검 백리장천만이 아는 것이었다. 그녀가 백리세가에서 남몰래 무공을 수련할 수 있었던 것도 바로 이 비밀 통로 덕분이었다.

비밀 통로는 백리세가 밖으로 나 있는 것은 아니었지만 그녀가 무공을 수련하는 장소로 연결되어 있었고, 그 수련장은 바로 천검 백리장천의 수련장이기도 하였으며 백리세가에서 가장 은밀한 곳이기도 하였다.

'만약 할아버지를 어딘가에 가두어놓았다면 그곳일 것이다.'

백리소소는 그렇게 생각하였다. 그리고 그 생각에 확신을 가지고 있었다.

그곳이 아니라면 백리세가 어느 곳에도 조부인 백리장천을 아무도 모르게 가두어놓을 수 있는 곳이 없었다. 만약 그곳에 할아버지가 없다면 백리청에게 해를 당했다고 생각해야만 했다.

그녀는 서둘렀다.

그녀가 가진 시간은 단 반 시진, 실제는 삼각 정도의 시간에 불과했다. 일각 정도는 만약의 경우에 대비해야 하기 때문이었다.

그 반 시진 동안 천검 백리장천을 찾아야 했다.

백리소소는 서둘러 달리기 시작했다.

통로는 제법 길었지만, 얼마 지나지 않아서 수련실 앞에 도착할 수 있었다.

비밀 통로에서 수련실로 통하는 문은 은밀하였고, 수련실에서도 그 문을 쉽게 찾을 수 없었다.

수련실에 비밀 통로가 있는 것도 백리소소와 백리장천만이 아는 비밀이었다.

두 사람 이외에 또 한 명이 있다면, 바로 백리소소의 아버지였겠지만 그는 이미 이 세상 사람이 아니다.

그녀는 귀를 기울이고 수련실 안에 혹여 누가 있는지 살폈다.

굉장히 거친 숨소리가 들려왔다. 누군가 사람이 있는 것이 확실했다. 그것도 굉장히 지치고 다친 듯했다.

급하게 문을 열고 수련실 안으로 들어간 백리소소의 얼굴이 창백하게 굳어졌다. 비밀 통로는 수련실의 벽과 연결되어 있었고, 그녀가 들어간 문 바로 옆에는 한 명의 노인이 쇠사슬에 묶인 채로 매달려 있었다.

거친 숨소리와 그의 메마른 모습으로 보아 밥도 제대로 먹지 못한 것 같았고, 입에서 침이 흐르고 눈이 풀려 있는 것으로 보아 제정신도 아닌 것 같았다. 그러나 백리소소는 한눈에 노인이 자신의 할아버지인 백리장천임을 알아보았다.

몸이 떨린다.

"이이……."

분노와 놀람으로 이가 갈렸지만, 빠르게 숨을 죽였다.

수련실 바로 문밖에 누군가가 지키고 있음을 알기 때문이었다.

그녀는 서둘렀다.

눈물이 자꾸 그녀의 일을 방해했지만, 그녀는 침착하게 움직이고 있었다.

백리장천의 혈을 짚고 내공으로 쇠사슬을 끊으면서 소리가 나지 않게 조심하였다. 그녀는 백리장천을 가볍게 둘러메고 비밀 통로 안으로 들어가서 문을 닫았다.

너무도 가벼운 할아버지의 무게로 인해 마음이 아팠지만, 지금은 그것을 따질 시간이 아니었다. 그녀가 백리장천을 구해서 다시 목욕실로 돌아올 때까지 걸린 시간은 불과 일각이 조금 더 걸렸을 뿐이었다.

그녀가 막 안으로 들어왔을 때, 밖에서 매향의 목소리가 들렸다.

"아가씨, 물이 식진 않았습니까?"

"수욕을 방해하지 말고 꺼져라."

차가운 백리소소의 목소리에 매향이 얼른 자신의 자리로 물러섰다. 백리소소는 그녀가 물러서는 발자국 소리를 들은 다음에 백리장천의 몸을 대충이라도 닦아내었다. 그리고 그녀는 빠르게 백리장천의 맥을 짚고 몸을 살피기 시작했다.

'지독하다. 내공은 거의 전폐되었고, 정신이 강제로 폐쇄당해서 백치와 다름없이 되었다. 죽일 년, 자신의 할아버지를 이렇게 만들다니. 그런데 환우가 지금 사정을 알고 백리청을 돕고 있는 것인가? 아니면 이번 일의 배후자가 환우인가? 아무리 생각해도 언니 혼자서 할아버지를 암습하기는 불가능하다. 이 일은 누군가가 도왔을 것이고, 그 사람은 환우일 가능성이 가장 높다. 그 다음에 백리현 오빠도 사정을 알고 있는 것 같았다. 나에게 말하려다 만 것도 그 때문이겠지.'

백리소소는 상황을 정리하면서 빠르게 백리장천의 혈을 치고 있었다. 그녀는 백봉의 제자였고, 그 내공이 십이대초인보다 못하지 않았다.

백리소소의 손에서 진기가 흘러들어 가면서 백리장천의 미약하고 거친 숨소리가 조금씩 안정되어 갔다.

'너무 심하게 상처를 입었고 쇠약해지셔서 지금 당장 어떻게 할 수는 없다. 그러나 잠시 이야기를 나눌 순 있을 것이다. 그것이면 백리세가의 사정을 알기엔 충분하다. 치료는 백리세가를 정리하고 난 다음이다.'

일각 정도가 지난 후 백리장천이 힘겹게 눈을 떴다.

백리소소의 얼굴에 땀방울이 맺혀 있었고 눈에 물기가 방울지며 떨어지고 있었다.

"할아버지."

백리장천은 한동안 백리소소를 보다가 힘겹게 말했다.

얼굴에 희미하지만 미소를 지었다.

"다행이다, 네가 돌아오다니. 하늘이 아직 나를 버리지 않았구나."

"저를 알아보시는군요."

"허허……."

백리장천의 입가에 자조의 미소가 어렸다.

다시 일각의 시간이 흘렀다.

"아가씨, 매향입니다. 이제 수욕을 다 하셨는지요?"

"끝나면 내가 먼저 말할 것이다. 자꾸 귀찮게 하지 마라!"

"귀찮게 해드리려고 한 것이 아니라… 아가씨가 말한 분들이 오셨습니다."

"잠시만 기다리시라고 해라. 곧 나갈 테니, 준비를 하시라고 전해라!"

매향은 그 말의 뜻을 몰라서 고개를 갸웃하였다.

그녀는 누각의 문을 열고 밖으로 나왔다.

그곳에는 중년의 서생과 건장한 체격의 청년이 기다리고 서 있었다. 서생은 봇짐을 짊어지고 있었는데, 그의 몸에서는 약초 냄새가 나고 있어서 의원임을 알 수 있었다.

청년은 선이 굵고 남자답게 생겼지만, 무공을 익힌 것 같진 않았다. 역시 등에 작은 짐을 짊어지고 있었다. 아무리 보아도 천하의 절색이라는 백리소소의 연인 같지는 않았다.

매향이 두 사람을 보면서 말했다.

"아가씨께서 곧 나오신답니다. 준비를 하시라고 전해 달라 하셨습니다."

매향의 이야기를 들은 청년이 그녀를 보고 물었다.

"아가씨는 원래부터 이곳에 있던 시녀가 아닌가 보군요."

매향이 놀란 듯 청년을 보고 물었다.

"그렇습니다. 그런데 그걸 어떻게?"

"그냥 짐작으로 물어보았을 뿐입니다. 우리를 안으로 안내해 주십시오."

"저를 따라오세요."

매향이 누각의 문 안으로 두 사람을 안내하였다.

뒤따라 들어가던 의원이 누각의 문을 닫는다. 그리고 그 순간 매향이 그 자리에 뻣뻣하게 굳어졌다. 마침 마주 오던 또 한 명의 시녀가 놀라서 매향을 보는 순간 의원의 손가락에서 뿜어진 지풍이 그녀의 마혈과 아혈을 한번에 점혈해 버렸다.

잠시 후 목욕실의 문이 열리면서 백리소소가 걸어나오며 두 사람을 보고 반색을 하였다.

"가가, 그리고 시숙께서 오셨군요. 기다리고 있었습니다."

청년, 관표가 웃으면서 말했다.

"조부님은 구한 것이오?"

"그렇게 되었습니다. 어서 이리로 오십시오."

관표와 도종 엽고현이 백리소소를 따라 목욕실로 들어갔다.

백리소소의 방 안에는 세 명이 앉아 있었다.

의원으로 변장을 하고 있던 도종 엽고현과 관표, 그리고 백리소소였다. 두 사람은 이미 백리소소에게 모든 이야기를 다 듣고 난 다음이었다. 그리고 목욕실 한쪽에 잠자듯이 기절해 있는 백리장천도 이미 보고 온 다음이었다.

관표가 가볍게 한숨을 쉬면서 그녀의 손을 잡아주었다.

다른 누구보다도 큰 충격을 받은 그녀가 가련했던 것이다.

백리장천이 잠시지만 정신을 차리고, 그녀에게 모든 이야기를 추려서 해주었다. 아버지의 죽음에 대한 비밀과 백리청과의 관계를 다 듣고 난 그녀는 큰 충격을 받았지만, 지금은 의연한 표정을 지으려 애쓰고 있었다.

그러나 그녀의 눈에는 이성과는 다르게 자꾸 눈물이 어른거리고 있었다.

한편으로 백리청에 대한 분노 역시 들끓어 오르고 있었다.

"소소, 울고 싶으면 울어도 괜찮소. 그렇게 참는 것만이 능사는 아니오."

"가가?"

결국 백리소소는 관표의 품에 안겨 흐느끼기 시작했다.

도종은 가볍게 한숨을 내쉬며 그 모습을 지켜본다.

백리소소의 슬퍼하는 모습을 보자 죽은 자식의 얼굴이 어른거렸던 것이다. 죽은 아내와는 나이 차이가 많이 났었다. 그러나 세상의 누구보다도 아내를 사랑했다.

아내는 두 명의 아들을 남기고 병으로 세상을 등졌다. 그중 큰아들이었던 엽성은 특히나 죽은 아내를 많이 닮았었고 근골이 뛰어났었다.

한동안 오열하던 백리소소가 눈가를 닦으며 고개를 들고 쑥스러운 표정으로 도종을 바라보았다.

"못난 꼴을 보여 죄송합니다."

"아니오. 제수씨의 마음을 이해합니다."

백리소소는 빠르게 마음을 진정시킨 후 말했다.

"지금 상황으로 보아 시숙의 아드님은 변을 당하신 것 같습니다. 할아버지의 말씀에 의하면 백리청의 내공이 갑자기 증진되어 있었다고 했습니다. 그것이 바로 엽성 도련님 때문일 것이라고 생각합니다. 실종된 시기와도 맞아떨어집니다."

도종 엽고현의 표정이 굳어졌다.

어차피 예상은 하고 있었다. 그러나 막상 예상이 사실로 나타나자 감정이 격해졌던 것이다.

아들의 모습이 아른거린다.

무공을 배우기 싫다고 집을 뛰쳐나갈 때 막지 못한 것이 두고두고 한이 될 것 같았다.

"막았어야 하는 것인데. 내 죄가 크구나."

혼자서 중얼거리는 엽고현의 눈에 물기가 어리더니 결국 방울로 맺혀 떨어진다.

'미안하오. 두 아들을 훌륭하게 키우겠다는 당신과의 약속을 지키지 못했소.'

엽고현은 유난히 죽은 아내가 그리웠다.

"형님."

"난 괜찮으이. 하지만 지금은 조금 우울하군. 특히 죽은 아내와 아들이 보고 싶네."

관표와 백리소소는 말문을 닫았다.

천하에 불패도라 불리는 도종 엽고현이 자신의 감정을 억누르고 있는 모습은 보는 사람으로 하여금 눈시울을 붉히게 만들었다. 무공으로 절대자가 된 사내였지만 그도 결국 한 명의 인간인 것을.

관표는 백리소소와 엽고현의 감정 지대에 끼어서 상당히 난감한 상황이었다. 그렇다고 지금 위로의 말을 꺼내기도 어색한 상황이라 그저 지켜볼 수밖에 없었다.

차 한 잔 마실 정도의 시간이 지났을까? 도종 엽고현이 백리소소를 보면서 말했다.

"제수씨는 이곳에서 조부님을 지키고 있으십시오. 나는 이제부터 아들의 복수를 하겠습니다."

그 말을 들은 관표와 백리소소의 얼굴이 굳어졌다. 그러나 어차피 시작할 일이었다.

백리소소가 일어서며 말했다.

"제가 앞장을 서겠습니다. 그래야 쓸데없는 피를 줄일 수 있습니다."

"하지만……."

"조부님은 제가 안전한 곳에 모셔놓을 것입니다."

"그렇다면 다행입니다."

"시숙님께 부탁이 있습니다."

"말하십시오, 제수씨."

"제가 백리청과 이야기를 나누기 전까진 시숙님이나 가가의 정체가 드러나지 않도록 해주십시오."

"그렇게 하겠습니다. 하지만 저들이 아직도 제수씨와 관 아우의 정체를 모르고 있을까요?"

"제가 보기에 아직도 제 정체를 모르고 있는 것 같습니다. 강호무림에서 활동할 당시 제가 제 정체를 밝히지 않았고, 제가 강호에 나가기 전에 무후천마녀의 이야기가 먼저 강호에 돌았었습니다. 그렇기 때문에 제가 무후천마녀일 거라고는 전혀 짐작하지 못할 것입니다. 시기상으로나 제 나이로나 동떨어지기 때문입니다."

관표가 백리소소를 바라보았다.

그 부분에 대해서는 관표도 궁금한 부분이 있었지만 묻지 않고 있던 참이었다.

"거기에는 이유가 있습니다. 하지만 그것은 나중에 말씀드리겠습니다."

관표와 도종은 고개를 끄덕였다.

관표야 원래 그런 부분에 조금 덤덤한 편이고 백리소소가 먼저 말하기 전에는 잘 묻지 않는 성격이었다. 그리고 도종 엽고현은 지금 상황에서 더 물어볼 수가 없었다.

먼저 처리할 일도 있었고, 소소루 밖에서 몰려오는 무사들의 기세를 감지했기 때문이기도 하였다. 백리소소는 재빨리 목욕실로 가서 백리장천을 비밀 통로 안에 숨겨놓고 돌아왔다.

백리소소는 도종이 들고 온 봇짐 안에서 자신의 무기들을 꺼내어 몸에 장착하기 시작했다. 수라창이 든 원통을 등에 메고 겸은 허리에 기묘한 각도로 찼다. 그리고 활은 손에 들었다. 그렇게 하고 나자 그녀가 들고 장착한 무기들은 그녀의 훤칠한 키와 잘 어울린다.

도종은 새삼 그녀의 모습에 감탄을 하면서 자신의 도를 꺼내어 허리에 찼다. 관표 역시 몽롱한 시선으로 그녀의 미모를 훔쳐보면서 두 자루의 도끼를 꺼내어 들었다.

준비가 된 세 사람은 당당하게 방문을 열고 밖으로 나갔다.

소소루 밖에서 안으로 치고 들어온 것이 아니라, 안에서부터 치고 나간 셈이니 이는 백리청도 예상하지 못한 일이었고, 설마 제아무리 백리소소라 해도 오자마자 바로 행동을 하리란 생각은 하지 못한 백리청이었다.

마침 백리청은 매향으로부터 백리소소에게 두 명의 손님이 찾아왔고, 그중에 한 명이 그녀의 약혼자란 말을 듣고 소소루로 오던 중이었다. 백리소소의 약혼자란 말에 호기심이 동한 것이다.

그녀가 누각 안으로 들어설 때, 관표와 엽고성, 그리고 백리소소는 방 밖으로 나오던 중이었다.

백리청의 뒤로는 십여 명의 무사들이 열을 지어 서 있었다.

모두 백리소소가 모르는 자들로 상당한 실력의 무사들임을 알 수 있었다. 백리청은 백리소소가 무기를 차고 활까지 든 채 나오자 얼굴을 찌푸리며 물었다.

"무슨 일이냐? 너는 어디서 전쟁이라도 치를 참이냐?"

"너를 찾으러 가던 참이었다."

백리소소의 직설적인 말에 백리청의 안색이 굳어졌다.

"지금 나한테 한 소리냐?"

"당연하다. 그전에 너에게 물을 것이 있다. 너는 혹시 엽성이란 남자를 아느냐?"

백리청은 조금 당황한 듯한 표정을 지었지만, 곧 냉랭하게 대답하였다.

"모른다. 내가 그런 자식을 어떻게 알겠느냐?"

도종이 당장 뛰쳐나가려 하는 것을 관표가 그의 손을 잡고 말렸다. 백리소소는 비웃는 표정으로 백리청을 보면서 말했다.

"너와 엽성이란 남자가 함께 백리세가로 들어가는 것을 본 사람이 있다."

"지금 너라고 했느냐?"

"그럼 뭐라고 부르랴? 할아버지의 내공을 빼앗고 백치로 만든 계집을 언니라고 부를 순 없지 않느냐? 더군다나 너와 난 피 한 방울 섞이지 않았다. 그렇지 않느냐?"

백리소소의 말에 백리청의 얼굴이 창백해졌다.

설마 백리소소가 그것을 알고 있으리란 생각은 전혀 하지 못했다.

"그… 그걸 어떻게?"

"세상에 영원한 비밀이란 없다."

당황했던 벡리청은 빠르게 침착함을 되찾았다.

어차피 지금의 비밀을 오랫동안 지속할 수는 없으리라 생각하고 있었다.

"알았다니 할 수 없군. 그런데 그걸 어떻게 알았지?"

"엽성의 행방을 알려준다면 말해주지."

백리청의 표정이 조금 굳어지는 것 같았다. 그러나 그 표정도 오래 가진 않았다.

"호호, 벌써 죽었지."

"그럼 정말로 흡정무한신공에 당했군."

백리청은 냉랭한 표정으로 말했다.

"그 어리석은 놈은 내가 정말로 자기를 사랑하는 줄 알았던 모양이다. 그래도 내가 잘해주었으니 여한은 없을 것이다. 그런데 네가 그 멍청한 자식을 어떻게 아느냐?"

그녀의 말에 도종 엽고현의 몸이 부르르 떨렸다.

옆에 있던 관표가 그의 몸을 얼른 잡으면서 말했다.

"형님, 진정하십시오."

"나는 괜찮네."

짧게 대답한 도종 엽고현은 가볍게 숨을 고르고 천천히 앞으로 나섰다. 그러자 백리소소는 조용히 뒤로 물러선다.

"엽고현이다. 엽성이 내 아들이지."

백리청은 처음에 조금 당황한 표정이었지만, 곧 담담한 표정으로 변했다. 오히려 입가에 조소가 어린다.

"호호, 좋은 아들을 두었군요. 덕분에 제가 덕을 좀 보았습니다."

도종의 눈썹이 꿈틀하였다.

"좋지 못하군, 너 같은 계집을 사랑했다니. 내가 아들 교육을 정말 잘못 시킨 것 같다."

조금 우울한 엽고현의 말투에 백리청이 생글거리면서 말했다.

"너무 자책하지 말아요. 세상에 댁의 아드님 같은 사람이 있어야 나 같은 여자가 흥할 수 있답니다. 아드님 덕분에 천고의 여고수가 태어날 것입니다."

"너에겐 그럴 자격이 없지. 네가 아무리 뛰어나도 넘을 수 없는 여중 고수가 있기 때문이다. 그보다도 너는 아주 자신감이 있는 것 같구나."

"호호, 당연하지요. 지금이라면 내 상대가 될 수 있는 실력자는 십이 대초인이나 투왕과 무후 정도는 되어야 가능할 거랍니다."

도종은 조금 한심하다는 시선으로 백리청을 보았다.

"네가 그 많은 내공을 언제, 어떻게 이루었는지 모르지만, 단숨에 신공을 이루었다고 무공이 올라가는 것은 아니다. 내가 보기에 넌 그저 힘만 센 어린애와 다를 바 없다. 더군다나 그 힘도 아직 자신의 것으로 제대로 소화하지 못했다."

관표는 누구보다도 도종 엽고현의 말이 가슴에 와 닿고 있었다.

기연으로 인해 누구보다도 빨리 대성을 이루었지만, 그것을 완전히 자신의 것으로 만든 것은 불과 얼마 전이었다. 실상 지금도 완벽한 것은 아니고 완벽하게 자신의 것으로 만들려고 노력하는 중이었다. 그런데 남의 내공을 빼앗은 지 불과 몇 개월밖에 안 된 백리청이 그것을 모두 자신의 것으로 만들었다고 믿기는 힘들었다. 아직 십분의 일도 제대로 소화하지 못했을 것이다. 그러나 스스로 그것을 느끼진 못하고 있는 것이 분명하였다.

백리청은 도종의 말에 코웃음을 쳤다.

상대는 아무리 보아도 백면서생처럼 보였다. 처음 엽성의 무공 상태로 보아 그의 집안은 무가의 집안이라도 변변치 못한 무가일 것이라고 판단하고 있던 백리청이었다.

엽고현을 보니 자신의 판단이 옳았다고 생각한 그녀였다. 당연히 엽고현을 무시할 수밖에 없었다. 백리청은 엽고현을 무시하고 백리소소를 보면서 물었다.

"네년은 어떻게 모든 상황을 알고 있는 것이냐? 그리고 이런 멍청이 들하고는 어떻게 알게 된 것이냐?"

백리소소는 가볍게 한숨을 쉬면서 말했다.

"너는 눈도 멀었고 머리도 돌로 찼구나? 보지도 못하고 생각도 못하니 참으로 어리석다."

"네년이 감히 말을 함부로 하는구나."

"네 앞의 태산을 몰라본 것은 네 능력이 모자라서 그런 것이니 봐주겠다. 그러나 내가 모든 비밀을 알고 있는 것은 조금만 생각해 보면 알 것이다."

백리청은 잠시 생각해 보다가 조금 당황한 표정으로 백리소소를 보았다.

"설마 그 사이에?"

"그런 셈이지."

"어떻게?"

"내가 아무도 모르게 무공을 터득할 수 있었던 이유와 같지."

백리청은 아차 싶었다. 그 부분을 생각했어야 했다.

백리소소가 어딘가에 숨어서 무공을 배웠다면 당연히 소소루에서 지하 연무실로 통하는 비밀 통로가 있을 것이라고 짐작했어야 했다.

그녀는 후회했지만, 이미 지난 일이다. 지금도 늦지 않았다고 생각하는 그녀였다.

"진즉에 죽일 것을. 네년이 오면 함께 죽이려고 가두어놓았더니, 그게 실수가 되었군. 그 늙은 것을 구한 것은 비밀 통로가 있었기 때문이겠지. 그리고 네년은 그 통로를 이용해 연무장을 들락거리면서 아무도 모르게 무공을 익힐 수 있었고. 아무래도 상관없다, 오늘 전부 죽이면 그만이니까."

백리청의 당당한 말에 백리소소가 살기를 머금고 나서려 하였지만, 도종이 먼저 자신의 도를 뽑아 들고 말했다.

"오늘 네년은 쉽게 죽지 못할 것이다."

백리청이 도종을 보고 웃으며 말했다.

"호호호, 과연 네가 나를 이길 수 있을까? 지금은 세상의 누구라도 힘들 것이다."

그녀는 근래 들어서 백리장천의 내공을 자신의 것으로 완전히 소화하면서 절정의 경지에 들어서 있었다. 그렇지 않아도 늘어난 자신의 무공을 시험해 보고 싶어서 몸이 근질거리던 참이었다.

처음 힘을 가진 자가 그렇듯이 그녀는 세상의 누구라도 이길 수 있을 것 같았다. 당연히 나이 어린 백리소소나 외공을 조금 익힌 것 같은 관표는 물론이고, 이제 중년의 그저 평범한 무사로 보이는 도종 따위가 눈에 찰 리 없었다.

비록 이전에 백리소소에게 호되게 당하긴 했었지만, 지금이라면 백리소소가 백 명이라도 자신있는 백리청이었다. 그녀는 백리세가 비전의 무공인 백옥무연신공을 십성까지 터득한 상황이었다.

그 정도의 경지라면 천하에 그녀의 적수는 정말로 그리 많지 않다고 보아도 된다. 분명히 자신감을 가질 수 있는 실력이었지만, 그녀의 지나친 자신감은 눈앞의 상대가 누구인지 생각조차 하지 못하게 만들었다.

그리고 조금 전 도종이 한 말도 그냥 흘리게 만들었다.

설마 무공을 모르는 엽성의 아버지가 도종일 줄 어찌 알았으랴.

더군다나 세상에 알려진 도종의 이름은 귀원이었으니, 그녀는 전혀 짐작조차 할 수 없었다.

도를 들고 나선 중년 서생이 가소로울 뿐이었다.

"부자가 모두 내 손에 죽는 것도… 헉."

백리청의 얼굴이 창백해졌다.

엽고현의 도가 벼락처럼 그녀를 향해 사선을 그리고 있었는데, 그 빠르기가 백리청의 반사 신경을 넘어서고 있었던 것이다.

엽고현과 백리청의 거리는 약 삼 장.

도가 아무리 길어도 닿을 수 있는 거리가 아니었다. 그러나 엽고현의 도에서 뿜어진 밝은 서기가 그 거리를 없애 버렸다. 마치 도가 삼 장 이상으로 길어진 듯한 모습.

기겁을 한 백리청은 피할 생각도 하지 못했다.

피하기엔 너무 빠르고, 도에서 뿜어지는 기세에 완전히 압도당해 있었던 것이다.

'서걱' 하는 소리가 들리면서 백리청의 팔 하나가 땅에 떨어졌다.

"끄으으."

신음과 함께 백리청이 두려운 시선으로 도종 엽고현을 바라보았다. 이제야 상대가 얼마나 강한 자인지 인식한 것이다.

"너… 넌 누구냐?"

"엽고현."

"으으… 분명히 들어보지 못한 이름인데."

"흠, 귀원이라고 하면 알아들을지도 모르겠군."

백리청의 안색이 창백하게 질려 버렸다.

그녀를 돕기 위해 무기를 뽑아 들었던 십여 명의 호위무사들도 뻣뻣하게 굳은 모습으로 엽고현을 본다.

"도, 도종."

"남들이 그렇게도 부르더군."

엽고현의 말에 백리청은 가슴이 내려앉는 기분이었다.

잘려진 팔의 고통마저도 달아나 버렸다.

'하… 하필이면, 개자식. 그렇다면 나에게 자신의 아버지가 누구인지도 속였단 말인가? 빠드득, 지옥에서 만나면 입을 찢어놓겠다.'

엉뚱하게도 엽성을 원망하는 백리청이었다.

엽고현이 두 걸음 앞으로 다가오자 백리청은 기겁을 하며 고함을 질렀다.

"뭐 하느냐? 어서 공격해라! 저 자식을 죽이란 말이다!"

그러나 누구도 그녀의 명령을 따르지 못했다.

제아무리 호위무사들이었지만, 죽을 걸 뻔히 알면서 달려들 순 없는 것이었다. 그리고 그들은 그다지 충성심이 강한 자들도 아니었다.

오히려 주춤거리며 물러선다.

백리청은 더욱 당황할 수밖에 없었다. 이때 누각 밖에서 백여 명의 무사들이 '우르르' 몰려오는 소리가 들렸다.

누군가가 지금 상황을 알린 모양이었다.

백리청이 조금 안심하는 표정으로 엽고현을 보았다. 다행히 엽고현은 더 이상 공격을 하지 않고 백리청을 바라만 보고 있었다. 이때 백리소소가 빈 활을 들고 누각의 문밖으로 향했다.

문이 열리면서 무사들이 나타난 순간 그녀의 눈이 반짝였다.

"백리세가의 수하들이 아니군. 그렇다면 전륜살가림의 수하들인가? 죽어도 싼 것들이로군."

백리청은 당황한 표정을 감추지 못했다.

"네, 네가 어떻게 그걸."

백리소소가 빙그레 웃었다.

"넘겨짚은 것인데, 사실인가 보네."

백리청은 그제야 자신이 속은 것을 알았지만, 우선은 잘려진 팔에서 느껴지는 고통이 먼저였으며, 도종의 기세 안에서 도망치는 것이 우선이었다. 급한 대로 지혈을 하고 있었지만, 계속되는 정신적인 충격으로 다시 고통을 느낀 것이다.

백리소소의 빈 화살에 희고 반투명한 화살 하나가 저절로 생겨났다. 얼음으로 만들어진 화살은 막 누각의 문을 열고 들이닥치는 무사들에게 날아갔다.

'우웅' 하는 소리와 함께 날아가는 얼음 화살이 허공에서 무섭게 회전하며 화살 주위로 대기의 습기를 빨아들이기 시작하였다.

백리청과 무사들이 놀라서 화살을 바라보았고, 도종 엽고현과 관표도 신기한 표정으로 화살을 바라보았다.

날아가는 화살 주변으로 모인 습기들은 어느새 거대한 얼음 기둥으로 변해 화살을 따라 회전하기 시작했다.

소소루의 문 안으로 들어서는 무사들 앞까지 날아온 얼음 기둥 화살은 갑자기 '꽝' 하는 소리와 함께 터져 나갔다.

순간 수백의 얼음 조각이 문 안으로 들어온 무사들을 덮쳤다. 요궁의 궁술 중 빙살폭뢰전이 시전된 것이다.

빙살폭뢰전은 다수의 적을 상대하는 데 최상의 무공 중 하나였다. 설마 화살이 얼음 기둥으로 변하고, 그 얼음 기둥이 터지면서 얼음 조각이 살상용 암기가 될 줄이야 누가 생각이나 했겠는가?

"크아악!"

비명 소리가 연이어 들리면서 수십 명의 무사들이 얼음 파편에 당한 채 쓰러졌다. 백리청은 놀라움으로 인해 얼굴이 딱딱하게 굳어졌다.

눈앞의 도종 엽고현만 하여도 도저히 자신이 이길 수 있는 상대가 아니었다. 그런데 지금 보여준 백리소소의 한 수는 그녀의 자존심과 자부심을 한 번에 무너뜨리고 있었다.

'도망쳐야 살 수 있다.'

백리청은 순간적으로 판단을 내리자 바로 돌아서서 신형을 날렸다. 그러나 그보다 먼저 도종의 도가 허공을 가르고 지나갔다.

'서걱' 하는 소리가 들리면서 백리청은 다리가 허전해지는 것을 느끼면서 그 자리에서 쓰러졌다.

그녀의 두 다리가 엽고현의 도에 반듯하게 잘려 나간 것이다.

"으흐흐."

백리청이 공포에 질려 울면서 남은 한 손으로 땅바닥을 기기 시작했다. 누각 안으로 들어오던 무사들은 백리소소의 화살에 대항조차 못해 보고 쓰러지는 중이었다.

도종이 백리청에게 걸어가자, 그녀를 호위하던 십여 명의 무사들은 모두 그 자리에서 얼어붙은 채 감히 달려들 생각도 하지 못했다.

도종이 한 손으로 백리청의 머리채를 잡아 들며 말했다.

"계집. 자신을 사랑하는 남자를 죽였고, 아무리 자신의 친혈육이 아니라 해도 키워준 분에게 해를 입혔다. 너는 죽을 만한 죄를 지었으니 내 손속을 원망하지 마라."

백리청은 새파랗게 질려 있었다.

잘려진 팔과 다리에서 오는 통증이 문제가 아니었다.

죽음에 대한 공포로 인해 그녀는 그 아픔마저 잊어버렸다.

"사, 살려주세요."

그래도 살고는 싶은 것 같았다.

"너는 살려둘 가치가 없는 계집이다."

엽고현의 도가 허공을 갈랐다.

백리청의 가슴이 갈라져 나갔다.

다시 한 번 도가 번쩍거렸고, 이번에는 백리청의 머리가 분리되면서 그녀의 몸이 땅에 맥없이 떨어졌다.

백리소소는 얼른 고개를 돌렸다. 그래도 한때는 언니라고 생각했던 여자였다.

"무슨 일이냐? 모두 물러서라!"

고함과 함께 한 명의 남자와 두 명의 노인이 누각 안으로 들어섰다. 들어선 남자는 백리가의 총관이었던 환우였다.

환우가 나타나자 백리소소의 표정이 냉랭해졌다. 그러나 환우는 사방에 쓰러진 자들을 보느라 아직 그녀를 보지 못하고 있었다. 쓰러진 자들이 모두 자신의 수하들임을 알고 환우는 조금 당황하였다.

도대체 누가 감히 백리세가 안에서 이렇게 살인을 할 수 있단 말인가? 그는 강한 살기를 뿜어내는 엽고현을 보았다. 그리고 그의 손에 들린 백리청의 머리를 보았다.

환우의 표정이 일그러졌다.

"처, 청아!"

그러나 머리만 남은 여자가 말을 할 수 있을 리 만무했다. 당장 달려들어서 그자의 목을 치고 딸의 머리를 찾아오고 싶었지만, 상대에게서 느껴지는 힘이 결코 만만치 않다는 것을 알고 멈칫하였다.

'대단하다. 이자는 분명 십이대초인 중 한 명이다. 그런데 이런 자가 왜?'

환우의 분노했던 마음이 빠르게 가라앉았다.

강적을 앞에 두고 흥분할 순 없었던 것이다.

"너는 누구냐?"

"엽고현, 중원에서는 도종 귀원이라고 부른다."

환우의 얼굴이 굳어졌다.

예상했던 대로 상대는 십이대초인 중 한 명이었다. 그것도 칠종 중 가장 강할지도 모른다는 도종 귀원이다. 그러나 상대가 누구인지 알고도 환우의 표정엔 두려움이 없었다.

그는 분노를 눌러 참는 목소리로 물었다.

"도종, 네놈이 왜?"

"왜라니, 내 아들을 잡아먹은 계집이다. 아비로서 복수하는 것은 당연한 것 아닌가?"

환우는 다시 한 번 심호흡을 하였다.

딸이 죽었는데도 단 한 호흡에 냉정해지는 환우의 모습을 보면서 백리소소와 관표는 무엇인가 오싹한 느낌이 들었다. 상대를 침착하다고 해야 하는 것인지, 아니면 냉정하다고 해야 하는 것인지 곤혹스럽다.

"그렇군. 어찌 된 사연인지는 모르지만, 네놈이 내 딸을 죽였으니 나 역시 너를 용서할 수 없다."

"당신이 이 계집의 아비라면 당연히 그럴 자격이 있다. 그런데 미안하군, 나보다 먼저 당신에게 볼일이 있는 사람이 있어서."

"도망치는 것이냐?"

"마음대로 생각해라."

도종이 태연하게 말하며 뒤로 물러서는 순간,

"오랜만이군요, 숙부님."

도종에게 다가서려던 환우의 시선이 백리소소를 향했다.

그의 눈썹이 꿈틀한다.

"소소가 아니냐?"

"그렇지요."

"돌아왔다는 소리는 들었다. 그런데 이것이 어떻게 된 일이냐? 그리고 네가 왜 도종과 함께 있는 것이냐?"

"그건 중요한 것이 아니고, 청 언니가 환 숙부의 딸이라니 그건 무슨 말이죠?"

흠칫했던 환우가 태연한 표정으로 말했다.

"조금 전 수하의 말에 의하면 백리장천이 사라졌다고 했다. 그렇다면 네가 구했을 것이고, 지금 상황을 보니 이미 알 건 다 알고 있을 것 같은데, 뭘 물어보느냐?"

"솔직해서 좋군요. 그렇다면 내가 딸로서 아버지의 복수를 하는 것도 정당한 일이겠죠?"

환우의 얼굴이 한동안 푸들거리다가 멈추었다.

마음속의 격동을 겨우 참아낸 환우가 말했다.

"호호, 그래, 너라도 죽여서 딸려 보내야 청이가 외롭지 않겠구나."

"역겹군요. 이제 와서 딸을 사랑한 것처럼 말하지 마세요. 당신이 청 언니를 딸로서 정말 사랑했다면 지금 이 상태가 되진 않았겠죠. 당신으로 인해 정신적인 충격을 받은 청 언니의 마음을 나는 조금이지만 이해를 해요. 물론 그렇다고 그녀의 지은 죄가 사라지는 것은 아니지만."

환우가 호흡을 조절하면서 가볍게 숨을 토해내었다.

"제법이구나. 정말 많이 컸다. 하지만 네가 감히 나와 겨룰 수 있겠느냐?"

"그거야 두고 보면 알겠죠."

백리소소가 활을 옆구리에 차면서 단창을 뽑아 들려고 할 때였다. 관표가 앞으로 나섰다.

"소소, 이 싸움은 내게 맡겨놓으시오."

백리소소가 관표를 바라보았다.

"하지만 이 일은 저의 일입니다."

"부부는 일심동체라 했소. 당신의 일을 내가 대신하는 것은 당연한 것이오. 그리고 이런 험한 일은 남자가 해야 옳은 일이오."

백리소소가 수줍게 고개를 숙이고 뒤로 몇 걸음 물러섰다.

부부는 일심동체란 말에 백리소소는 가슴이 두근거리는 것을 느꼈다. 새삼 앞에 있는 관표의 등이 믿음직스럽다.

관표는 환우를 보면서 말했다.

"소소에게 진 빚을 대신 받으려 하오. 준비하시오."

환우가 얼굴에 살기를 머금고 말했다.

"그거야 상관없다. 어차피 너희 셋을 한 명도 살려줄 생각이 없다. 그런데 네놈은 누구냐?"

"그전에 먼저 자신의 정체를 말하는 게 예의 아니오?"

"환우라고 한다."

"전륜살가림의 누구인지를 묻고 있는 것이오."

환우의 표정이 꿈틀하였다.

'대체 이놈이 누구기에 그거까지 알고 있단 말인가? 절대로 살려놓아선 안 될 놈이구나.'

환우는 새삼스럽게 관표의 정체가 궁금했다.

"제법 많은 걸 알고 있구나. 하지만 내가 누구이든 그걸 말해줄 필요가 없지."

환우가 입가에 손을 대고 휘파람을 부르려 하자, 백리소소가 가운뎃손가락을 들어올리며 말했다.

그녀의 중지엔 반지 하나가 끼어져 있었는데, 평범해 보이는 그 반지에서 금색의 광채가 어리고 있었다.

"미리 말하지만 백리세가의 힘은 사용하지 않는 게 좋을 겁니다."

반지를 본 환우는 입가에서 손을 내렸다.

그의 얼굴엔 낭패한 기색이 역력했다.

"지존환, 그럼 네가 백리세가의 가주가 된 것인가? 그렇게 찾아도 없더니."

"이 지존환은 처음부터 제가 가지고 있었으니 찾을 수가 없었겠죠. 원래는 제가 가지고 있다가 오빠에게 전해주도록 되어 있었지만, 지금 보니 그럴 필요가 없겠군요. 어차피 나 외에는 모두 당신의 핏줄이 아닌가요?"

환우의 입가가 씰룩거렸다.

지존환은 백리세가의 가주임을 증명하는 신물이었다. 그리고 지존환에서 금색의 광채를 내려고 하면 가주만이 익힐 수 있는 특수한 심법이 있어야 한다.

이는 곧 현재 백리세가의 가주는 백리소소라는 말과 같았다.

이젠 백리소소가 가주가 된 이상 백리세가의 힘을 이곳에 끌어들이는 것은 스스로 호구 속으로 들어가는 것이나 마찬가지였다.

백리세가의 가장 무서운 힘인 십대가신과 백검대라도 출동하게 된다면 낭패를 당할 것이 틀림없었다.

백리소소는 태연한 표정으로 말했다.

"걱정 마세요. 백리세가의 힘을 이용하진 않을 것입니다, 그럴 필요도 없고."

환우의 입가에 차가운 미소가 어렸다.

"그래, 그렇다면 나야 좋지."

도종이 백리청의 머리를 들고 뒤로 물러섰고, 백리소소 역시 뒤로 물러섰다.

관표가 한월을 꺼내 들었다.

한기가 어린 그의 도끼를 보면서 환우는 냉막한 표정을 지으며 말했다.

"도끼를 사용하다니, 하지만 도끼로 절정에 달한 무인은 녹림의 투왕밖에 없다. 요즘 아이들이 투왕을 우상시하면서 도끼를 무기로 쓰는 자들이 많아졌다더군. 자네도 그중 한 명인가?"

"나는 처음부터 도끼를 사용했소."

환우가 품 안에서 작은 방패를 꺼내 왼손에 장착하면서 말했다.

"흐흐. 뭐, 좋다. 이왕이면 빨리 끝내지. 어떻게 보면 도끼라는 무기는 나의 천간요뢰(天干妖雷)와 가장 상극인 무기일 수 있지."

"천간요뢰!"

천간요뢰란 말을 듣고 놀란 백리소소가 새삼스런 표정으로 환우의 왼쪽 손목에 걸린 조그만 방패를 바라보았다. 도종 역시 놀란 표정으로 방패를 바라본다.

다른 사람들이야 천간요뢰가 무엇인지 모르니 놀랄 일이 없었다.

"가가, 조심하세요. 천간요뢰는 서장과 천축국을 통틀어 가장 무서운 세 가지 무기 중 하나예요."

환우가 새삼스럽게 백리소소를 보면서 고개를 끄덕였다.

"과연 너의 지식은 놀랍구나. 현이가 너를 사랑할 만하다. 어떠냐? 지금이라도 네가 항복을 하고 내 아들인 현이와 결혼한다면 너만은 살려주겠다."

백리소소의 눈이 위로 곤두섰다.

"백리현 오빠를 말하는 것인가요? 생각만 해도 불쾌하군요. 당신은 어떻게 생각할지 모르지만, 나에게 있어서 그분은 내 오빠일 뿐이에요. 오빠와 동생이 결혼할 순 없죠. 그리고 나는 당신을 반드시 죽여서 아버지의 복수를 해야 하고, 나에겐 이미 섬겨야 할 지아비가 있답니다."

"그렇다면 반드시 죽여야 할 계집이군."

그 말을 들은 관표의 얼굴에 노기가 어렸다.

"당신은 쓸데없는 말을 너무 많이 하는군. 그전에 자신의 목숨이나 챙기지."

관표의 도끼가 무서운 속도로 날아갔다.

도끼에 실린 힘을 느낀 환우의 표정이 조금 굳어졌다.

"호오, 제법이군."

광월참마부법의 제오초인 비월로 날아온 도끼는 환우에게 근접할수록 더욱 무서운 위력으로 회전하고 있었다.

환우가 방패로 날아오는 한월을 쳐냈다.

'꽈앙' 하는 소리와 함께 방패에 튕겨진 도끼가 관표에게 돌아왔다.
환우는 방패에 느끼지는 힘의 무게에 놀라 관표를 바라보았다.

단 한 번의 어울림이지만 상대의 실력을 가늠하기엔 충분했다.

환우의 표정에 조금 전의 여유는 찾아볼 수 없었다.

다시 한 번 관표의 정체를 묻는다.

"너는 누구냐?"

"그전에 자신의 정체부터 밝히는 것이 먼저 아닌가?"

관표의 냉정한 말에 환우는 고개를 끄덕이며 말했다.

"맞아, 그렇지. 뭐, 그렇다면 그냥 죽어라."

환우의 신형이 무서운 속도록 관표를 향해 돌진해 왔다.

두 사람의 거리가 약 일 장의 거리까지 좁혀진 순간 환우의 주먹이
관표의 몸을 향해 질러왔고, 관표의 도끼는 신월단참의 초식으로 환우
의 얼굴을 노리고 찍어갔다.

第五章

천검도종(天劍刀宗)

─남자는 주변에 좋은 사람이 많아야 한다

공격 대 공격.

도끼와 주먹으로 찍고 때리는 공격 속에 둘의 신형이 기묘하게 엉켜들었다. 어떻게 보면 둘 다 상대의 공격을 안중에도 두지 않는 공격 일변도의 초식이었다.

백리소소는 자신도 모르게 옷자락을 휘어잡고 있었다.

동귀어진이라도 하려는 듯 달라붙던 환우는 그 순간 기겁하였다.

관표야 이미 상대가 전륜살가림에서 강한 자 중 한 명일 거라고 짐작을 하고 있었기에 놀라지 않았지만, 태극신공으로 인해 관표의 실력을 전혀 모르고 있었던 환우로서는 도끼에 실린 힘을 느끼고 놀라지 않을 수 없었다.

환우는 천간요뢰로 관표의 도끼를 막아가면서 자신의 내공을 전부 끌어올렸다. 비록 창졸간이지만, 이미 마음이 일면 저절로 진기가 모아지는 단계라 큰 어려움은 없었다.

관표 또한 잠룡둔형보법의 일보영으로 환우의 주먹을 피하며 공격을 하는 중이었다.

'꽝' 하는 소리와 함께 관표의 도끼가 찬간요뢰와 충돌하였고, 일보영으로 완전히 피하지 못한 관표는 대력철마신공을 운용하여 환우의 권경을 스치듯이 받아내었다.

환우와 관표는 뒤로 주춤거리며 한 발자국씩 물러섰다.

환우는 다시 한 번 관표를 보았다.

아무리 보아도 이제 이십 중반의 나이다. 그런데 설마 자신과 맞상대할 정도로 강하리란 생각은 하지 못했었다. 그러나 놀란 것은 관표도 마찬가지였다. 적어도 백리세가를 도모할 정도라면 대단한 고수일 거라고 생각은 하고 있었지만, 첫 충돌에서 자신과 무승부를 이룰 줄은 몰랐던 것이다.

관표가 침통한 표정으로 말했다.

"당신은 전륜살가림의 오제 중 가장 강하다는 천제나 삼존 중 한 명이 분명하군. 그렇지 않다면 이 정도의 무공을 지닌 자가 전륜살가림에 또 있진 않겠지."

환우도 가볍게 숨을 내쉬면서 말했다.

"너는 투왕 관표였군. 젊은 후기지수 중에 도끼를 쓰면서 나와 맞설수 있는 자가 강호엔 그뿐이니. 그럼 무후가 바로 소소였다는 말인가?"

백리소소가 가볍게 웃으면서 말했다.

"맞아요. 너무 늦게 알았군요."

환우의 표정이 심각하게 굳어졌다.

스스로의 실력만 믿고 상대에 대해서 너무 안일했다는 생각이 든 것이다. 그러나 조금 납득이 안 되는 부분도 있었다. 그가 알기로 무후천마녀에 대한 소문이 강호에 돈 시기가 상당히 오래전부터였다. 그러나 그가 알고 있는 한 백리소소가 강호로 나간 것은 얼마 되지 않았다.

백리세가에서 몰래 강호 활동을 했었다고 해도, 그녀가 무공을 익힌 것은 그리 오래되지 않았다는 것이 환우의 짐작이었다. 그 이전에는 분명히 절증을 앓고 있었던 것이다.

나이를 생각해도 그녀가 무후천마녀란 것은 이해가 안 가는 부분이었다. 그래서 환우는 백리소소와 관표를 같이 생각하지 못했었다. 그러나 그것은 지금 문제가 될 수 없었다.

중요한 것은 지금 자신의 눈앞에 현 무림의 최고 강자들이라 할 수 있는 도종 귀원과 투왕 관표, 그리고 무후라 불리는 백리소소가 있고, 그들은 자신과 적이라는 사실이었다.

"전혀 짐작하지 못했다. 하지만 그것이 문제는 아니겠지. 당금 천하 무림에 최고의 강자들을 보게 되다니 영광이군. 하지만 그래도 너희들은 전부 죽는다."

갑자기 환우의 몸에서 가공할 정도의 기세가 뿜어져 나왔다.

관표가 그 기세에 대항하기 위해 도끼를 드는 순간 갑자기 환우의 신형이 뒤로 날아가면서 도망치기 시작했다.

"멈춰라!"

보고 있던 도종 엽고현이 고함을 지르며 들고 있던 도를 던졌다.

'번쩍' 하는 섬광이 일며 엽고현의 도가 무서운 속도로 도망치는 환우의 등을 노리고 날아갔다.

그것을 본 백리소소가 찬탄한 표정으로 말했다.

"이기어도술!"

도망치던 환우는 자신의 등을 노리고 무서운 기운이 쫓아오는 것을 느끼자 기겁을 하였다. 급하게 몸을 틀면서 천간요뢰로 날아오는 도를 방어하였다.

'꽝' 하는 소리와 함께 환우의 몸이 더욱 빠르게 뒤로 날아갔다.

"오늘 일은 잊지 않으마."

그의 목소리가 멀리 사라져 갔다.

환우가 도망치자 두 명의 노인도 다급하게 몸을 날렸지만, 한 명은 백리소소의 활에, 또 한 명은 비월로 날아간 관표의 손도끼에 맞아 죽고 말았다.

두 사람을 처리한 관표와 백리소소는 조금 황당한 표정으로 환우가 사라진 쪽을 바라보았다. 비록 그의 수하들을 처리하긴 했지만, 설마 이렇게 쉽게 도망치리라고는 생각하지 못했던 것이다.

백리소소의 표정이 조금 굳어졌다.

"정말 무서운 사람이에요."

관표가 백리소소를 바라보면서 말했다.

"확실히 천제의 무공은 검제보다 반수나 한 수 정도 위인 것 같았소. 천간요뢰란 것도 대단하지만, 그의 권법은 빛처럼 빠르고 강했소. 정식으로 싸운다면 나도 장담하지 못할 만큼 강자였소."

"그의 무공도 강하지만 그의 심성은 더욱 무서워요. 백리세가를 차지하기 위해서 많은 시간을 허비했을 텐데, 더군다나 친딸까지 죽은 상황이었어요. 그런데도 상황이 어려울 것 같자 미련없이 모든 것을 포기하고 도망쳤어요. 정말 저런 자는 상대하기가 어려운 자랍니다."

관표도 고개를 끄덕였다.

뒤에 서 있던 도종도 백리소소의 말에 섬찟한 기분이 들었다.

과연 자신이라면 이 상황에서 도망칠 수 있을까 생각해 보니 그것은 절대로 쉽지 않은 일이었다.

자신이라면 끝까지 싸우다 죽었을 것이다.

"제수씨 말이 맞소. 누구라도 지금 상황에서 그리 쉽게 판단을 내릴 순 없을 것이오. 그리고 정말 그동안 이루어놓은 것을 간단하게 포기하고 도망치는 것은 더욱 어려울 것이오."

백리소소가 고개를 흔들며 말했다.

"어쩌면 환우가 도망친 것은 백리세가를 포기해도 될 만큼 준비가 되어 있다는 뜻일지도 몰라요."

도종 엽고현의 표정이 조금 굳어졌다.

관표가 백리소소를 보면서 말했다.

"우선은 조부님부터 돌봐야 하지 않겠소?"

"그래야 할 것 같습니다."

"제수씨에게 한 명의 오빠와 두 명의 동생이 있다고 들었습니다."

백리소소의 표정이 굳어졌다.

"일단 할아버지를 응급조치하고 오빠와 동생들을 찾아보아야 하겠습니다. 제가 아는 오빠는 그리 악하지 않았습니다. 그리고 제가 이곳에 돌아왔을 때 저에게 경고해 주려고 했던 것 같았습니다. 그리고 화와 광도 제가 잘 알고 있는데, 둘 다 악한 성격이 아닙니다. 정말로 오빠와 동생들마저 천제의 자식들이라 해도, 시숙님께서 용서하신다면 저도 용서해 주고 싶습니다."

"내가 무슨 살인마라고 죄없는 사람들까지 죽이려 하겠습니까? 제수씨는 걱정 말고 그들을 돌보십시오."

"감사합니다."

도종 엽고현이 고개를 흔들었다.

"당연한 일입니다. 나는 백리청을 죽임으로 해서 이번 일의 원한은 모두 잊을 생각입니다."

듣고 있던 관표 역시 다행이란 표정으로 백리소소를 보면서 말했다.

"이제 형님과의 관계도 깨끗이 정리했으니, 소소는 어서 할아버지께 가보시오. 그리고 빨리 백리세가도 정리를 해야 할 것이오. 혹여 내 힘이 필요하다면 언제든지 말하시오."

백리소소가 생긋이 웃으면서 말했다.

"우선 전륜살가림의 잔재를 없애야 하겠지요. 할아버지는 잠시 동안은 평안하실 것입니다."

생각해 보니 백리세가의 일을 처리하는 데 소소가 없다면 곤란한 점이 많을 것 같았다. 그리고 정확하게 적아를 구분하는 것도 그랬다.

"그럼 피를 보는 일은 내게 맡기시오."

관표가 도끼를 들고 앞으로 나섰다.

도종 역시 자신의 애도를 들고 나서며 말했다.

"나 역시 아우를 돕기로 하지."

"감사합니다, 형님."

"우리는 형제 아닌가. 그런 소리 말게. 그럼 우리가 먼저 나갈 테니 제수씨는 바로 뒤따라 나오시오."

두 사람이 나란히 누각 밖으로 나갔다.

백리소소는 두 사람이 더없이 듬직했다.

특히 관표는 합방을 하고 난 후 애틋함도 더해졌다.

이제는 정말로 자신의 지아비라는 생각이 강하게 들었던 것이다. 물론 그 이전에도 그런 생각이 없었던 것은 아니다. 그러나 합방을 하고 난 후와 이전이 같을 수는 없었다.

관표와 도종 엽고현이 나란히 밖으로 나왔을 때였다.

마침 누각 밖에는 수많은 사람들이 모여 있었는데, 그들은 기존의 백리세가 사람들이 대부분이었다.

환우와 백리청이 데리고 온 사람들은 이미 상황을 눈치 채고 거의 다 도망친 후였다.

백리세가의 무리들 중에 한 명의 노인이 다가왔다.

그는 백리세가의 십대가신 중 수좌인 제검(帝劍) 유청현으로, 백리세가의 충신 중 한 명이었다.

백리세가의 십대가신은 모두 제검 백리장천의 수하들로 연배가 백리장천과 비슷했다. 이들은 처음 백리장천이 백리세가를 세울 때부터 지금까지 변함없는 백리세가의 실제적인 힘이라고 볼 수 있었다. 환우와 백리청이 백리세가를 장악하고도 함부로 하지 못했던 것은 십대가신과 백검대 때문이었다.

백리소소는 평소 제검 유청현을 사숙이라 불렀었다.

이는 백리장천이 십대가신을 단순하게 수하로 보지 않았기 때문이었고, 실제 가주의 신분을 벗어나면 주종 관계가 아니라 서로 의형제 사이였기 때문이다.

그만큼 십대가신은 백리세가에서 중요한 존재들이었다.

관표와 엽고현의 뒤를 따라 밖으로 나오던 백리소소는 유청현을 보고 얼른 앞으로 나오며 인사를 하였다.

"유 사숙, 저 소소입니다. 이제야 집으로 돌아왔습니다."

유청현의 눈이 커졌다.

반가운 표정을 감추지 못했다.

"오, 소소야, 네가 돌아왔구나. 그렇지 않아도 네가 돌아왔다는 소리를 듣고 오던 참이다. 그런데 지금 무슨 일이 벌어지고 있는 것이냐? 갑자기 소가주인 현이가 자살을 하고, 너와 백리청이 싸운다는 소리를 들었다."

백리소소가 눈을 크게 떴다.

"자살이요?"

"그렇다. 백리현이 자살을 하고 이 서신을 너에게 전해주라고 했다 하더라. 그래서 더욱 급히 너를 찾아오던 중이었다."

유청현이 품 안에서 서신을 꺼내 백리소소에게 전해주었다.

백리소소는 빠르게 서신을 펼쳤다.

소소 보아라. 아직도 내가 너의 오빠였으면 좋았을 것이라고 생각하며 이 글을 쓴다.

처음엔 내가 너의 친오빠가 아니란 사실을 알고 나는 기뻤단다.

그 이유를 처음엔 몰랐지만, 나중이 되어서야 내가 너를 사랑했기 때문이란 것을 알았다. 그러나 기쁜 것은 잠시였고, 나와 너 사이엔 도저히 넘을 수 없는 강이 있다는 것을 알았다.

네가 위험할 때 알게 모르게 내가 보호하기도 하였지만, 그 때문에 나는 아버지의 일에 적극적이지 못하고 누나인 백리청에게 밀려나고 말았다. 그러나 나는 그것을 후회한 적은 없었다.

하지만 나도 백리세가의 일을 방관했으니 분명히 협조자라 할 수 있을 것이다. 그 죄는 내가 스스로 죽음으로 속죄한다. 그리고 네가 알아야 할 것이 있다.

아버지가 이용하려고 거짓말을 했지만, 네 두 동생인 백리화(百里花)와 막내 백리광(百里光)은 분명히 너와 어머니는 다르지만 아버지가 같은 동생들이다.

둘은 이번 일에 크게 관여한 것도 없다.

아버지는 두 남매를 죽이려 하였다. 그러나 나에겐 아버지가 다르지만 동생들이 분명하였기에 그것을 두고 볼 수 없었다.

아버지는 어쩔 수 없이 두 남매를 지하 뇌옥에 가두어놓았다.

하지만 백리화와 백리광은 지금도 자신들의 아버지가 천제인 줄 알고 있다. 이래저래 상처를 많이 받았을 것이다.

네가 진실을 말해주고 잘 보살펴 다오.

그동안 많이 괴로워했다. 그러나 막상 결심을 하고 나니 참으로 편하구나. 누가 뭐라 해도 나는 백리세가의 사람이고 싶었다.

너를 사랑했지만, 욕심을 부리진 않았다. 하지만 아버지와 누이의 욕심으로 인해 모든 것이 쉽지 않구나.

내가 죽거든 나를 화장해서 포양호에 뿌려다오.

백리소소는 가볍게 한숨을 쉬고 그 서신을 제검 유청현에게 주었다. 다 읽고 난 유청현이 놀라서 백리소소를 바라보았다.

그로서는 지금 서신에 적힌 내용을 이해할 수 없었던 것이다.

백리소소는 차분하게 상황을 설명하였다.

다 듣고 난 유청현은 너무 놀라운 사실에 아연한 표정을 지었다.

"사정이 이렇게 되었습니다. 이왕 사숙께서 오셨으니 집 안을 살펴 주십시오. 저는 할아버지를 치료하겠습니다."

"치료엔 자신이 있는 것이냐?"

"제가 건강해진 것을 보세요. 이래 보여도 백봉의 제자랍니다."

제검 유청현이 다시 한 번 놀란 표정으로 그녀를 바라보았다.

"정말이라 믿겠다."

"할아버지 문제는 제게 맡겨놓으시고, 세가의 사람들에게 대충이라 도 진실을 알려주고 정리를 해주세요. 혹시라도 아직 환우의 수하들이 남아 있다면 무력을 써서라도 확실하게 정리해 주셨으면 합니다. 그리 고 오빠의 시신도 부탁드리겠습니다."

우청현은 착잡한 표정으로 고개를 끄덕였다.

"너는 얼른 주군께 가보도록 해라. 나머진 내게 맡겨라!"

"지하에 있는 두 동생도 부탁드립니다. 이 서신을 그들에게 보여주 고 진실을 말해주십시오."

"걱정 마라. 내가 알아서 하마."

"그럼. 가가와 사숙께서는 저를 도와주십시오."

백리소소가 돌아서서 누각 안으로 다시 들어가자, 관표와 도종 엽고 현도 그 뒤를 따랐다.

유청현은 백리소소의 뒤를 따르는 두 사람을 바라보았다.

듣기로 그들 중 한 명이 백리소소의 연인이라고 했다. 그런데 두 사 람에게서 어떤 힘도 느끼지 못했다.

유청현이 비록 십대가신의 수좌로서 대단한 실력을 가지고 있지만 도종 엽고현과 투왕 관표의 기를 감지할 수 있을 정도는 아니었다. 특 히 관표는 건곤태극신공으로 인해 설사 십이대초인이라고 해도 그의 무공을 감지하기 어려웠다.

물론 그들이라면 다른 방법으로 관표의 능력을 어느 정도까지는 알아낼 수 있을지도 모른다. 그러나 그것은 그저 예측일 뿐이다. 하지만 유청현도 눈치는 있었다.

지금 소소루에서 벌어진 상황을 보고 그도 느끼는 것이 있었다.

'두 사람 중 한 명은 대단한 고수일 것이다. 아니면 둘 다 상당한 고수로 특수한 무공을 익히고 있기에 겉으로 드러나지 않을 뿐일지도 모른다. 그렇지 않다면 환우와 청의 수하들이라는 이들이 이렇게 일방적으로 당하지는 않았을 것이다. 좀 지나면 저절로 알게 되겠지.'

유청현은 나이답게 조급해하지 않았다.

지금은 자신도, 그리고 백리소소도 급하게 해야 할 일이 있었다. 하지만 그도 환우와 백리청, 그리고 환우의 수하들 능력을 정확하게 모르고 있었다. 그렇다 보니 관표나 도종 엽고현의 무공 수위에 대해서도 상상 이상으로 높게 생각하지 않았다.

만약 지금 두 사람의 정체와 백리소소의 정체를 알았다면 제아무리 제검이라고 해도 크게 놀랐을 것이다.

오 일이 지나갔다.

그동안 백리세가는 완전히 정리가 되었고, 백리현은 그의 소원대로 화장해서 포양호에 뿌려졌다. 백리소소의 두 동생인 백리화와 백리광은 연이은 충격으로 삼 일간 식음을 전폐하다시피 하였지만, 백리소소의 보살핌으로 인해 이제는 어느 정도 정신을 차리고 사실을 받아들이고 있었다. 그러나 여전히 자신의 오빠와 누나가 죽었다는 슬픔에서는 벗어나지 못했다.

특히 자신들을 돌보아주던 백리현의 죽음에 큰 충격을 받은 것 같았다. 사실 백리현의 자살은 백리소소에게도 충격이었다. 그러나 그녀는 의연하게 그것을 삭이고 있었다.

어쩌면 할아버지를 치료하고 백리세가를 정리하느라 바쁜 것으로 그것을 이기고 있을지도 모른다.

두 남매 역시 백리소소를 도와 부지런히 움직이면서 아픔을 이기려 노력하였다.

관표와 도종은 소소루에 머물면서 백리가의 어떤 일에도 참여하지 않았다. 대신 둘은 틈만 나면 무공에 대한 이야기를 나누었고, 그 대화는 두 사람에게 큰 이득을 주었다.

초절정고수에게 가르침을 받아보지 못했던 관표에게 있어서 도종의 풍부한 경험과 무에 대한 이론은 큰 도움이 되었다. 그리고 도종은 관표가 가진 독특한 무론에 대해서 상당히 충격적인 자극을 받았다.

정과 사의 최고 무공을 배우면서도 지금까지 혼자서 무공을 수련해 온 관표의 무공 이론은 상당히 독특했다. 비록 세 명의 스승이 있었지만, 그들은 관표에게 무공을 가르쳤다기보다는 관표가 혼자서 무공을 배울 수 있도록 도와주었다고 보는 것이 옳았다.

그러다 보니 관표는 그 누구와도 다른 방법과 방향으로 무공을 이해해 왔고, 그것은 나름대로 장점과 단점을 지니고 있었다.

분명한 것은, 그런 식의 무공 수련은 기존의 방법과 다른 자유로움도 있었지만, 세밀함에서는 부족할 수밖에 없다는 점이었다. 만약 십이대초인 정도의 고수들이 관표를 가르쳤다면 무식하게 사대신공과 맹룡십팔투를 한꺼번에 익히게 하진 않았을 것이다.

그리고 그 모든 무공을 태극신공에 묶어서 하나의 흐름으로 만들 생각도 하지 못했을 것이다. 자칫하면 주화입마에 들 수도 있고, 어느 하나도 제대로 터득하지 못할 수도 있기 때문이었다. 그러나 관표는 그렇게 하였고, 그것을 성공시켰다.

관표는 서로 다른 다섯 가지의 무공을 터득하다 보니 무공에 대한 이해의 범위가 다른 사람에 비해서 다양하고 그 폭이 넓을 수밖에 없었다.

그 때문에 자신의 무기를 굳이 검이나 도가 아닌 도끼로 정할 수 있었다. 모두들 검이나 도가 무인의 기본 병기로 알고 있었으며, 그것만이 최고의 극에 달할 수 있는 무기라고 생각하는 것을 감안하면 쉽지 않은 생각이었다. 그러나 반대로 다양함과 자유로움에 비해서, 그 하나하나에 대한 세밀함은 상당히 부족할 수밖에 없었다.

특히 무공에 대한 기초가 부족한 편이었다.

관표와 이야기를 하면서 도종은 자신의 무공에 대해서 좀 더 폭 넓게 생각할 수 있었고, 관표는 도종에게서 작고 세밀한 부분에 대해서 많은 것을 깨우칠 수 있었다.

이렇게 두 사람이 무공에 심취해 있는 동안 소소루의 다른 방에서 백리장천은 힘겹게 눈을 뜨고 있었다.

오 일 만의 일이었다.

백리소소는 눈물이 왈칵 치미는 것을 느꼈다.

이제 중요한 고비는 모두 넘긴 것이다.

무림맹이 있는 섬서성 종남산.

수많은 고루거각들이 줄지어 있었는데, 그중에 한 고루거각의 안에서 두 명의 남녀가 엉켜 있었다.

남자는 무림맹의 십대호법 중에 한 명으로 당당하게 구의 중 한자리를 차지하고 있는 검협(劍俠) 조광이었다. 조광은 산서성 출신으로 올해 일흔두 살이지만, 보이는 모습은 겨우 삼십대 중반이었다.

그의 검법은 날카롭게 빠른 것으로도 유명했으며, 그의 협객행은 강호에서도 가장 빛나는 찬사를 받고 있었다. 그 명성에 걸맞게 무림맹이 만들어지고 가장 우선순위로 끌어들인 고수 중 한 명이었다. 그런 검협 조광과 뒤엉켜 있는 여자는 놀랍게도 머리카락이 전혀 없었다.

여자는 비구니였던 것이다.

조광은 반질반질한 뒤통수까지 땀방울이 맺혀 있는 여승을 내려다보았다. 그녀의 나이가 올해 육십이지만, 이제 이십대 후반 정도로밖에 보이지 않았고, 그 미모가 상당히 놀라웠다.

"허허, 금정은 언제나 나를 즐겁게 하는구려."

금정이 눈웃음을 치며 말했다.

"아이, 조 오라버니께서는 소승을 놀리시는군요."

"놀리긴 누가 놀린단 말이오. 내가 보기에 금정이야말로 그렇게 앙탈을 하면서 나를 유혹하려는 것 같소."

"호호, 그보다도……."

말을 끊은 여승이 끈적한 눈으로 조광을 올려다본다.

조광이 그 신호를 어찌 모르랴.

"으허헛."

괴상한 웃음과 함께 조광이 그녀에게 달려들었다.

둘은 그야말로 온갖 희괴한 방법으로 운우지정을 나누는데, 서로 상당히 능숙한 것으로 보아 아주 오래전부터 그렇고 그런 사이인 것 같았다. 그런데 금정이라면 바로 쌍괴 중 한 명인 불괴 대비단천 연옥심의 수제자가 아닌가? 강호에서 연옥심의 제자들 중에 가장 불심이 깊고 협의심이 강하다는 금정 사태가 바로 그녀였다.

그녀의 불심과 협심으로 인해서 그녀의 사부이자 괴물이라는 연옥심의 명성이 조금은 정파와 가까워져 있다는 것이 세간의 평이기도 하였다. 그런데 그런 금정 사태와 검협이라 불리는 조광이 엉켜 있는 모습은 뜻밖이었다.

만약 세상이 알게 된다면 경천동지할 일이었다.

한동안의 폭풍이 지나간 다음 금정이 조광을 보면서 말했다.

"그런데 광 오라버니께서는 언제 뜻을 펼치시고 나를 여승의 굴레에서 벗어나게 해주실 것인가요?"

조광이 음흉한 웃음을 머금고 말했다.

"조금만 기다리구려. 이제 얼마 안 남았소. 갑작스럽게 투왕과 무후가 나타나는 바람에 조금 늦어지긴 했지만, 이제 얼마 안 있으면 나의 사부님께서 무림에 새로운 세상을 만들게 될 것이오. 그때가 되면 내가 금정을 정식으로 환속시켜 아내로 맞이하겠소."

금정의 얼굴이 붉게 물들었다.

"세상이 저를 욕할 것입니다. 그리고 사부가 용서하지 않을 것입니다."

"걱정 말구려. 연옥심은 어차피 죽을 목숨이고, 금정은 우리와 장렬하게 싸우다 죽은 것으로 잠시 연극을 하면 될 것이오. 나중에 머리를 기른 후 얼굴을 조금만 고쳐서 다른 사람으로 행동한다면 누구도 알아보지 못할 것이오. 그보다도 내가 준 것은 연옥심에게 잘 먹이고 있는 것이오?"

금정은 세상으로 나가 마음껏 활개치고 살 생각만 해도 짜릿한 기분이었다. 생각 같아서는 답답한 승복을 당장이라도 벗어버리고 싶었다. 그녀는 조금 몽롱한 표정으로 말했다.

"걱정 마세요. 그 정도는 어렵지 않답니다."

"흐흐, 잘했소. 내가 시키는 대로만 하면 모든 것이 잘될 것이오."

"오라버니만 믿고 있어요."

"잘 생각했소. 그렇게만 하면 곧 우리의 세상이 올 거요."

"저는 언제나 오라버니 편이랍니다."

"하하. 자, 그런 의미에서."

"어머, 또요. 벌써 네 번째인데."

"허허, 남녀의 그 일이 어찌 횟수와 상관있겠소. 즐거우면 백 번인들 못하겠소."

"아이······."

"이리 오시오."

두 사람이 다시 한 번 엉켜든다.

반질반질한 대머리에 힘줄이 돋아나면서 금정의 눈이 색기로 번들거리고 있었다. 조광의 음흉한 웃음이 그녀의 반짝이는 머리에 비춰지고 있었다.

백리장천은 소소를 보고 말했다.

"나를 바로 일으켜 다오."

"할아버지, 그냥 누워 있으세요."

"그럴 수 없다. 그래도 손녀 사위를 맞이하는데, 내가 어찌 누워서 맞이할 수 있겠느냐?"

백리소소는 아련한 눈으로 백리장천을 내려다보았다.

끝까지 자신을 백호궁에 시집보내려 하던 분이셨다.

'많이 약해지셨구나. 이전 같으면 먼저 누구인지 들은 다음 합당하지 않으면 절대로 만나려 하지 않으셨을 텐데.'

겨우 일어선 백리장천은 허리를 꼿꼿하게 펴고 앉은 다음 백리소소에게 말했다.

"어디, 네가 말한 녀석을 들어오라고 해봐라!"

백리소소는 잠시 동안 할아버지를 바라보았다.

비록 내공을 잃고 힘이 없는 노인이지만 그의 기개는 여전해 보였다. 조금 안심이 되었다.

'과연 대단하신 분. 무인이 내공을 잃었으면 생명을 잃은 것이나 마찬가지인데, 저렇게 빨리 평정심을 유지하시다니. 약해지신 것이 아니라 너그러워지신 것인가? 하지만……'

우선은 안심이 되었다. 그러나 백리장천이 억지로 태연한 척하고 있다는 것을 그녀는 알고 있었다. 무인이 내공을 잃은 상실감이란 것은 그렇게 쉽게 극복할 수 있는 것이 아니었기 때문이다. 더군다나 백리세가의 전부라고 할 수 있는 백리장천이 힘을 잃었다는 것은 앞으로 백리세가의 앞날도 불투명하다는 뜻이었다. 어찌 초조하지 않겠는가. 그래도 다행이라면 아직 백리가의 대가 끊어지지 않았다는 점이었다.

소소는 할아버지인 백리장천이 정신을 차리고 난 후 많은 이야기를 나누었다.

처음엔 내공을 잃은 것에 대해서 충격을 받은 것 같더니, 소소와 이야기를 나누는 와중에 어느 틈엔가 그런 흔적은 사라지고 없었다. 특히 백리화와 백리광에 대한 이야기를 들은 백리장천의 눈에 물기가 어렸다.

두 남매까지 의심했던 자신의 잘못에 대한 미안함과 자신의 대가 끊어지지 않았다는 안도감이 들었던 것이다. 며느리가 다른 남자와 자는 모습을 본 이후 백리장천은 그녀가 낳은 자식들을 전부 의심하고 있었던 것이다.

특히 백리현과 백리청은 백리가의 사람과 미묘하게 닮지 않은 부분이 있었고, 두 사람을 의심하다 보니 그 아래로 두 남매조차 의심할 수밖에 없었던 것이다. 그래도 아니라는 확증이 없어서 일단은 자신의 자손들로 생각하고 있었지만, 그의 마음이 백리소소 한 명에게 모아지는 것은 어쩔 수 없는 일이었다.

어느 정도 정신을 차린 백리장천은 소소에게 그동안 백리세가를 떠나서 있었던 일들에 대해서 물었다. 그때마다 백리소소는 기력이 회복된 다음에 이야기하자며 회피했다.

백리장천은 때가 되면 소소가 알아서 이야기할 것이라 믿고 나중에는 더 이상 묻지 않았다. 그렇게 삼 일이 지나면서 조금 기력이 돌자, 백리장천은 백리가의 가신들을 불러 여러 가지 보고를 받고 지시를 내리기도 하였다. 또한 백리화와 백리광을 불러 위로하고 자신이 잘못 알아서 두 남매에게 상처를 준 사실에 대해서 사과하였다.

그 모습을 보고 백리소소는 많이 놀랐었다.

철혈의 냉혹한 모습만 보여주던 할아버지에게 그런 면이 있을 줄은 몰랐던 것이다.

두 남매의 놀람은 더했다.

그날 백리장천은 백리소소의 지지 하에 백리광을 백리세가의 소가 주로 임명하였다.

두 남매는 세상에 다시 태어난 기분이었다.

이미 자신들의 어미와 백리가에 얽힌 이야기를 다 듣고 큰 상처를 입었던 남매에게 백리소소와 백리장천의 따뜻함은 많은 위로가 되었으며 새로운 희망을 주었다.

그 후 다시 이틀이 지나 이제 어느 정도 때가 되었다고 생각한 소소는 백리장천에게 결혼할 남자가 백리세가에 와 있다고 고백하였던 것이다.

자리에 앉아 관표를 들어오라고 한 백리장천은 잠시 눈을 감고 숨을 고른 다음, 관표를 데리려 나가려고 일어선 백리소소를 보고 말했다.

"화아와 광이는 그동안 내가 미안했던 마음까지 더해서 잘해줄 것이다. 그러니 그 아이들 걱정은 말거라! 그보다도 너는 자신이 있느냐? 나는 제법 눈이 높은 편이다. 마음에 안 들면 당장 쫓아낼 테니 그리 알아라."

백리소소가 배시시 웃으며 말했다.

"제 눈은 할아버지보다 훨씬 높아요."

백리장천의 얼굴이 조금 굳어졌다.

"그놈이 묵호란 놈보다 더 뛰어나단 말이냐?"

"뛰어나단 것이 상대적인 것이라 어떤 것을 말씀하시는지 모르지만, 제가 보기엔 백 배 이상 더 뛰어나 보입니다."

"보아하니 네가 단단히 홀렸구나."

"홀린 것이 아니라 제가 홀렸습니다."

"허, 그럼 네가 쫓아다닌 것이냐?"

"할아버지의 손녀가 남이 찍는다고 찍히는 여자였습니까?"

백리소소의 당돌한 말에 백리장천은 할 말이 없었다.

생각해 보니 그녀의 자존심과 고집은 자신보다 더하면 더했지 못하지 않았다. 제법 괜찮은 것이 아니라 최고의 후기지수로 보았던 묵호조차 간단하게 발로 찬 백리소소였다.

'대체 누구기에.'

점점 궁금했다.

"그래, 뭐 하는 놈이고 어디 출신이냐?"

"그거야 만나서 직접 물어보시는 것이 좋지 않겠어요."

"그래도 좀 알고 봐야 할 것 아니냐?"

"화전민 출신입니다."

백리장천의 표정이 확 구겨졌다.

"뭐… 뭐라고!"

"제가 듣기로 할아버지는 나무꾼 출신이라 들었습니다."

"그… 그… 허… 허험, 하지만 지금은 천검이다."

"그분도 지금은 제법 잘나가는 중입니다."

백리장천은 더욱 궁금해졌다.

"그래, 그놈 주변에 친구들이나 만나는 자들 중 좀 변변한 놈은 있더냐? 자고로 남자는 주변에 좋은 사람이 많아야 하느니라."

백리소소의 입가에 미소가 어렸다.

"그런대로 괜찮은 편입니다."

"어째 확실하게 부러지는 것이 없느냐?"

"자세한 것은 직접 보시고 판단하세요."

"흠, 좋다. 빨리 가서 불러오너라!"

"잠시만 기다리세요."

백리소소가 조용히 밖으로 나갔다.

第六章

손서관표(孫壻灌飄)

—닭과 봉황은 비교할 수 없다

　무공에 대한 이야기로 시간 가는 줄 모르고 열중해 있던 관표와 엽고현은 백리소소가 오자 자리에서 일어섰다.

　백리소소는 관표에게 다가가서 말했다.

　"할아버지께서 뵙고 싶어하세요."

　관표의 얼굴이 긴장으로 가볍게 굳어졌다.

　"알았소."

　"시숙께는 정말 죄송합니다. 아직 시숙에 대한 이야기는 누구에게도 하지 않았습니다. 가신들이 궁금해하지만 아직은 밝히고 싶지 않아서입니다. 제가 시숙의 정체를 알리지 않고 도움받을 일이 있어서입니다. 그리고 그 일 때문에 밖에서 기다리며 연락을 주고받던 호 노야도 불렀습니다."

　도종은 가볍게 웃으면서 고개를 끄덕였다.

"제수씨, 괜히 이것저것 신경 쓰지 말고 내가 힘이 되어줄 수 있는 부분이 있다면 언제든지 부르십시오."

"감사합니다. 사실 지금 백리세가는 상당히 침체되어 있습니다. 홀로 세가를 지탱하시던 할아버지는 내공을 잃으셨고, 오빠와 언니의 일로 어수선한 상태입니다. 무엇보다도 백리세가 사람들의 잃어버린 사기를 되찾아주는 것이 급선무입니다. 그래서 그들에게 큰 힘이 될 수 있는 무언인가가 필요한 때입니다. 그래서 극적인 연출을 준비 중이고, 그중 시숙님의 도움이 크게 필요한 부분이 있습니다."

"말해보십시오."

백리소소는 가만가만 자신의 생각을 밝혔다.

이야기를 다 듣고 난 도종은 감탄한 표정으로 백리소소를 바라보았다.

'하, 제수씨는 참으로 대단하구나. 그런 세심한 부분까지 생각을 하다니.'

확실히 백리세가는 갑작스런 일로 너무 침체되어 있었다. 백리소소의 말대로 식솔들의 사기를 끌어올리고 자부심을 줄 수 있는 무엇인가가 필요한 시기였다.

백리소소는 그 점을 생각한 것이다.

"그럼 다녀오겠습니다, 형님."

"잘하고 오게."

관표가 조금 쑥스럽게 웃고 난 후 백리소소를 따라갔다.

방 안으로 들어온 관표는 위맹하게 생긴 노인을 바라보았다.

내공이 없음에도 불구하고 대단한 기세였다.

관표는 흔들리지 않는 시선으로 노인의 눈빛을 마주 보았다.

백리소소가 나서며 말했다.

"할아버지, 이분이 바로 제가 말한 그분입니다. 관 대가, 어서 인사 드리세요. 제 할아버님이십니다."

관표가 큰절을 하면서 말했다.

"관표가 처조부님께 인사드립니다."

백리장천은 조금 못마땅한 표정으로 관표를 바라보았다.

큰 덩치에 순박해 보이는 얼굴이었다.

단단한 몸으로 보아 약간이나마 무공을 익힌 것 같았다.

천검이라고 불리는 자신을 보고도 주눅 들지 않는 걸 보니 배짱도 있어 보였다.

골고루 괜찮긴 한데, 갑자기 질투가 확 치민다.

백리장천에게 관표는 애지중지하던 손녀를 가로챈 나쁜 놈인 것이다. 만약 백리장천이 조금만 더 깊이 생각을 했으면 녹림왕 관표를 생각해 낼 수 있었을 것이다. 그러나 중원 천하에 같은 이름이 워낙 많아서 거기까지는 미처 생각하지 못했다.

또한 관표가 천문 혈전을 치르기 전에 그는 쓰러져 있었기 때문에 관표에 대해서 들은 것이라고는 무공이 조금 강한 녹림의 도둑 정도였다.

그러니 당연하게도 눈 높은 자신의 손녀가 그런 산적을 데려왔을 것이라고는 조금도 생각을 못하고, 자신이 강호에서 들은 명문의 자제나 제자들 중 관표란 이름을 이리저리 찾아보았다.

아무리 기억을 더듬어도 그와 같은 이름은 없었다.

조금 실망스럽다.

"내 손녀딸을 도둑질한 것이 자네인가?"

자신도 모르게 목소리가 냉랭해지고 말았다.

관표가 고개를 들고 대답하였다.

"서로 좋아했을 뿐입니다."

사실 백리소소가 눈앞의 인간을 좋아해서 집 나간 것까지 알고 있는 백리장천으로선 할 말이 없었다.

"그래, 무엇을 하는가?"

"조그만 문파 하나를 맡고 있습니다. 그리고 상단을 하나 준비 중에 있습니다."

"문파와 상단이라? 그래도 구색은 갖추었군. 그래, 강호에서 자네의 아호가 무엇인가?"

"남들이 투왕이라 부릅니다. 그리고 제가 조금 부족하지만, 소소 한 명은 남부럽지 않게 먹여 살릴 수 있으니 심려 놓으십시오."

투왕.

여전히 생소한 명호였다.

그가 쓰러지고 난 후 강호를 진동시킨 이름이니 당연했다.

'별호는 거창하군.'

백리장천은 무엇인가 마음에 안 든다는 표정으로 말했다.

"소소가 그래도 제법 뛰어난 아이일세. 어지간한 힘과 권력으로는 지키기 쉽지 않을 거란 말일세. 자네는 자신이 있나?"

"저도 그 정도의 힘은 가지고 있다 생각합니다."

제법 패기있는 말이었다.

그러고 보니 남자다운 면이 있어 보인다.

아주 약간이지만 마음에 들었다. 그래도 그가 보기에 묵호와 비교하면 봉황과 닭을 비교하는 것 같았다.

백리장천은 가볍게 한숨을 쉬었다.

'대체 소소는 이놈의 어디가 그리 좋았단 말인가? 내가 보기엔 묵호의 발가락보다도 못한 것 같은데. 에잉, 눈에 마귀가 씌었던 게야. 그래도 할 수 없지. 그 고집을 누가 말리랴. 그래도 그런대로 잘 가르치면 쓸 만은 하겠다.'

백리장천은 나름대로 결론을 내린 후 말했다.

"어찌 되었건 일이 이리되었으니, 내 손녀 잘 부탁하네."

"걱정하지 마십시오. 어르신."

관표가 새삼 다짐을 할 때였다.

"호치백 어르신이 오셨습니다."

백리장천의 얼굴이 환해졌다.

"호 아우가 왔다고? 잠시만 기다리라 하시게."

백리소소가 얼른 나서며 말했다.

"할아버지, 제는 관 대가와 함께 나가 보겠습니다. 호 노야께서 오랜만에 오셨는데, 어서 들어오시라고 하십시오."

백리장천이 조금 미안한 표정으로 말했다.

"허허, 그럴까? 그럼 좀 있다가 다시 와서 인사를 하거라. 호 제도 너를 보면 좋아할 게야."

"그렇게 하겠습니다. 그럼."

소소는 관표에게 눈짓을 하고 밖으로 나왔다.

관표가 그 뒤를 따른다.

그 뒤를 영 못마땅한 백리장천의 시선이 따르고 있었다.

잠시 후 두 사람이 나가고 호치백이 들어왔다.

백리장천과 호치백은 서로 반갑게 인사를 나누고 그동안의 이야기를 주고받았다.

호치백은 한동안 백리장천을 위로하였다.

백리장천은 호치백의 따뜻한 말에 위안을 받다가 갑자기 생각난 듯 말했다.

"자네는 그래도 강호의 경험이 많으니 혹시 알지 모르겠군."

"뭘 말입니까, 형님."

"혹시 강호에 투왕이라 불리는 아이가 있는가?"

호치백이 굉장히 놀란 듯 물었다.

"혹시 관표라는 이름을 쓰지 않습니까?"

백리장천은 호치백이 단 한 번에 알아듣자 조금 놀란 듯 물었다.

"그렇다고 하더군. 자네는 아는가?"

호치백이 조금 어이없는 표정으로 말했다.

"혹시 형님은 저를 놀리시는 것 아닙니까?"

"놀리다니, 나는 진지하게 묻는 중일세."

호치백은 가볍게 한숨을 내쉬고 말했다.

"투왕이라면 제가 아니라도 백리세가의 무사들 중 아무나 잡고 물어도 자세히 말해줄 것입니다."

오히려 백리장천의 얼굴이 얼떨떨해진다.

"유명한가?"

"무척 유명합니다."

"얼마나 유명한가?"

"한마디로 말하기는 좀……."

호치백이 말을 얼버무릴 때였다.

"십대가신들이 모두 문안차 오셨습니다."

호치백이 백리장천을 보면서 말했다.

"마침 저분들이 모두 오셨군요. 저도 뵙고 인사를 하려던 참이니 모두 들어오라 하십시오. 그리고 투왕에 대한 것은 저분들에게 물어보십시오. 어쩌면 저보다 더 자세히 알지도 모릅니다. 전 근래 풍류를 즐기느라 소문에 좀 어두웠던 참이라……."

십대가신과 호치백은 허물없이 지낼 정도로 친한 사이들이었다. 사실 십대가신은 백리장천의 수하라기보다도 동료라고 볼 수 있는 노강호들이었기에 호치백과도 호형호제하는 사이였다.

십대가신들도 호치백이 왔다는 말을 듣고 우르르 몰려온 것이다.

백리장천이 고개를 끄덕이며 말했다.

"어서들 뫼시어라!"

문이 열리고 십대가신들이 우르르 몰려 들어오면서 한바탕 어수선해졌다. 서로 인사를 주고받고 안부를 묻는다.

호치백은 인사를 주고받으면서 십대가신의 얼굴 깊이 물들어 있는 어두운 그림자를 읽을 수 있었다.

당연한 일이었다.

이제 백리장천이 힘을 잃었으니 세가의 앞날이 걱정스러웠던 것이다. 그러다 보니 그것을 감추기 위해서인가? 호치백과 인사를 주고받는 것이 유난히 호들갑스러운 면이 있었다.

일각이 지나서야 그 어수선함이 조금 정리가 되었다.

백리장천은 그때를 기다렸다는 듯이 십대가신들을 보고 물었다.

"내 자네들에게 물어보고 싶은 것이 있네."

유청현이 부드럽게 웃으면서 말했다.

"무엇입니까, 가주."

"혹시 자네들 투왕 관표란 아이를 아는가?"

모두들 놀란 표정이었다.

제검 유청현이 오히려 되물었다.

"갑자기 투왕에 대해서 묻는 이유가 무엇입니까?"

"흠, 그럴 만한 이유가 있네. 그 아이가 유명한가?"

유청현은 조금 어이가 없었다.

투왕이 유명하냐고 묻는다면 뭐라고 말을 한단 말인가? 생각해 보니 무림에 투왕과 무후의 광풍이 몰아친 것은 백리장천이 쓰러지고 난 다음이었다.

충분히 이해가 되었다. 그런데 갑자기 투왕에 대해서는 왜 묻는단 말인가?

"유명한 정도가 아니라, 강호를 진동하는 이름입니다."

백리장천의 표정이 조금 상기되었다.

"그런가? 그럼 그 아이가 후기제일지수라는 백호궁의 묵호와 비교해서 어떤가?"

유청현은 조금 황당한 표정이 되었다.

"묵호와 비교를 하란 말입니까? 그의 조부인 전왕 묵치가 아니고?"

이번엔 백리장천이 얼떨떨해졌다.

전왕 묵치라면 자신과 함께 천군삼성에 올라 있는 절대 무호가 아닌가?

"전왕 묵치? 그게 무슨 말인가? 나는 묵호와 관표 중 누가 뛰어나고 물은 것일세."

유청현은 이럴 때 어떻게 대답을 해야 할지 몰랐다.

묵호가 후기지수 중 가장 뛰어난 것은 사실이지만, 십 년 안에 천하제일고수가 될 것이 확실한 투왕과 비교할 순 없었다.

이는 투왕에 대한 모욕이었다.

보다 못한 호치백이 말했다.

"형님, 닭과 봉황을 비교하라면 어떻게 대답을 할 수 있단 말입니까?"

호치백의 말에 백리장천은 조금 실망스런 표정으로 말했다.

"그런가? 그래도 관표란 아이가 닭은 되나?"

십대가신들과 호치백의 얼굴이 일그러졌다.

유청현이 말했다.

"가주님, 닭과 봉황이 바뀌었습니다."

백리장천은 이해할 수 없다는 듯 유청현을 바라보았다.

"그 말이 사실인가?"

"제가 왜 가주님께 거짓말을 하겠습니까?"

백리장천은 조금 얼떨떨한 기분으로 다시 물었다.

"그러니까, 자네는 지금 내 손… 아니, 관표란 아이가 묵호보다 더욱 뛰어나다고 말하는 것인가?"

유청현은 당연하다는 듯이 말했다.

"강호에 칼을 찬 무사라면 아무나 잡고 물어도 그렇게 대답할 것입니다. 강호무림에 투왕과 견줄 수 있는 후기지수는 전혀 없습니다. 오로지 십이대초인만이 그와 비교할 수 있는데, 근래에는 그 이상으로 명성이 높은 자입니다. 그런데 왜 자꾸 투왕에 대해서 물으시는 것입니까?"

백리장천은 유청현의 말을 믿을 수가 없었다.

이제 이십 중반의 나이로 그런 명성을 얻을 수 있는가? 그렇다면 자신이 쓰러져 있는 사이에 나타난 신진고수란 이야기인데, 그걸 쉽게 믿기엔 세상에 상직이란 고정된 틀이 너무 굳건했다.

백리장천의 안색이 갑자기 창백해졌다.

"서… 설마, 그는 혹시 반노환동한 고수가 아닌가?"

"헉."

유청현과 십대가신들은 모두 안색이 창백해졌다.

유청현이 대표로 강력하게 부인한다.

"절대로 아닙니다!"

백리장천의 얼굴이 다시 펴졌다.

"그런가? 그럼 하나만 묻겠네."

유청현과 십대가신들이 백리장천을 바라본다.

"만약 투왕과 소소, 그 아이가 결혼을 한다면 어떤가?"

유청현은 그 말을 듣자 갑자기 흥분을 해서 말을 하기 시작했다.

"만약 그렇게만 된다면 백리세가는 오대천의 수좌가 되는 것도 시간문제입니다. 그리고 일련의 사건들로 사기가 저하된 세가의 무사들에게 무한한 자부심을 주게 될 것이며, 앞으로 가주님의 유사시에도 백리세가는 굳건하게 뿌리를 내릴 수 있을 것입니다. 무엇보다도 장래 천하제일인을 손녀 사위로 두시게 되는 것입니다."

유청현의 열변은 계속 이어졌고, 십대가신들도 침을 튀겨가며 그 말에 동의를 하였다. 그러나 그 끝은 아주 무안하게 마무리가 되었다.

유청현은 힘없는 목소리로 말했다.

"그러나 가주님, 그것은 불가능합니다. 그의 곁에는 무후천마녀가 붙어 있고, 둘은 이미 결혼을 약속한 사이라고 합니다. 듣기에 무후천 마녀의 미모는 능히 소소와 견줄 수 있고, 둘은 아주 사랑하는 사이라고……."

말을 하던 십대가주들은 백리장천의 눈이 무섭게 반짝거리는 것을 보고 모두 입을 다물었다.

"소소가 사실은 무후라네."

십대가신들은 모두 얼빠진 표정으로 백리장천을 바라보았다.

이때 호치백이 나서며 말했다.

"형님 말은 그러니까……?"

"글쎄, 소소가 결혼하겠다고 데려온 남자의 이름이 관표라더군. 별호가 투왕이고. 그래서 물어본 것일세."

한동안 방 안은 침묵 속에 잠겼다.

모두 심한 충격을 받은 것 같았다.

유청현이 심호흡을 하고 물었다.

"그러니까… 소소가 무후란 말입니까? 그러나 소소는 질병으로 무공을 익히지 못하는 것으로 압니다만?"

"그 아이가 무후인 것은 분명하네. 절증과 그녀가 집을 나간 것은 사연이 있었네."

이어서 백리장천은 간단하게 사정을 설명해 주었다.

백리소소가 절증을 치료하고 무공을 익히게 된 과정을 설명하고, 그녀가 자신을 치료해 주었던 남자를 잊지 못해 그를 찾아 집을 나간 것이고, 결국 뜻을 이루어서 이번에 돌아왔는데, 그 남자가 바로 관표란 청년이라는 것이었다.

조용히 듣고 있던 십대가신이 갑자기 만세를 부르고 흥분해서 난리를 치기 시작했다.

가주가 내공을 잃고, 소가주로 알았던 백리현이 사실은 백리가의 자식이 아니란 것을 알고 얼마나 크게 실망을 했던가? 이제 천하제일세가요, 오대천 중 하나라고 했던 백리가는 몰락할 것이라고 실망하던 참이었다. 그런데 이게 무슨 행복한 벼락이란 말인가.

백리장천은 그저 황당할 뿐이었다.

"형님, 축하합니다."

하는 호치백의 말을 들으면서 겨우 정신을 차릴 수가 있었다.

제검 유청현이 얼른 백리장천을 보면서 말했다.

"가주님, 이 기회에 우리에게도 관 대협과 사귈 수 있는 기회를 주셨으면 합니다. 소소의 남자라면 이제 남도 아니니."

'관 대협. 허, 냉혈잔검(冷血殘劍)이라고 불리던 제검 유청현이 이제 약관을 넘은 청년에게 대협이라고 하다니.'

백리장천은 유청현이 얼마나 올곧고 고지식한 사람인지 누구보다도 잘 알고 있었다. 비록 보기엔 부드러워 보여도 그의 검법은 냉정하고 잔인하였다. 또한 자신에 대한 자부심이 강해서 자신 이외에 그에게 인정을 받은 무림의 명숙들은 손에 꼽을 정도였다. 그래서 제검이란 별호 이외에도 냉혈잔검이란 무시무시한 별호가 하나 더 있었던 것이다. 그런데 그런 유청현이 관 대협이라고 하면서 먼저 고개를 숙이고 들어간다. 대체 얼마나 대단하길래?

백리장천은 갑자기 가슴이 두근거리는 것을 느꼈다.

무엇인가 대어를 건진 기분이 들었던 것이다. 그리고 갑자기 어깨가 으쓱해졌다.

"허험. 허, 뭐 내 손녀 자랑은 아니지만, 그래도 소소가 사람 보는 눈은 좀 있지. 밖에 누가 있으면 가서 소소와 손녀 사위 좀 오라고 해라."

그 말을 듣고, 묵호 외엔 손녀 사위감이 없다고 했던 백리장천을 기억하는 호치백은 하마터면 웃음을 터뜨릴 뻔하였다.

잠시 후 방문이 열리고 소소와 관표가 들어왔다.

관표가 들어오자 십대가신들은 앞 다투어 관표에게 인사를 하였고, 독종과 검종을 이긴 일과 천문의 혈투, 그리고 전륜살가림을 이긴 것에 칭찬과 축하의 말을 아끼지 않았다.

약 일각에 걸쳐 가신들은 서로 돌아가며 관표에게 치하를 하는데 그 말을 들으면서 천검 백리장천은 입이 쩍 벌어지지 않을 수 없었다. 세상에 칠종의 둘을 이기고 무림의 사대문파가 연합한 세력마저 꺾었단다. 그리고 이제야 관표가 녹림왕이라 불리던 그 관표란 것을 알게 되었다. 하지만 지금 상황에서 그게 문제가 될 수는 없었다.

자고로 스스로 자신을 높여서 말하는 것보다는 다른 사람의 입을 통해서 듣는 그 사람에 대한 정보가 더 신뢰감을 가지게 된다.

자신의 최측근인 십대가신들의 행동만 보아도 관표가 얼마나 대단한 사람인지 능히 짐작할 수 있는 일인데, 독종과 검종을 이긴 강자라면 묵호와 비교할 수조차 없는 것이 당연했다.

백리장천의 머리가 벼락을 맞은 것처럼 시원해졌다.

'지금 이 정도면 앞으로 십 년 안에 천하무적이다.'

생각해 보니 이건 용 한 마리가 저절로 굴러온 것 아닌가?

의연한 척하고 있었지만, 무인이 내공을 잃은 상실감이란 것은 보통 사람이 상상하기 어려운 일이었다. 그 상처를 억지로 누르고 있던 백리장천은 갑자기 몸에서 활력이 생겨나는 기분이었다.

자신도 모르게 입이 저절로 벌어졌다.

"형님, 체통 좀 지키십시오."

호치백의 전음이 있고서야 백리장천은 입을 꾹 다물었다.

"험, 자자, 이제 그만들 하게. 우리 손녀 사위도 좀 쉬어야 하지 않겠나. 어허허."

백리장천의 말에 백리소소는 속으로 웃음을 참았다.

'나이가 들면 오히려 어려진다더니. 할아버지도 별수없구나.'

그래도 작전은 크게 성공한 것 같아서 기분이 좋았다. 하지만 여기서 멈출 순 없었다.

백리소소가 눈짓을 하자 관표가 백리장천을 보면서 말했다.

"어르신, 제가 의형님과 함께 이곳에 왔습니다. 마침 밖에 계신데 홀로 계시면 적적할 것 같아 걱정입니다."

관표의 의형이라면 이야기를 들었다.

바로 백리청의 목을 벤 중년의 서생이리라.

십대가신들도 마침 그 중년 서생의 정체가 궁금하던 참이었다. 그러나 그래도 한때 백리가의 여식으로 생각했던 백리청의 목을 벤 장본인인지라 그저 쉬쉬하고 있었던 것이다.

그런 부분을 들춰서 서로 좋을 것이 없었기 때문이다.

백리장천은 조금 어색한 표정으로 말했다.

"백리청의 목을 벤 그 사람을 말하는 게구나. 음, 어차피 그가 아니라도 백리세가에서 백리청은 용서할 수 없는 죄인이었다. 남자라면 당연히 은원을 정확히 해야 한다. 그리고 그도 백리청에게 아들을 잃었다고 들었다. 그러니 서로 얼굴을 붉히지 않았으면 한다. 자네는 어서 의형을 드시라 하게. 서로 통성명을 하고 사귀는 것도 좋겠지."

사위가 맘에 들고 보니 모든 게 다 좋은 쪽으로만 생각되는 백리장천이었다. 십대가신들 역시 관표가 백리소소의 남편감이란 그 하나로 모든 것이 다 용서가 되었다.

"감사합니다."

잠시 후 중년의 남자가 방 안으로 들어왔다.

칼을 든 것을 보면 분명 무인인데, 어떻게 보면 문사 같은 분위기도 난다. 그러나 그의 서릿발 같은 표정이나 기상은 그가 분명히 녹록치 않은 무공을 익힌 고수라고 말해주었다.

들어온 중년인은 십대가신들을 본 다음 오연하게 백리장천을 바라보았다. 사실 중년인의 행동은 예의에 크게 어긋나는 것이었다.

모두 나이가 들 만큼 든 십대가신들은 상당히 불쾌한 표정을 감추지 못했다. 점입가경이라고 백리장천을 바라보는 중년인의 표정은 담담했다.

세상에, 무인이라면 천검 앞에서 저렇게 담담해서는 안 된다.

십대가신들이 화가 나서 분노를 폭발시키려 할 때였다.

"꼭 한 번 뵙고 싶었던 천검 백리장천 대협을 예서 뵙게 되어 영광입니다."

정중하지만 반 평배 비슷한 말이었다.

십대가신들이 다시 한 번 폭발하려다가 백리장천의 표정을 보고 모두 움찔하였다.

중년인이 들어올 때부터 백리장천의 놀라움은 컸다.

관표야 처음부터 연극을 위해 건곤태극신공으로 자신을 위장했기 때문에 백리장천이 그의 힘을 느끼지 못했었지만, 지금 들어선 도종 엽고현의 몸에 흐르는 기도는 절대종사의 기운이었다. 십대가신은 그것을 보지 못하지만 내공을 잃은 백리장천은 오히려 그것을 볼 수 있었다.

그가 아무리 힘을 잃었다 해도 천검이었던 것이다.

"대단하군. 제가 백리장천이외다. 이렇게 고인을 뵙게 되어 반갑습니다. 실례가 아니라면 귀인의 존함을 알고 싶습니다."

백리장천이 처음 본 이에게 이 정도로 예의를 가지고 대하는 경우를 보지 못했던 십대가신은 어리둥절한 표정들이었다.

"엽고현입니다. 강호에서는 귀원이라고들 부릅니다."

호치백이 놀란 표정으로 말했다.

"혹시 도종, 귀원… 바로 그분이십니까?"

"강호의 형제들이 그렇게 부르고 있습니다."

십대가신들 얼굴이 볼 만하였다.

분분히 일어서서 예를 다해 돌아가며 인사를 하는데, 그들의 얼굴엔 경탄이 어려 있었다.

백리장천 역시 관표를 다시 한 번 바라본다.

벌써 무림 십이대고수와 어깨를 나란히 하고 도종 같은 거인과 의형제 사이라면 그는 무공뿐 아니라 주변에 사람도 있다는 말이었다. 백리소소가 가볍게 미소를 지으며 전음을 보냈다.

"관 대가 근처에 있는 분들은 보통 요 정도랍니다. 할아버지, 만족하실 수 있으신지요."

백리장천의 눈이 조금 더 커졌다.

"오늘 좋은 손녀 사위도 보고 이렇게 귀한 손님도 왔는데 잔치를 안할 수 있나? 이보게, 청현."

"예, 가주."

"백리가의 명주인 백청주 열 동이를 내오고 앞으로 이틀 동안 잔치를 벌이도록 하게."

백청주란 말에 호치백은 물론이고 십대가신들, 그리고 도종마저도 놀란 표정을 지었다.

백리세가의 백청주는 강호의 유명한 명주로, 특히 무인들이 마시면 내공이 정순해지고 피로가 풀릴 뿐만 아니라 그 맛에서도 일품이라고 알려져 있었다.

십대가신들이나 호치백도 겨우 몇 잔을 마셔보았을 뿐이었다.

백청주는 가주의 신물인 지존환이 없으면 들어가지도 못하는 비밀 지하 창고에 보관되어 있어서 한때 백리세가를 장악했던 환우조차 건드리지 못한 명주였다. 그런데 그 백청주를 열 동이나 내놓겠다고 하자 입이 벌어졌다.

열 동이면 지금 보관되어 있는 백청주의 삼분의 이에 해당하는 양이었다.

'와아' 하는 환성이 울려 퍼졌다.

이틀간의 잔치는 실로 성대했다.

첫날은 서로 인사를 하고 이야기를 주고받느라 정신이 없었고, 그 다음날에는 도종과 관표의 무공 시연이 있었다.

도종은 나무토막을 허공에 던지고 그 나무토막이 바닥에 떨어지기 전에 도기만을 이용해서 무려 서른여섯 조각으로 잘라놓아 보는 사람들의 넋을 빼놓았다.

그리고 이어서 관표는 천 관이 넘는 바위를 공깃돌처럼 가지고 놀다가 담장 밖으로 던져, 그 어마어마한 무공에 보는 사람들은 혼절지경까지 가게 만들었다.

백리세가는 관표와 백리소소로 인해 사기충천하게 되었고, 백리광은 정식으로 소가주가 되었다.

이에 관표와 백리소소는 백리광의 후견인으로 끝까지 백리세가를 돌볼 것이라고 맹세함으로써 세가의 사람들은 다시 한 번 크게 환호하였다.

第七章

철검도산(鐵劍度山)

—무사가 검을 버리고 할 수 있는 일은 죽는 것뿐이다

강서성 포양호 동북쪽 관도를 걷고 있는 삼남 일녀가 있었다.

관표와 백리소소, 그리고 도종 엽고현과 호치백 일행이었다.

일행은 잔치가 끝난 후 열흘 동안 백리세가에 더 머물다가 그곳을 떠났다.

그동안 백리소소는 전심전력으로 백리장천을 돌보았다. 그러나 그녀로서도 백리장천의 내공만은 어쩔 수 없었다. 그 부분은 백리장천이 얼마나 노력을 하느냐에 따라 어느 정도는 회복할 수 있을 것이다.

잔치가 끝난 후에도 관표와 도종에 대한 백리세가의 대접은 실로 극진했다.

백리소소는 당분간 관표와 자신에 대한 것은 일체 비밀에 붙여줄 것을 요구하였고, 그날 이후 백리세가의 사람들은 일체 백리세가 밖으로 나갈 수 없게 하였다.

비밀이 새어 나가지 않게 하기 위해서였다.

전륜살가림이 자신과 관표의 정체를 안 것은 어쩔 수 없는 일이었고, 중요한 것은 무림맹이었다.

그녀는 전륜살가림과의 결전 이후를 생각해서 준비해야 할 것이 있고, 그중 하나로 백리세가와 천문의 관계도 중요한 변수 중 하나라고 생각한 것이다.

백리장천은 남은 여생을 백리광에게 무공을 전수하며 살겠다고 결심을 하였고, 관표와 백리소소와는 추후 천문에서 만나기로 하고 헤어졌다.

대충 결혼에 대한 합의와 그 날짜에 대해서도 합의를 한 상황이었기에 관표와 백리소소의 걸음걸이도 가벼웠다.

함께 이런저런 이야기를 하면서 걷던 관표가 도종을 보고 갑자기 생각난 듯 물었다.

"형님은 그럼 자식이 한 명뿐인 것입니까?"

갑작스런 물음에 도종은 고개를 흔들었다.

"그런 것은 아니다. 또 한 명의 자식이 있긴 하지만, 성이가 첫째였다."

"그나마 다행입니다."

도종 엽고현은 쓸쓸하게 웃었다.

"그런데 자네는 어디로 갈 참인가?"

"일단 무림맹으로 가봐야 할 것 같습니다."

"무림맹이라… 그럼 당분간은 보지 못하겠군. 결혼식에는 반드시 나를 초청하게."

"당연히 그렇게 하겠습니다."

"그럼 기다리고 있겠네. 그런데 호 동생은 어디로 가려나?"

"저는 다시 백리세가에 가서 조금 더 있다가 장천 형님과 함께 천문으로 가겠습니다. 제가 여기까지 온 것은 형님과 아우를 마중하기 위해서입니다."

백리소소가 얼른 고개를 숙이며 말했다.

"호 노야께서 그렇게 해주신다면 정말 감사할 뿐입니다."

호치백이 웃으면서 백리소소를 보며 말했다.

"조부님은 나에게 맡기고 너는 관 동생이나 잘 내조하거라. 내가 보기에 앞으로 무림은 너희 두 사람에게 달렸다고 해도 과언이 아니다. 그 점을 항상 명심해라."

관표가 조금 민망한 표정으로 말했다.

"형님은 아우의 얼굴에 금칠을 하십니다."

호치백 대신 도종이 얼굴을 굳히며 말했다.

"호 아우의 말은 결코 금칠이 아닐세. 내 생각도 호 아우와 같네. 그러니 자네는 결코 함부로 경거망동하지 말게나."

"하지만 형님, 강호엔 저 혼자만 있는 것이 아닙니다. 그리고 아직 십이대초인의 대부분이 건재한 상황입니다."

"우리는 나이가 있네. 그러니 호 동생의 말은 분명 일리가 있지. 어떤 일이든지 젊은 사람이 앞장을 서고 나이 든 사람이 그 뒤를 받쳐 주었을 때 가장 강한 힘을 낼 수 있는 것이네. 관 동생은 호 동생의 말을 새겨들었으면 하네."

"명심하겠습니다, 두 분 형님."

관표가 다짐을 하듯이 대답하고 고개를 들다가 멈칫하면서 도종 엽고현을 바라보았다.

엽고현 역시 무엇인가를 느낀 듯 고개를 끄덕이며 말했다.

"아무래도 누군가가 쫓기고 있는 것 같네."

"꽤 많은 무사들이 쫓고 있는 것 같습니다."

두 사람의 이야기를 듣고 있던 백리소소가 길가의 오른쪽 숲 너머를 보면서 말했다. 그녀는 요안의 기공을 이용해서 기의 흐름을 감지하고 있었다.

"상당한 고수들입니다. 그리고 그들 중엔 절대고수도 다수가 포함되어 있는 것 같습니다."

백리소소는 말을 하면서 슬쩍 길 뒤편을 바라보았다.

분명히 그쪽에서도 미세한 기의 흐름이 감지되었던 것이다. 그러나 너무 미세해서 요안을 완전히 발휘하기 전에는 확실하게 말할 수가 없었다.

세 사람의 이야기를 듣고 있던 호치백은 무슨 일이 벌어졌다는 것을 눈치채고 귀를 기울였지만 아무 소리도 들을 수 없었다.

'역시 형님과 아우의 무공은 나와 비교할 수 없구나. 그리고 소소의 무공도 능히 절대의 경지에 달했구나. 과연 무후의 전설은 거짓이 아니군. 그런데 아무리 생각해도 무후천마녀의 전설이 강호에 퍼진 시기가 너무 빠르다. 소소가 몇 살 때부터 강호를 출입했는지 모르지만, 조금 납득이 안 가는 부분이 있는데… 필히 곡절이 있으리라.'

호치백이 백리소소의 무공에 감탄하고 있을 때 관표와 엽고현이 서로 마주 보았다.

"가보는 것이 좋을 것 같습니다."

"나도 저 정도의 고수들에게 쫓기는 자가 누구인지 궁금하던 참이네."

"그럼 소소는 장 단주와 청룡단을 불러서 호 형님과 함께 뒤따라오시오. 갑시다, 형님."

"그러세. 호 아우는 제수씨와 뒤따라오게."

관표와 엽고현의 신형이 무서운 속도로 관도 옆의 숲으로 뛰어들었다.

둘의 신형이 완전히 사라지자, 백리소소가 길게 휘파람을 불었다.

그러자 멀리서 쫓아오던 장칠고와 청룡단원들이 달려왔다.

그들을 보면서 백리소소는 호치백에게 말했다.

"우리도 빨리 가봐요."

"그러자. 이거 참, 나도 꽤 한다고 하는데 형님이나 관 아우, 그리고 너와 함께 있으니 삼류 신세를 면치 못하는구나."

"호호, 호 노야답지 않아요. 어서 오세요."

"허허, 이거 참. 그건 그렇고, 너는 시숙이라 부르면 어떠냐? 이거 호 노야라고 하니까 영 늙은이가 된 기분이다."

"호호, 하지만 그건 너무 이상해요. 그냥 사숙이라고 부를게요."

"하하, 그거 좋은 생각이다. 그렇게라도 불러다오."

백리소소는 다가온 장칠고와 청룡단을 보면서 말했다.

"우리를 따라오세요."

"예, 주모님."

백리소소와 호치백이 앞장을 서고 청룡단의 수하들이 그 뒤를 따라 신형을 날렸다.

그들이 사라지고 한동안 시간이 지난 다음이었다.

관도의 저편에서 하나의 그림자가 나타났다.

나타난 사람은 탈태환골해서 이십대의 미모를 가진 당진진이었다.

당진진은 관표 일행이 사라진 쪽을 바라보더니 망설이지 않고 신형을 날렸다. 그녀는 여전히 관표를 그림자처럼 따르고 있었던 것이다.

숲을 지나서 작은 산 두 개를 넘어가자 제법 큰 개울이 흐르는 계곡이 나타났다.

계곡은 구불구불 굽이진 채 흐르고 있었으며, 개울이 흘러 내려오는 골은 제법 험하고 깊었다. 산과 산이 끝나는 부분 계곡 옆으로는 제법 넓은 숲이 있었는데, 숲 안쪽의 거대한 노송 아래 두 사람이 있었다.

두 사람 중 한 명은 큰 부상을 입은 듯 바닥에 쓰러져 있었다.

바닥에 쓰러져 있는 대한은 키가 무려 육 척이 넘는 거인이었고, 그의 몸에는 철혈의 기운이 흐르고 있었다.

대한은 온몸이 피투성이였지만, 가슴에 기복이 있는 것으로 보아 아직 죽지는 않은 것 같았다. 비록 심한 부상으로 쓰러져 있지만, 대한은 오른손에 한 자루의 장검을 굳건하게 쥐고 있었다.

아직 쓰러지진 않았지만, 제법 큰 부상을 입은 듯한 청년도 바닥에 쓰러져 있는 대한과 비교해서 뒤지지 않는 당당한 체격이었고 손에 든 장검도 다른 장검에 비해서 상당히 두툼하였다.

두 사람의 검으로 보아 모두 패검이나 중검류를 익힌 무사들이란 것을 알 수 있었다.

청년은 불안한 시선으로 사방을 둘러본 다음 쓰러져 있는 대한에게 다가섰다. 청년은 철혈의 대한을 조심스럽게 들어올린 다음 노송에 기대게 하였다.

대한의 입에서는 여전히 피가 흘러나오고 있었으며, 가슴과 배 부분에는 마치 도끼로 찍어놓은 것 같은 큰 상처가 입을 쩍 벌리고 있었다.

청년은 당황한 표정으로 대한을 보면서 말했다.

"궁주님, 정신 차리십시오, 궁주님."

대한이 힘겹게 눈을 떴다.

그의 눈에는 망연한 감정이 어려 있었다.

"정신이 드십니까, 궁주님."

"후후, 나는 마종 여불휘다. 이 정도에 죽지는 않는다."

"검마제가 지척까지 다가오고 있습니다. 조금이라도 힘이 있으시다면 이곳에서 도망쳐야 합니다."

청년의 목소리엔 안타까움과 분노가 어려 있었다.

마종 여불휘의 고개가 흔들렸다.

"나는 틀렸다. 도산, 너라도 살아야 한다. 나를 두고 어서 가라."

"그렇게 할 수 없습니다. 차라리 여기서 싸우다 죽겠습니다."

"어리석은! 그러다 둘 다 죽는다. 어서 가라! 가서 다시는 강호에 나오지 마라. 복수할 생각도 하지 마라."

"저는 무사입니다. 무사가 주군을 버리고 할 수 있는 일은 죽는 것뿐입니다. 차라리 저더러 여기서 명예롭게 죽으라고 하십시오. 그러면 도산은 그렇게 하겠습니다. 하지만 저 혼자 가란 말씀은 다신 하지 말아주십시오."

도산의 목소리는 단호했다.

마종은 아련한 눈으로 도산을 바라보았다.

왜 이전에는 보지 못했을까? 자신의 주변에 이런 철혈의 남자가 있다는 것을 왜 몰랐을까? 그래도 자신은 세상을 아주 헛살지는 않았다는 생각이 들었다.

자신을 피신시키기 위해 몸을 던진 철마 유정이 그렇고, 지금 도산이 그렇다. 이런 남자들이 자신의 주변에 있었다는 사실이 그에게 큰 위안이 되었다.

'그래, 이들을 위해서라도 내가 약한 모습을 보여서는 안 된다. 그리고 내가 죽더라도 도산, 너는 살아야 한다.'

결심을 굳힌 마종이 도산을 보고 말했다.

"도산, 도망가라. 너는 살아라. 이건 명령이다. 살아서 복수를 하든 낭인무사로 살아가든 네 뜻대로 해라!"

"그렇게 할 수 없습니다. 저는 반드시 궁주님과 함께할 것입니다. 그리고 도망가고 싶어도 지금은 너무 늦었습니다."

마종 여불휘의 표정이 굳어졌다.

'내상이 심해서 저들이 다가오는 것도 제대로 몰랐구나. 허허.'

도산의 말대로 숲 주변에 수많은 그림자들이 나타나고 있었다.

이미 그들이 누구인지 잘 아는 여불휘의 얼굴에 허탈한 감정이 떠올랐다. 죽는 것은 두렵지 않다. 하지만 해야 할 일을 하지 못하고 죽는 것은 두려웠다.

지금 죽으면 지옥에서도 철마 유정의 얼굴을 똑바로 보지 못할 것 같았다. 그러나 약한 모습을 보일 순 없었다.

"참으로 빠르구나. 도산, 나를 일으켜라. 죽더라도 그냥 죽을 순 없다."

"궁주님."

"어서."

도산이 대한의 겨드랑이에 팔을 넣고 일으켜 세웠다.

힘없어 보이던 철혈대한이 일단 자리에서 일어나 두 다리로 대지를 밟고 서자 무서운 기세를 흘리는 사자로 변하였다. 들고 있는 철검에서 당장이라도 검강이 뿜어져 나올 것 같은 패기가 흐른다.

도종과 함께 칠종의 수위를 다투던 강자.

존마궁의 궁주로 마종이라 불리던 여불휘가 바로 그였다.

그가 강하다는 것은 알고 있지만, 그가 어떤 무기를 사용하는지 아는 사람은 아무도 없었다. 아직 그에게 무기를 뽑도록 만든 강자가 없었기 때문이다. 그런 마종이 자신의 무기인 천마지존검을 뽑아 들고도 이토록 심하게 당한 것은 그들을 쫓는 자들이 얼마나 강한 자들인지를 단적으로 보여주는 증거였다.

나타난 자들은 마종과 도산이 있는 숲 주변의 나무들을 순식간에 모두 베어버렸다.

반 각이 지나기도 전에 삼십여 장의 숲이 벌거숭이로 변했다.

싸우다 도망갈 수 없게 하기 위함이기도 하였고, 다수가 소수를 공격하는 데 방해가 되지 않게 하기 위해서이기도 하였다.

나타난 무리는 약 백이십 정도였고, 그들의 전면에는 다섯 명의 노인이 나란히 서 있었다.

마종은 나타난 노인 중 한 명을 노려보면서 말했다.

"숙부, 꼭 이렇게까지 해서라도 궁주가 되고 싶으셨습니까? 이렇게 해서 궁주가 된다고 해도 어차피 남의 꼭두각시밖에 되지 못할 텐데, 참으로 안타깝습니다."

다섯 명의 노인 중 흰머리가 마치 사자의 갈기처럼 생긴 노인이 냉정한 표정으로 말했다.

"내가 이렇게라도 하지 않았다면 지금 네가 선 자리에 내가 서 있게 되었겠지. 그렇지 않느냐?"

여불휘가 맥없이 웃었다.

"그 말이 맞습니다. 그래서 숙부를 원망하지 않겠습니다. 단지 내가 못나서지요. 하지만 다른 것은 다 몰라도 다른 세력을 끌어들여 존마궁을 타 세력의 시녀로 전락시킨 것은 죽어서도 용서할 수 없습니다."

검마제의 표정이 조금 참담하게 변하였다.

"살고자 함이었다. 네가 나로 하여금 선택을 강요시켰다."

"추합니다. 그 연세에 얼마나 더 살자고 하지 말아야 할 짓을 하셨습니까?"

검마제 여운정의 얼굴이 차갑게 굳어졌다.

"나 혼자 살고자 함이 아니다. 나를 따르는 자들과 그들의 식솔들이 있다. 만약 내가 죽게 되면 그들도 함께 죽을 것이고, 살더라도 노예로 전락하겠지. 그것이 존마의 율법이다. 나는 그렇게 할 수 없었다."

도산이 앞으로 나서며 말했다.

"흥, 이렇게 해서 당신이 존마궁을 차지할 수 있다고 생각하시오. 언제고 당신은 저들에게 개처럼 잡혀가 죽을 것이오."

검마제는 도산을 바라보았다.

"네가 철마 유정의 제자인 철검대웅(鐵劍大雄) 도산(度山)이란 놈이구나. 내 일은 내가 알아서 한다. 이래저래 죽을 놈들이 말이 많군."

말을 하면서 검마제 여운정이 한 노인을 바라보았다.

노인은 고개를 끄덕인 후 여불휘와 도산을 포위하고 있는 무사들에게 명령을 내렸다.

"쳐라! 살려놓지 마라!"

노인의 명령과 함께 백이십여 명의 무사들이 일제히 검을 뽑아 들었다.

마종의 얼굴이 차갑게 식었다.

이들이 얼마나 무서운 자들인지 잘 알기 때문이었다.

'혈교의 수하들. 정말 대단한 자들이었다.'

자신을 이 지경까지 몰고 간 그들의 무공은 정말 무서웠다. 비록 삼백의 무리들 중에 자신의 손에 죽은 자가 백팔십을 헤아렸지만, 그들 개개인의 무공은 치가 떨릴 정도로 강했다. 그러나 마종보다 더욱 치를 떨고 있는 것은 다섯 명의 노인 중 혈검대의 대주인 혈검(血劍) 경무덕이었다.

'칠종 중에서 불종 원각 대사의 무공은 신비해서 그 끝을 알 수 없으며, 가장 사납고 무서운 것은 독종 당진진이지만 실제 칠종의 수위를 다투는 것은 마종과 도종이라 하더니, 그 말은 결코 틀리지 않았다. 혈검대 삼백 중 혼자서 백팔십을 죽이고 혈교의 고수 둘과 검마제의 수하 중 존마궁의 장로 두 명까지 죽였다. 과연 대단하다. 앞으로 시간이 더 흐른다면 교주이신 혈존 담대소님과 능히 겨룰 수 있을지도 모른다.'

경무덕은 교주가 왜 굳이 존마궁을 먼저 공격했는지 알 것 같았다. 경무덕의 명령을 받은 백이십 명의 혈검대가 서서히 포위망을 좁히며 여불휘와 도산에게 다가서고 있었다.

여불휘는 이를 악물고 자신의 검을 들어올렸다.

'단 한 번, 내가 사용할 수 있는 진기의 양은 그것뿐이구나. 그것으로 내가 죽는 것은 어쩔 수 없지만, 아직 죽기엔 너무 이른 도산이 안타깝구나.'

마종은 아련한 표정으로 자신의 옆에서 군건하게 검을 뽑아 들고 있는 도산을 바라보았다. 그러나 어쩔 수 없는 일이었다. 이미 주위에는 천라지망이 펼쳐져 있고, 멀쩡한 것 같은 도산이 심한 내상을 입고 있다는 것을 알고 있었다.

이래저래 피하기 힘들다면 장부답게 죽는 것도 가치있는 일이리라. 여불휘가 이를 악물고 자신의 마지막 진기를 짜내 천마지존검에 불어넣고 있을 때였다.

"형님, 여기 상황이 조금 불합리하다고 생각하지 않습니까?"

갑자기 들려온 소리에 움직이던 혈검대의 걸음이 모두 멈추어졌다. 다섯 명의 노인도 놀라서 소리가 난 곳을 바라보았고, 마종과 도산도 그곳으로 시선을 돌렸다.

검마제와 혈검 경무덕의 표정이 굳어졌다.

아무리 자신들의 신경이 마종과 도산에게 쏠려 있었다지만, 누군가가 바로 근처까지 다가오는 기척을 전혀 느끼지 못했다면 상대가 그만한 실력자란 말이었다.

무엇보다도 이 많은 무사들이 살기등등한 곳에서 주고받는 이야기에 긴장감이 없었다.

보통의 범부가 할 수 있는 일이 아니었다.

다섯 노인과 막 공격을 감행하려 했던 혈검대원들이 일제히 목소리가 들린 곳으로 고개를 돌렸다. 사방에 퍼져 있는 혈검대원들 모두가 이들이 하는 말을 들었다는 뜻이었다.

이 또한 평범한 일은 아니었다.

"내 생각도 아우의 생각과 같네. 그런데 정말 대단한 사람이군. 저런 부상을 당하고도 저렇게 의연할 수 있다니."

두 사람이 숲에서 걸어나오고 있었다.

중년의 서생과 한 명의 청년이었는데, 중년 서생의 허리에 차고 있는 도를 보면 분명 문사는 아니었다.

청년 또한 허리에 한 자루의 작은 도끼를 차고 있었는데, 당당한 체격이 보는 사람들에게 위압감을 느끼게 했다. 비록 몸에서 내공의 기세가 보이지 않았지만, 손발이 크고 튼튼한 체격과 골고루 발달된 근육은 그가 무사임을 말해주었다.

두 사람은 사방에 깔려 있는 무사들이 눈에 들어오지도 않는 듯 태연한 표정들이었다.

다섯 명의 노인 중에 한 명이 앞으로 나섰다.

노인은 검마제의 충복이라 할 수 있는 호불검(弧刜劍) 지성현이었다. 그는 정중하게 포권지례를 하면서 물었다.

상대가 보통이 아님을 알았기에 함부로 할 수 없었던 것이다.

"누구신지는 모르지만, 이 일은 강호 방파 간의 분쟁입니다. 두 분께서는 호기심이 일더라도 모르는 척 지나가 주셨으면 합니다."

도종은 가볍게 한숨을 쉬면서 관표를 보았다.

"아우, 어쩌면 좋겠는가? 우리더러 모르는 척하라는데."

"강호 방파 간의 일이라면 당연히 우리가 모르는 척해야 할 것입니다. 하지만 그렇지 않을 수도 있습니다. 그러니 조금 더 진실을 알아보아야 하지 않겠습니까?"

"무엇을 말인가?"

"우선 이들이 누구이고 왜 서로 결전을 하게 되었는지 알아야겠습니다."

"그렇지. 역시 아우는 똑똑하군."

"그럼 이 아우가 알아보도록 하겠습니다."

"그럼 아우가 수고 좀 해주게."

관표가 천천히 걸어나와 마종에게 포권을 하고 말했다.

"지나가는 낭인 무사입니다. 상당히 어려운 처지에 놓여 있으신 것 같은데, 어찌 된 사연인지 알려주시면 안 되겠습니까?"

그렇지 않아도 마종은 나타난 두 사람을 살피고 있었다.

비록 내공이 밖으로 드러나진 않았지만 두 사람에게서 흐르는 기도가 결코 자신의 아래가 아니란 것을 느끼고 있었다.

'내가 성한 몸이라고 해도 결코 장담할 수 없는 강자들이다. 대체 이 두 사람은 누구일까? 어쩌면 이것은 기회일 수도 있다.'

마종은 희망이 생기는 것을 느꼈다. 그러나 문제는 있었다.

두 사람의 기도로 보아 분명히 정파의 인물들 같았다.

그렇다면 자신이 마종인 것을 안다면 결코 끼어들려고 하지 않을 것이다. 마종은 잠시 망설였다. 그러나 그 망설임은 결코 오래가지 않았다.

"나는 마종 여불휘라는 사람이오."

관표와 도종 엽고현의 얼굴이 순간적으로 굳어졌다.

상대가 비록 큰 부상을 당했지만, 보통의 인물이 아님을 알고 있었다. 그러나 설마 마종일 줄이야…….

무기를 사용하지 않는다는 마종이었다.

손에 검을 들고 있었기에 더욱 뜻밖의 일이었다.

대체 무림의 절대자 중 한 명인 마종이 여기서 이런 꼴로 있는 이유가 뭐란 말인가?

'마종은 무기를 쓰지 않는다고 했는데, 알고 보니 검객이었구나.'

속으로 생각을 하면서 관표는 얼른 포권지례를 하고 말했다.

"설마 마종 여불휘 선배님인 줄 몰랐습니다. 후배는 관표라 합니다.

만나뵙게 되어 영광입니다."

도종 엽고현 역시 포권지례를 하면서 인사하였다.

"흐르는 기세로 능히 기인임을 알았지만, 설마 여 형일 줄은 몰랐소. 나는 귀원이라고 하오. 이렇게 만나게 되어 참으로 반갑소."

순간 검마제와 혈검의 얼굴이 일그러졌다.

먼저 말을 걸었던 호불검 지성현은 자신의 인사를 무시한 것에 대해서 화를 내려다가 그 자리에서 움츠러들고 말았다.

이건 거물도 너무 큰 거물들이었다.

자칫했다가는 뼈도 추리지 못할 상황이었던 것이다.

마종과 도산도 놀라서 두 사람을 다시 바라보았다.

"불패도와 투왕, 두 분이 바로 그 사람들이오?"

"강호에서는 저를 투왕이라고 부릅니다."

"불패도가 맞소."

마종의 얼굴에 반가운 표정이 떠올랐다.

결코 자신의 지금 상황이 호전될 수 있기 때문이 아니었다.

강호의 절대고수들을 만났다는 기쁨.

평소에 가장 보고 싶었던 강호의 기인들을 만났다는 기쁨이 절대 위기에 처한 마종을 기쁘게 하였던 것이다.

"크하하! 이 여 모가 복이 있어 죽기 전에 가장 보고 싶었던 두 명의 영웅을 만나게 되었구려. 그러나 조금 부끄러운 상황이라 정식으로 인사를 못하니 두 분은 너그럽게 용서를 하십시오."

관표가 얼른 손을 흔들었다.

"사정은 눈으로 보고 있습니다. 그런데 여 선배님께선 어쩌다 이리 되신 것입니까?"

이때 멍하니 관표를 보고 있던 도산이 앞으로 뛰쳐나왔다.

도산에게 강호의 무인들 중 마종을 빼고 가장 존경하는 인물이 있다면 그건 바로 투왕이라 불리는 관표였다.

일개 화전민 출신의 산적으로 첫 강호행을 했던 청년.

강호에 나오자마자 명문대파인 화산과 당문의 제자들을 혼내주고 강호를 떨어 울리더니 이제는 능히 일가를 이루어 절대의 영웅이 된 청년 고수.

십이대고수 중 한 명인 독종과 검종을 연이어 이긴 자.

이는 이미 강호의 전설이었다.

무를 익히는 청년 무사들에게 관표는 우상이었다.

희대의 미녀인 하수연의 거시기 털을 모두 뽑아버린 사건은 지금도 남자들 사이에선 최고의 화젯거리 중 하나였다. 오죽하면 말 많고 못된 여자를 일컬어 하수연 같은 년이라고 할까.

도산 역시 관표의 이야기만 나오면 가슴이 뛰던 수많은 청년 무사들 중 한 명이었다. 그런 관표를 이런 절대의 위기 속에서 만났으니 그 감동을 무엇으로 표현하랴.

앞으로 나온 도산이 그 자리에 오체복지하고 말했다.

"도산이 그토록 뵙고 싶어하던 영웅을 뵙게 되어 이제 죽어도 여한이 없습니다. 제가 듣기로 투왕은 비록 그 출신이 녹림이나 사람을 함부로 해하지 않고 의협심이 강하다 들었습니다."

관표가 민망한 표정으로 도산을 보면서 말했다.

"일어나시오. 보아하니 나보다 연배도 많은데 어찌 함부로 무릎을 꿇는 것입니까?"

"무림은 나이가 아니라 무공과 명성이 우선인 곳입니다. 도산이 비

록 제법 한다는 무사지만 어찌 투왕과 견줄 수 있겠습니까? 투왕은 겸
손하지 마십시오."

"대체 무슨 일로 내게 무릎을 꿇은 것입니까?"

"제가 비록 영웅이라 할 수는 없지만, 궁주님과 사부님 이외에 처음
으로 무릎을 꿇은 것입니다. 이는 제가 존경하는 영웅에 대한 예우이
고 어려움을 부탁하고자 하는 자의 마음이기도 합니다."

관표가 묵묵히 도산을 내려다본다.

뒤에 서 있던 도종이 다가와 관표의 어깨를 짚으며 말했다.

"아우, 사연이 있는 것 같은데 이야기를 들어보세."

이때 도산의 뒤에 있던 마종이 도산에게 호통을 질렀다.

"어서 일어서거라! 그리고 네가 감히 마종의 명예를 더럽히려 하느
냐?"

도산이 마종의 호통에 움찔하며 일어서서 눈치를 살피자 관표와 도
종 엽고현도 어색한 상황이 되고 말았다.

마종의 명성이 있는 만큼 함부로 도우려 하는 것도 쉽지 않은 일이
었다. 그의 자존심에 상처를 줄 수 있기 때문이었다.

지금 상황을 보고 있는 혈검과 검마제는 순간순간 가슴이 철렁거리
고 있었다. 만약 투왕과 도종이 이번 일에 끼어든다면 상황은 아무도
예측할 수 없게 될 것이다.

第八章

단교침사(斷嚙針死)

―무후의 지혜, 장칠고의 입심

혈검 경무덕은 입 안에서 침이 마르는 느낌이었다.

'뒤를 따르던 교주님과 단우님이 빨리 도착하셔야 할 텐데, 왜 이리 늦으신단 말인가?'

조금 다행이라면 마종이 자신의 자존심상 남에게 도움을 받으려 하지 않는다는 점이었다. 그러나 그 상황은 언제 변할지 모른다.

일단 그들에게 있어선 관표와 도종이란 이름만으로도 너무 큰 부담이라고 할 수 있었다. 그들이 초조해하고 있을 때였다.

한 명의 아름다운 여자가 갑자기 마종과 관표 앞에 나타났다.

그녀는 관표의 뒤를 쫓아온 백리소소였다.

그녀는 호치백, 그리고 장칠고 등과 숨어서 지켜보다가 청룡단에게 어떤 지시를 내리고 나타난 것이다. 모두들 놀라서 그녀를 바라볼 때 백리소소가 마종을 향해 포권지례를 하면서 말했다.

"마종 선배님께 투왕의 여자 소소가 인사를 드립니다."

그녀의 인사가 끝나자 그 자리에 있던 검마제 일행은 다시 한 번 경악한 표정이었다.

"무후다!"

"하필이면 무후마저 나타나다니."

여기저기서 자신도 모르게 하는 말들이 흘러나올 때, 마종은 얼떨떨한 표정으로 얼른 포권지례를 하며 말했다. 그가 인사를 할 때 상처가 다시 벌어지며 피가 흘러나왔지만, 마종은 조금도 개의치 않았다.

"여불휘입니다. 죽기 전에 여중제일고수요, 강호제일의 미인이라는 무후마저 보게 되다니 나는 복도 많은가 봅니다."

백리소소가 생긋 웃으면서 말했다.

"제가 마종 선배님께 청이 하나 있습니다."

마종은 가볍게 한숨을 내쉬며 말했다.

"내 이 지경이 되어 들어줄 수 있는 청일지는 모르지만, 들어는 보겠습니다."

"평소 저희 부부와 도종 엽 선배님은 여 선배님을 존경해 왔었던바, 이렇게 만난 것도 큰 인연이라고 생각합니다. 그래서 선배님과 선배님의 제자 분을 모시고 술 한잔 대접했으면 하는 바람입니다. 선배님께서는 부디 거절하지 말아주십시오."

여불휘의 안색이 미미하게 떨렸다.

지금 상황에서 술을 대접하겠다고 한다.

어떻게 보면 한심한 말 같아 보이지만 그 안에 숨은 뜻을 아는 것은 어렵지 않았다. 지금 이곳에서 함께 나가 술을 마시자는 말은 구해주겠다는 말과 같았다.

도산 역시 그녀가 하는 말을 알아들었다.

마종의 자존심을 살려주면서도 도와주려는 마음을 돌려서 말한 것이다.

반대로 검마제와 혈검의 안색은 딱딱하게 굳어졌다.

그들로서는 가장 생각하기 싫은 일이 벌어질 것 같은 예감이 들었던 것이다.

도종은 새삼 백리소소를 바라보면서 감탄을 하였다.

'제수씨는 들리는 악명과는 다른 점이 많구나. 뛰어난 지혜도 대단하지만, 상대에 대한 배려도 깊어 능히 천하에 으뜸가는 여자라 할 수 있겠다. 새삼 관 아우가 부럽군.'

도산은 감히 나서지도 못하고 마종의 눈치를 살폈다.

이때 백리소소의 눈치를 받은 도종 엽고현이 앞으로 나서며 말했다.

"여 형이 싫지 않다면 내 두 아우를 소개해 주고 싶소이다. 이렇게 만난 것도 인연이니 내 얼굴을 봐서라도 부디 거절하지 말아주시오."

마종은 감격하여 어쩔 줄을 모른다.

이때 숲에서 호치백이 나서며 말했다.

"하하, 이거 오늘 호치백 인생에 꽃이 피는 날입니다. 좋은 형과 좋은 아우를 두어 그렇지 않아도 행복하던 차에, 평소 존경하던 마종 선배까지 뵙게 되었으니, 어찌 술 한잔을 마다하겠습니다. 마종께서 허락만 한다면 좋은 술집은 내가 책임지고 안내하리다."

"호… 호치백."

검마제와 혈검은 울고 싶은 심정이었다.

나타나는 사람마다 무림의 기인이요, 고수다.

이젠 또 누가 나타날지 걱정이 앞섰다.

마종 여불휘는 가슴이 뭉클해지는 것을 억지로 눌러 참았다.

잠시 동안 심호흡을 한 마종이 말했다.

"내 어찌 평소 존경하던 영웅들의 초청을 마다할 수 있겠습니까? 하지만 몸이 성치 않아 참으로 거동하기가 불편합니다."

그 말에 백리소소가 생긋 웃으면서 말했다.

"제가 이래 보여도 의술을 조금 할 줄 압니다. 비록 미천해 보여도 제 사부님이 백봉화타라 불리시는 분입니다. 자질이 모자라 그분의 능력을 백에 하나도 제대로 배우진 못했지만, 그래도 진맥은 할 줄 알고 어지간한 내외상도 치료할 줄 압니다. 그러니 제게 한번 맡겨주심이 어떻습니까? 물론 치료비는 추후 청구하여 나중에 또 만나뵐 기회가 있을 때 술값으로 보태겠습니다."

여불휘는 눈에 습기가 차오르는 것을 느꼈다.

평생 동안 존마궁에 틀어박혀 살아왔던 그였다. 그런데 친숙부의 배신으로 다 죽어가는 상황에서 만난 사람들이 이유도 없이 자신을 도우려 하지 않는가? 그는 비록 지금의 신세가 언제 죽을지 모르는 처지에 놓였지만, 얼마 전까지만 해도 마도에서 일, 이위를 다투던 존마궁의 궁주였다.

최소한 상대가 호의로 그러는지 아닌지 정도는 알 수 있었다.

평생 동안 칼끝에서 살아온 여불휘는 처음으로 가슴이 따뜻해지는 인간의 정을 느끼지 않을 수 없었다.

"여 모는 그저 감읍할 따름입니다. 하지만 그래도 역시 제가 가는 것을 싫어하는 사람들이 있어서 참으로 곤란합니다."

호치백이 사방을 둘러보면서 말했다.

"그럴 리가 없습니다. 만약 그런 사람이 있다면 우리가 힘을 합해

여 선배님이 우리와 동행할 수 있게 협의를 이끌어내겠습니다. 만약 그쪽에서 우리의 체면을 생각해 주지 않고 강제로 막으려 한다면 저와 형님, 그리고 내 아우 부부도 그들의 체면을 생각하지 않을 것입니다. 저는 그저 제 몸이나 호신할 정도이지만, 제 형님과 아우 부부는 힘이 좀 있는 편입니다."

한마디로 보내주지 않으면 무력 행사를 하겠다는 선포였다.

검마제와 혈검은 기가 막혔지만 감히 대꾸도 할 수 없었다.

마종 하나만 해도 겨우겨우 상대해서 여기까지 왔다. 그런데 마종에 조금도 모자라지 않는 강자가 무려 세 명이나 더 나타난 것이다. 거기에 더해서 무림의 기인이라는 호치백까지 가세했다.

아무리 생각을 해봐도 이 세 명을 상대하려면 자신들만의 힘으로는 역부족일 수밖에 없었다. 그렇다고 다 잡은 마종을 이곳에서 놔준다면 그것 또한 어이없는 일이었다.

그야말로 진퇴양난(進退兩難)이란 이를 두고 하는 말이라 할 수 있었다.

그들이 난처한 표정을 짓고 있을 때였다.

숲에서 세 명의 인물이 더 나타났다.

장칠고와 청룡단의 수하들이었다.

원래 열 명이었던 청룡단의 나머지 일곱 명은 백리소소와 장칠고의 명령을 이행하는 중이었다. 도종과 함께 있던 산곡과 감산이 안 보이는 것은 도종의 명령을 받고 먼저 십도맹으로 떠났기 때문이었다.

그들까지 나타나고 보니 검마제와 혈검 일행은 더욱 난감해지고 말았다. 비록 세 명에 불과했지만, 그들의 기도 또한 만만해 보이지 않던 것이다.

더군다나 이번에 나타난 장칠고와 두 명의 청룡단은 얼굴만으로도 살 떨리게 흉악하게 생겼다.

조금 망설이던 혈검이 앞으로 나서며 포권지례를 하며 말했다.

"나는 혈교의 혈검대 대주인 혈검 경무덕이라 합니다. 저 또한 항상 흠모하던 영웅인 도종과 투왕, 그리고 무후를 한꺼번에 뵙게 되어 영광으로 생각하고 있습니다."

혈교라는 말에도 관표와 백리소소의 표정은 시큰둥하였다.

도종 역시 무표정한 얼굴이었다.

한마디로 천하의 오대천 중 백호궁과 함께 가장 막강하다는 혈교가 무시당하고 있었다.

단지 장칠고와 두 명의 청룡단원 표정이 조금 굳어졌을 뿐이었다. 그러나 그들의 얼굴에도 두려움은 없었다.

근래 들어 장칠고와 청룡단의 무사들은 자신감이 지나쳐 간이 부은 상태였다. 천하제일고수는 오로지 관표고, 천하제일문파는 천문이라고 굳게 믿는 그들이었다. 그러니 혈교라고 두려울까?

관표와 백리소소는 상대가 혈교란 것을 알게 되자 겉으로는 태연했지만 내심으로는 많은 생각을 하고 있었다. 이미 그들이 전륜살가림과 관계가 있다고 의심을 하던 차였기에 지금 상황이 단순한 마도문파끼리의 세력 다툼이 아니란 생각이 들었던 것이다.

백리소소가 장칠고를 슬쩍 곁눈질하였다.

눈치라면 천하에서 가장 쾌속하다 할 수 있는 장칠고였다.

청룡단에서 천문의 문주인 관표의 대변인 역할을 하는 것은 장칠고와 장삼이었다. 그러나 장삼이 나설 때와 장칠고가 나설 때는 상황이 달랐다. 그리고 그들은 각자 자신들의 역할에 대해서 충분히 잘 알고 있었다.

백리소소가 자신에게 눈짓을 했다면 자신이 나서야 할 때가 어느 때란 것을 잘 아는 장칠고였다. 그리고 이는 장칠고가 가장 신나 하는 일이기도 하였다.

장칠고가 앞으로 나서면 혈검을 바라보고 말했다.

"청룡단의 단주인 장칠고요. 이놈은 문주이신 관씨 성에 표 자 이름을 쓰시는 분의 대변인이니, 나랑 이야기를 하면 될 것이오. 먼저 귀하가 한 말에 대한 대답이오. 문주님은 귀하의 마음에 대해서 아주 고맙게 생각하고 있소이다. 그래서 말인데, 이왕 우리 문주님과 도종 어른을 그리도 존경하고 있었다면, 문주님과 마종 여 어른의 좋은 자리를 방해하지 말고 그냥 가주는 것이 예의가 아닐까 합니다."

혈검의 얼굴이 부르르 떨렸다.

장칠고가 앞으로 나선 것은 한마디로 당신은 우리 문주랑 마주 이야기하기엔 격이 떨어진다는 뜻도 포함되어 있을 것이다. 그리고 장칠고의 말을 잘 들어보면 교묘하게 자신을 협박하고 있었다.

괜히 까불지 말고 빨리 꺼지라고. 그러나 그 부분에 대해서 감히 반박을 할 수가 없었다.

투왕과 무후라면 그만한 자격이 있기 때문이었다. 하지만 화가 나는 것은 어쩔 수 없는 일이었다.

무시당하고 기분 좋은 사람은 세상에 없다.

"천문이 강한 것은 알지만 혈교와 적이 되어서 좋을 것은 없을 것이오. 그리고 지금 일은 혈교와 존마궁의 일로, 다른 문파나 외부의 무사들이 끼어드는 것은 무림의 규칙에 어긋나는 일이오."

장칠고가 코웃음을 쳤다.

"혈교가 천문, 그리고 십도맹과 동시에 적이 되어서도 좋을 게 없을 게요. 그리고 우리는 두 문파의 알력에는 끼어들지 않을 것이오. 하지만 지금처럼 사람과 사람이 만나서 사귀는 일은 문파 간의 일 이전에 사람과 사람의 문제요. 그러니 당신은 자꾸 말 돌리지 말고 더 이상 방해하지 마시오."

조금 더 노골적이었다.

듣고 있던 검마제의 얼굴에 분노의 표정이 떠올랐다.

"어린 놈이 말이 너무 많군. 더 이상 이 일에 끼어들지 말라고 해라. 아니면……."

"어르신 이름이 뭡니까?"

장칠고의 정중한 말에 검마제가 조금 으쓱한 기분으로 대답하였다.

"검마제라 한다."

"검마제? 그럼 존마궁의 대장로님 아니신가?"

"그렇다."

장칠고는 어이없는 표정으로 검마제와 마종을 번갈아 본 후 말했다.

"그런데 어떻게 존마궁의 궁주님이신 마종 여불휘님과 대치를 하고 있는 것이오?"

"그건 네가 알 바 없다. 그러니 어여 네 문주에게 말해서 이 자리를 비켜라. 아니면 너희는 존마궁과 혈교의 적이 되어야 한다."

검마제는 장칠고가 약간의 저자세를 취하자 약간 호기로워졌다.

장칠고의 얼굴이 꿈틀거렸다.

"이런, 씨팔. 늙은 쭈구렁탱이가 알고 봤더니, 혈교에 붙어서 배신한 모양인데 뭐가 잘났다고 큰소리냐? 나 같으면 면 팔려서 혀를 물고 자살하겠다."

검마제와 혈검은 갑작스런 장칠고의 대찬 말에 황당한 표정을 지었다. 장칠고가 눈에 살기를 담고 고함을 질렀다.

"다시 문주님의 전갈을 전한다! 빨리 갈래? 아니면 여기서 전부 뒈질래. 빨랑 양자택일해라!"

혈검과 검마제는 물론이고 그와 함께 있던 세 노인들, 그리고 혈검대 무사들은 기가 막힌 표정으로 장칠고를 바라보았고, 마종과 도산은 그만 통쾌하게 웃고 말았다.

"으하핫! 저 형제의 배포가 정말 대단하군. 나 여불휘가 벌써 칠십을 넘게 살았지만 저렇게 통쾌한 말은 처음 듣는다."

도산 역시 속이 다 시원해지는 느낌이었다.

도종과 호치백도 조금 놀라서 관표와 백리소소를 바라보았다.

그들은 혹시 두 사람이 전음으로 징찰고에게 어떤 지시를 내리는 것이 아닌가 싶었던 것이다. 그러나 관표와 백리소소는 그저 장칠고를 지켜보고만 있었다.

장칠고가 어떤 말로 어떻게 상대하든 맡긴다는 표정이었다.

이는 정말 굉장한 신임이라 할 수 있었다. 그리고 장칠고는 그 신임에 확실히 보답을 하고 있었다.

검마제와 혈검은 울화가 치미는 것을 겨우 억눌러 참고 있었다. 그러나 그들의 얼굴은 실로 말이 아니었다. 그중에서도 성질이 열화와 같은 검마제는 당장이라도 검을 뽑아 들고 달려들 기세로 말했다.

"어린 놈, 주둥이가 시궁창이군."

"내 입이 시궁창이면 네놈의 입은 똥통이다. 그보다 괜히 실력도 안 되는데 까불지 말고 빨리 가라. 괜히 걸리적거리다 맞아 죽는다. 특히 늙은이는 보아하니 배신자 같은데, 천문에서 배신자를 어떻게 죽이는지 아는가?"

검마제와 혈검, 그리고 나머지 세 노인이 장칠고를 바라보았다.

"천문에서는 배신자를 잡으면, 우선 무공을 전폐하고 심줄을 끊어놓는다. 그 다음 손가락과 발가락을 하루에 하나씩 잘라낸다."

검마제와 그의 두 충복인 노인들의 얼굴이 창백해졌다.

혈검도 등골이 오싹한 기분이 든다.

"그렇게 열 손가락과 열 발가락을 전부 잘라낸 다음 껍질을 벗겨 소금에 저린다. 흐흐, 껍질을 벗길 때는 아주 특별한 방법을 쓰는데, 이미 우리 문주님의 음양접이 얼마나 무서운지 잘 알 것이다. 우린 그것을 바닥에 뿌리고 그 위에 사람을 놓는다. 그 다음 피부가 바닥에 붙으면 강제로 굴리기 시작한다. 그렇게 하면 피부만 교묘하게 벗겨지면서 힘줄까지 한꺼번에 뽑혀진다. 물론 조금 고통스럽긴 하지만 절대로 죽진 않는다."

검마제와 그의 뒤에 있던 두 노인의 안색은 더욱 창백해졌다.

생각만 해도 오싹했다.

특히 관표의 음양접은 이미 무림에서 가장 무서운 약물로 소문이 자자한 상황이었다.

"그렇게 해서 소금에 적당히 저린 다음, 죽지 않을 만큼 천천히 물에 삶아내어 이번에는 햇볕에 말린다. 그리고 마지막으로 죽을 때까지 바늘로 찌른다. 그리고 바늘엔 역시 음약접이 발라져 있어, 한 번 찌르고 뽑을 적마다 내부의 물질이나 살점들이 붙어 나온다. 이를 우리 천문에서는 단교침사(斷嚙針死)라고 부른다."

검마제가 몸을 바르르 떨면서 장칠고를 바라보았다.

독사눈에 산적의 표본같이 생긴 얼굴.

그냥 하는 협박 같지가 않았다.

장칠고의 눈에서 살기가 감돌기 시작했다.

"이 멍청한 후래자식들아! 빨리 안 꺼질 거냐? 아니면 전부 잡혀서 단교침사의 맛을 볼래!"

혼자서 백이십이 넘는 혈검대를 두고 호통을 치는 장칠고의 기세는 그야말로 초절정고수를 능가하고 있었다.

검마제와 혈검은 가슴이 써늘해져서 감히 장칠고의 눈을 마주 보지 못했다. 당장이라도 껍질이 벗겨지고 물에 삶아질 것 같은 기분이 들었던 것이다.

그들이 그럴진대 혈검대의 수하들이야 더 말해서 무엇하랴.

모두 얼굴이 하얗게 질려 있었다.

장칠고의 호통에 혈검과 검마제가 주춤하더니 할 수 없다는 듯 자리를 뜨기 시작했다. 아무리 생각해도 도종과 투왕, 그리고 무후의 전설은 자신들이 상대하기엔 너무 부담스러웠다.

당장 세 사람 중 한 명이라도 막을 수 있는 고수가 없었다.

검마제와 혈검의 무공이 강하다지만 어찌 초인이라 불리는 그들과 견주겠는가. 더군다나 단교침사는 생각만 해도 다리에 힘이 빠졌다.

혈검대의 수하들은 다행이라는 표정으로 자리를 뜬다.

그들이 모두 물러서자, 호치백이 박수를 치면서 말했다.

"그 옛날 촉의 장비가 장판교에서 호통으로 조조의 대군을 물리쳤단 이야기가 있었는데, 오늘 청룡단주의 위세를 보니 능히 그에 못지않았소. 참으로 대단하오, 대단해."

그 말에 장칠고가 고개를 으쓱한다.

마종 역시 감탄한 표정으로 장칠고를 보면서 말했다.

"참으로 대단한 기세였소. 관 후배님의 수하들은 정말 대단한 기상을 가지고 있다는 것을 알 수 있었소."

장칠고가 으쓱해서 말했다.

"으핫핫! 뭐, 이 정도를 가지고… 그저 입으로 한몫했을 뿐입니다. 사실 제가 입심과 안면신공은 그래도 문주님의 내공과 맞장이 가능하지요."

장칠고의 대답과 기묘한 표정에 모든 사람들이 잠시지만 호탕하게 웃을 수 있었다.

백리소소도 입가에 미소를 지으며 말했다.

"저들은 잠시 물러섰을 뿐입니다. 그러니 우리에겐 아주 약간의 시간이 있을 뿐입니다. 그 시간 동안 우선 여 선배님의 내외상을 약간이라도 치료해 놓아야 합니다. 장 단주님?"

백리소소가 부르자 장칠고가 얼른 허리를 숙이면서 말했다.

"그렇지 않아도 이미 지시를 내려놓았습니다. 모두 산에 대해서는 일가견이 있는 자들이니 곧 좋은 곳을 찾을 것입니다."

장칠고의 말이 떨어지기가 무섭게 서쪽에서 휘파람 소리가 은은하게 들려왔다.

"마침 마땅한 장소를 찾은 모양입니다."

백리소소가 장칠고의 수하 두 명을 보면서 말했다.

그녀는 지금을 위해서 두 명의 청룡단을 더 남겨두었던 것이다.

"두 분은 어서 마종 여 선배님과 저분을 업으세요."

백리소소가 도산을 가리키며 말하자 도산이 고개를 들고 말했다.

"저는 괜찮습니다."

"그것은 의원인 제가 판단합니다. 그러니 제 지시를 따라주세요."

백리소소의 강경한 말에 도산은 고개를 숙이고 말았다.

이때였다.

갑자기 마종 여불휘가 그 자리에 오체복지하면서 말했다.

"마종 여불휘가 여러분의 도움에 진심으로 감사를 드립니다. 비록 지금은 힘이 없어 은혜를 입고 그냥 지나가지만, 언제라도 내 작은 힘이 필요할 때 부르신다면 목숨을 걸고 은혜를 갚을 것을 맹세합니다."

마종의 갑작스런 말과 행동에 관표와 백리소소, 그리고 도종 엽고현이 놀라서 얼른 그를 끌어 일으키며 말했다.

"여 선배님, 이게 무슨 말씀입니까? 저희가 어찌 그런 발칙한 생각으로 여 선배님을 도왔겠습니까? 그러니 어서 일어서십시오. 이 후배의 얼굴이 부끄럽습니다."

"여 형, 이게 무슨 짓이오. 어서 일어서시오. 어려울 때 서로 돕는 것은 당연한 일이 아니오. 특히 여 형은 배신을 당한 것 같은데, 이는 무림 도의상 결코 그냥 넘어갈 일이 아니외다."

마종은 그제야 일어섰고, 기다리던 청룡단원이 그를 등에 없었다.

도산은 관표가 부축하였다.

그들은 첫 휘파람 소리가 난 서쪽을 향해 움직이기 시작했다.

백리소소가 미리 적당한 곳을 찾으라고 명령을 내려놓았던 청룡단원의 신호였다. 호치백과 도종은 다시 한 번 백리소소에게 감탄을 하였다.

그들도 대충 돌아가는 상황을 눈치챈 것이다.

마종과 도산 역시 상황을 눈치채고 새삼 백리소소를 바라본다.

산 중턱에 있는 제법 큰 동굴 속에 관표 일행 대부분이 모여 있었다. 그리고 호치백과 청룡단은 동굴 앞에다 열심히 기진을 설치하고 있었으며, 몇몇은 자신들의 흔적을 지우고 있었다.

호치백은 무림에서 시선으로도 유명했지만, 기문진에도 능히 일인자라 할 수 있었다. 그가 무림의 최고 기인들이라는 사기 중에서도 첫손에 꼽히는 이유가 있었던 것이다.

백리소소의 손길은 능히 신의 손이라 할 만하였다.

물을 끓이고 끓인 물을 식혀서 상처를 닦아낸 다음 숲에서 구해온 약초를 물에 끓여 상처를 소독하였다. 그 다음 벌어진 외상을 완벽하게 꼬매었고, 가지고 다니는 비상약 중 내외상을 치료하는 약을 마종에게 먹이고 그 다음엔 상처에 금창약을 발랐다.

그 이후는 마종이 운기로 내상을 치료하게 하였고, 관표와 도종이 자신의 진기로 그를 도우니 상처가 치유되는 것은 일사천리였다. 그토록 심했던 마종의 상처는 빠르게 치유되어 갔고, 내상이 심했던 도산의 상처도 두 절정고수의 힘을 얻어 급속히 치유되어 갔다.

일행은 그곳에서 삼 일 동안 머물렀는데, 그동안 세 사람의 상처는 믿을 수 없을 만큼 빠르게 쾌유되어 갔다. 그리고 동굴 밖에서는 혈교의 추적대가 점점 포위망을 좁혀오는 중이었는데, 아직 그들이 숨어 있는 동굴은 발견하지 못하고 있었다.

몇 번씩이나 동굴 앞을 지나가면서도 자신들을 찾지 못하는 혈교의 무리를 보고 모두들 호치백의 능력을 칭찬하였다.

호치백은 최소 사 오 일은 그들이 동굴을 발견하지 못할 것이라고 장담하여 사람들을 안심시켰다.

혈교를 무서워하는 것은 아니지만, 부상을 크게 당한 두 사람이 조금 부담스러웠던 것이다. 그리고 적들도 이쪽의 힘을 알고 있으니 다시 올 땐 그만한 대비를 하고 올 것이라 짐작했기 때문이다.

원래 절정고수일수록 내상을 치유하는 능력이 뛰어나고 체력 회복이 빠르게 마련이다. 거기에 백리소소의 의술과 백봉화타의 명약이 가미되자, 삼 일 동안 마종의 내외상이 아무는 속도는 상상 이상이었다.

관표와 도종, 그리고 호치백은 마종의 심후한 내공과 백리소소의 뛰어난 의술에 깊이 감탄하지 않을 수 없었다. 어느 정도 내외상이 치료되자 마종은 자신의 이야기를 해주었고, 그의 말을 들은 사람들은 모두 검마제의 배신에 분노하였다.

백리소소는 현 무림 상황을 설명하면서 혈교가 전륜살가림의 한 지류일지 모른다고 말해주자, 그제야 마종은 혈교가 자신을 친 이유를 조금은 이해할 수 있었다.

第九章
폭풍전야(暴風前夜)
─담대소와 천제를 막아라!

반 시진에 걸쳐 이야기를 나눈 마종은 백리소소가 건포를 찢어 넣어 끓여준 죽을 떠 먹은 다음, 자신의 검을 들고 일어서며 말했다.

"여 모는 무후와 여러분의 은혜를 평생 잊지 않을 것입니다."

갑작스럽게 여불휘가 일어서서 인사를 하자 모두 놀라서 그를 바라보았다.

백리소소가 가볍게 한숨을 쉬고 말했다.

"여 선배님께서는 어쩌시려는 것입니까?"

"밖에서 혈교와 존마궁의 배신자들이 나를 찾고 있다는 것을 알고 있습니다. 더군다나 그들은 여기 계신 은인들의 힘을 알고 있으니 그에 대비해서 혈교의 본진이 합류해 있을 것입니다. 그들은 강합니다. 이제 어느 정도 힘도 회복했으니 제가 저들을 따돌리겠습니다. 여러분은 괜한 일에 끼어들어 화를 당하지 마시고, 제가 저들을 상대하는 동안 이곳을 떠나십시오."

그 말에 도종이 얼굴을 굳히며 말했다.

"그게 무슨 말입니까? 사람이 일을 시작했으면 마무리를 지어야 합당한 것입니다. 여 형이 자꾸 그러면 저도 많이 섭섭합니다. 이미 시작부터 한 배를 탔으니 끝까지 함께하는 것이 도리라 생각합니다. 혹시 여 형은 저를 목숨이 두려워 도망가는 소인배로 본 것이 아닙니까?"

호치백 역시 도종의 말을 거들고 나섰다.

"여 대협께서는 어서 자리에 앉으십시오. 이 자리에 있는 사람들 중 그들이 두려워 도망갈 소인배는 한 명도 없습니다."

마종이 어정쩡하게 서서 망설이자 백리소소가 미소를 지으며 말했다.

"여 선배님, 이 일은 결코 존마궁 하나만의 일이 아니랍니다. 이미 조금 전에도 말했듯이, 전륜살가림이 이 일에 끼어든 이상 이 일은 이미 무림의 일입니다. 이는 또한 저희가 무사로서 칼밥을 먹는 한 우리의 일입니다. 그뿐만이 아닙니다. 여러 가지로 단순하지 않은 일들이 얽혀 있습니다. 그러니 서로 의논해서 이들과 싸우는 것이 옳을 것 같습니다."

마종이 무안한 표정으로 자리에 앉으며 말했다.

"제가 잠시 생각이 모자랐습니다."

모두 미소를 지으며 마종을 바라보았다.

도종이 부드러운 목소리로 말했다.

"모두 여 형의 마음을 알고 있습니다. 그러니 미안해하지 않으셔도 됩니다. 이제 모두들 마음이 하나로 모였으니 지금부터 저들을 어떻게 상대할 것인지 의논해야 할 것 같습니다. 그리고 사람이 많은 만큼 누군가가 우리를 이끌어야 한다고 생각합니다."

"이 여 모는 모든 힘을 다해 그들을 상대하겠습니다. 귀형에게 고견이 있다면 말씀하십시오. 저는 무조건 따르겠습니다."

"제가 지금까지 보아온 바로 제수씨의 지혜가 참으로 뛰어납니다. 우리는 일단 제수씨의 지휘 아래 그들을 상대할 수 있는 방법을 찾아야 할 것이라고 생각합니다."

이미 그녀의 씀씀이를 보아온 마종과 도산은 그렇지 않아도 그녀의 언변과 일 처리 능력에 감탄하고 있던 참이라 도종의 말에 대찬성을 하였다.

호치백은 이미 그녀를 인정하고 있었고, 관표는 당연히 찬성하였다. 백리소소가 조금 당황한 표정으로 말했다.

"제가 감히……."

도종은 얼른 손을 흔들며 말했다.

"제수씨는 거절하지 마시오. 우리를 지휘한다 해서 어떤 지위를 가지는 것은 아니고, 우리가 단지 제수씨를 인정하고 그 고견을 따르겠다는 것뿐입니다."

백리소소는 일어서서 예를 취하며 말했다.

"그럼 이 후배가 지금부터 임시로 이곳의 군사를 맡겠습니다. 우선 가장 중요한 것은 여 선배님과 도산 장사님의 상처를 완전히 치료하는 것입니다. 일단 하루 이틀 이곳에 더 머물면서 두 분의 상처와 원기를 완전히 회복시킨 다음 움직이겠습니다. 물론 그사이에 약간의 준비는 필요합니다. 그런 다음 저들을 상대해야 합니다. 문제는 저들의 힘입니다. 제 생각대로라면 다시 공격해 오는 혈교와 존마궁의 힘은 우리의 상상을 훨씬 상회할지도 모릅니다. 그래서 우리는 그것을 감안하고 대비를 해야 합니다."

모두 놀라서 백리소소를 바라보았다.

마종이 백리소소를 바라보며 말했다.

"혹시 사령혈마 담대소를 두고 하는 말입니까?"

담대소란 말에 도종과 호치백, 그리고 도산을 비롯해서 청룡단원들의 얼굴이 굳어졌다.

"그것만이 아닙니다."

모두 놀라서 백리소소를 다시 바라본다.

담대소만 해도 강적이라 할 수 있는데, 또 있다는 말인가?

"어쩌면 우리는 아주 최악의 사태를 맞이할지도 모릅니다. 그리고 여기서 그들을 막는 것이 바로 백리세가와 십도맹을 지키는 일이 될지도 모릅니다. 즉, 이 일은 단순하게 존마궁 하나만의 일이 아니란 뜻입니다."

모두 굳은 얼굴로 그녀를 바라보았다.

그들은 백리소소가 한 말에 약간의 충격을 받았던 것이다.

노인의 표정이 서늘하게 가라앉았다.

서릿발 같은 냉기가 단우로 하여금 오금이 저리게 만들었다.

"아직도 찾지 못했단 말이냐?"

단우가 고개를 조아리며 말했다.

"죄송합니다. 대충 근처까지는 접근한 것 같은데, 아직 흔적을 찾지 못했습니다."

"그들 중엔 진법에 능한 호치백이 있다고 들었다."

"감안하고 있습니다. 결코 오래지 않아서 찾을 수 있을 것입니다."

단우의 말에 노인은 그를 바라보며 말했다.

"얼마나 더 걸리겠는가?"

"이틀 이내에 찾아내겠습니다."

"좋다. 이틀을 주겠다. 그 안에 찾아내라. 시간이 걸리면 좋지 않다. 그들 중엔 백봉의 제자가 있으니, 마종의 상처도 치료하고 있을 것이다. 그럴 시간을 주면 안 된다."

"빠른 시간 안에 찾아내겠습니다."

노인은 고개를 끄덕이며 말했다.

"천제 환우가 왔다고 들었다. 어디에 있는가?"

"이곳으로 오는 중입니다. 백리세가를 확보하는 데 실패한 것 같습니다."

노인의 얼굴이 차갑게 굳어졌다.

"이유가 무엇인가?"

"그곳에 투왕과 무후, 그리고 도종이 함께 나타났었답니다."

"또 그들인가?"

"들은 바에 의하면 무후의 정체가 바로 백리가의 신녀라 불리던 백리소소였다고 합니다."

담대소의 표정이 차갑게 굳어졌다.

"그랬군. 무림의 쌍지 중 한 명이라는 백리소소, 그 계집이 무후였군. 그래서 말 몇 마디로 그 자존심 강한 마종을 설득해서 데려간 것이군."

"그런 것 같습니다. 그리고 천제가 아주 실패한 것만은 아닙니다. 비록 백리세가를 완전히 복속시키지는 못했지만, 백리장천이 다시는 무공을 회복하지 못하게 만들었지 않습니까? 그것만으로도 큰 수확이라고 생각합니다."

노인은 잠시 생각에 잠기다가 말했다.

"지금 천존 사형께서 중원에 오셨다고 들었다. 그리고 패종이 사형의 손에 죽은 것으로 안다. 그렇다면 이젠 더 이상 웅크리고 있을 순 없다. 존마궁에 이어 이번 일이 끝나는 대로 백리세가를 쓸어버리겠다. 마침 백리장천도 힘을 잃었고, 어차피 차지하지 못할 바에야 남겨놓을 필요가 없다. 준비하도록."

"충."

"그리고 도종이 이곳에 있다면 이 기회에 십도맹을 도모하는 것도 좋겠지."

"항상 준비를 하고 있었습니다."

"시행하라고 전해라!"

"충."

"환우를 이곳으로 데려와라. 도종과 투왕, 무후를 한꺼번에 상대하려면 그의 힘이 필요하다. 장수는 장수가 막아야 하는 법. 혈검대나 활강시, 혈랑대만으로 그들을 막기는 버겁다. 그리고 준비해 둔 혈강시도 모두 데려와라."

"충."

노인의 입가에 살소가 떠올랐다.

"오히려 잘됐다. 지금이 중원의 강적들을 한꺼번에 쓸어버릴 수 있는 기회일지도 모른다."

"명대로 이행하겠습니다."

단우의 신형이 바람처럼 사라졌다.

노인 담대소는 냉정한 얼굴로 중얼거렸다.

"진즉 내가 앞장을 섰어야 했다. 그랬다면 벌써 마종을 잡았을 텐데. 하지만 여기까지다. 네놈들이 누구든 숫자가 몇이든, 모조리 뿌리째 뽑아버리겠다."

단호한 말속엔 자신감이 어려 있었다.

전륜살가림의 삼존오제 중의 한 명인 혈존 담대소.

중원에서는 십이대초인 중에서도 가장 강하다는 천군삼성의 한 명인 사령혈마가 바로 그였다.

모두 자신을 바라보고 있자, 백리소소는 엷은 웃음을 머금고 호치백을 보면서 말했다.

"호 사숙, 혈교의 교주인 사령혈마 담대소의 무공이 어느 정도나 되죠?"

호치백은 조금 곤란한 표정으로 도종을 바라보았다.

관표와 도종은 백리소소가 호치백을 부르는 호칭이 바뀌었음을 알았지만, 지금 그것을 따질 시기가 아니었다.

도종은 담담한 표정으로 대답하였다.

"아마도 칠종보다는 위일 거요. 정확하게 말한다면, 우리 중 두 사람이 힘을 합하지 않으면 이기기 힘든 상대입니다."

자신이 모자라는 것을 인정하는 것도 용기 중 하나라고 할 수 있었다. 백리소소는 새삼스런 표정으로 도종을 바라본 다음 마종을 보았다.

마종 역시 담담하게 고개를 끄덕이며 말했다.

"제가 아직 담대소와 만나지는 못했습니다. 하지만 이전에 전왕 묵치와는 겨루어본 적이 있습니다. 당시 저는 백 초를 견디지 못하고 패했습니다. 담대소의 무공이 묵치와 비슷하다면 분명히 우리보다는 한수 위라고 할 수 있습니다."

모두 놀란 듯 여불휘를 바라보았다. 설마 여불휘가 묵치와 겨룬 적이 있을 줄은 몰랐던 것이다. 여불휘는 비록 졌지만 그것에 연연하는 표정은 아니었다. 또한 부끄럽게 여기는 모습도 아니었다.

그것은 그가 최선을 다했고, 어쩔 수 없는 실력 차이로 졌기 때문일 것이다.

백리소소는 잠시 생각을 하더니 말했다.

"저들을 상대하는 데 우리가 가장 경계해야 할 적은 셋일 것입니다."

셋이라는 말에 모두들 백리소소를 바라보았다.

담대소 말고 또 강적이 있을 거란 생각을 하지 못했었다. 그러나 그녀는 무엇인가를 알고 있는 것 같았다.

백리소소는 시선이 자신에게 집중되자 생각했던 것을 말했다.

"예상대로 저들이 전륜살가림과 관계가 있다면 백리세가에서 도망친 환우도 이곳에 와 있을지 모릅니다. 비록 가능성에 불과하지만 우리는 그것에 대비를 해야 합니다. 그리고 또 하나, 혈교가 전륜살가림의 한 갈래라면 혈강시도 있을 것입니다. 우리는 그것도 감안해야 합니다."

백리소소의 말을 들은 일행들은 모두 안색이 어두워졌다.

그것은 생각하지 못했었다. 그러나 백리소소의 이야기를 듣고서야 그것을 깨우쳤다. 분명히 일리있는 이야기였다. 만약 그렇다면 상황은 상당히 어려워진다고 볼 수 있었다.

마종은 자신으로 인해 다른 사람들까지 위험해지고 있다는 생각에 마음이 더욱 무거웠다. 백리소소는 눈치로 그의 마음을 읽었다.

"여기는 백리세가에서 가까운 곳입니다. 당연히 환우로 분해 있던 천제가 도망을 한다면 가장 가까이 있는 담대소에게 갔다고 생각해야 합니다. 그리고 이쪽의 힘을 생각한다면 담대소는 천제를 부를 것이고 천제 또한 우리를 상대하기 위해 담대소와 힘을 합할 것입니다. 설혹 그것이 아니라도 우리는 일단 최악의 상황을 준비하고 있어야 합니다."

마종이 어두운 얼굴로 말했다.

"나 때문에……."

백리소소가 고개를 흔들었다.

"조금 전에도 말했지만 여기서 저들을 상대하는 것이 백리세가를 위하는 길이고, 또한 십도맹을 위하는 길입니다. 그러니 여 선배님은 너무 마음에 두지 마십시오. 오히려 저희가 여 선배님의 힘을 이용해서 저들을 상대하는 것이라 생각하셔도 무방합니다."

모두 백리소소를 바라보았다.

그녀가 지금 상황에서 어떤 이유로 백리세가와 십도맹이 위험하다고 하는지 궁금했던 것이다. 특히 도종은 더욱 그랬다.

"만약 천제가 이곳에 와 있다면, 여기서 우리를 상대한 후 저들은 반드시 백리세가를 칠 것입니다. 이미 할아버지가 내공을 잃은 사실을 알 테고, 어차피 자신들이 차지하지 못할 바에야 차라리 지금 쳐서 완전히 붕괴시키는 것이 저들의 행보에 도움이 되기 때문입니다. 백리세가는 그 이름만으로도 대단한 힘을 가진 곳입니다. 지금 상황에서 백리세가는 전륜살가림과 한 하늘을 이고 살 수 없는 상황이 되었고, 그들이 복수를 위해 무림맹에 가입이라도 한다면 그걸로 인해 무림맹은 크게 팽창할 수도 있습니다. 저들로서는 당연히 지금이 기회라고 생각할 것입니다. 그리고 그 다음은 십도맹을 칠 것입니다."

호치백이 고개를 갸웃거리면서 말했다.

"그것은 너무 앞서 가는 생각이 아닐까? 지금 백리세가와 십도맹을 친다면 무림과 전면전을 치르게 될지도 모르는데?"

"그렇지 않아요. 존마궁을 치면서 이미 무림을 공격하기 시작한 것이고, 백리세가를 손에 넣으려다 실패를 했어요. 더 이상 숨긴다고 될 문제가 아니죠. 그렇다면 이곳에서 우리를 전부 죽인 다음 앞으로 강적으로 남을 백리세가를 치는 것은 당연해요. 지금 우리를 상대하기 위해 모인 힘이면 충분히 백리세가를 칠 수 있죠. 그리고 당연히 십도맹이 맹주가 죽은 것을 알기 전에 그곳을 칠 겁니다. 그들 또한 엽 시숙께서 여기서 죽으면 당연히 복수를 하려 할 것이기 때문이죠."

모두 입을 꾹 다물었다.

백리소소는 가볍게 숨을 고르고 말을 이었다.

"이것은 가정일 뿐입니다. 그리고 천제가 이곳에 합류해 있을 것이란 판단 하에 예측을 한 것뿐입니다. 그리고 그것을 떠나서 저들이 지금도 계속 우리를 찾고 있는 것을 보면 우리를 이길 수 있는 무엇인가가 있다는 것은 확실합니다."

모두들 동굴 밖을 바라보았다.

이미 그들은 혈교의 포위망이 동굴 근처까지 조여오고 있는 것을 알고 있었다. 백리소소의 말대로 힘이 없다면 덤비지 않을 것이다. 이쪽의 힘을 알고도 덤빈다는 것은 그것을 능가하는 힘이 있기 때문일 것이다.

도종이 백리소소를 보며 말했다.

"제수씨의 말이 백 번 지당합니다. 그렇다면 이제부터 저들을 상대할 수 있는 방법을 연구해야 하는데, 혹시 제수씨는 생각한 것이 있습니까?"

백리소소는 기다렸다는 듯이 마종을 보면서 물었다.

"여 선배님, 검마제의 무공은 어느 정도나 됩니까?"

"저보다 반 수 정도 아래입니다. 솔직히 칠종과 겨루어도 크게 밀리는 실력이 아니라고 볼 수 있습니다. 아마도 검마제와 그의 심복이자 의제인 두 명이 협공을 한다면 나와 능히 겨룰 수 있을 것입니다."

백리소소도 마종의 말에 조금 뜻밖이란 표정이었다. 이렇게 되면 적의 전력은 예상치를 훨씬 넘어서게 된다. 지금 이곳에 있는 네 명의 절대자가 힘을 합해도 오히려 조금 뒤지는 전력이라 할 수 있을 정도였다.

마종이 백리소소를 보면서 물었다.

"천제라는 자의 무공은 어느 정도입니까?"

"천제의 무공은 검종과 비슷하거나 그보다 한 수 정도 위라고 생각하는 것이 좋을 것 같습니다. 내가 보기에 두 분 선배님과 거의 대등한 실력이라고 보면 될 것 같습니다."

백리소소의 말에 마종 여불휘의 안색이 더욱 굳어졌다.

결국 담대소와 천제를 상대하기 위해서는 네 명 중 세 명이 나서야 한다는 것이다. 그리고 그 외에 혈강시를 상대하기 위해서 또 한 명이 나선다고 해도 나머지 혈검대와 검마제 등을 상대할 전력이 없었다. 그리고 적은 그들뿐만이 아닐지도 모른다.

호치백과 열 명의 청룡단, 그리고 도산의 실력으로는 어림도 없는 일이었다. 호치백이 비록 무림제일의 기인이고 무공이 대단하긴 하지만, 검마제를 이길 순 없을 것이다.

도산과 장칠고 역시 혈검의 상대는 아니라고 보았을 때 승부는 그 결과를 점치기가 어렵지 않았다. 그러나 백리소소는 밝게 미소를 짓고 있었다.

"비록 우리가 열세이긴 하지만 충분히 그들을 상대할 수 있습니다."

모두들 백리소소를 바라보았다. 그러고 보니 백리소소는 바로 무림 제일의 지낭이라 불리는 여자가 아닌가? 무엇인가 방법이 있을 것 같 았다.

"현재 우리는 저들보다 전력상 아래라고 할 수 있습니다. 더군다나 여 선배님과 도산 무사님은 상처를 치료한 지 얼마 되지도 않았습니다. 하지만 혈교의 담대소를 한 명이 상대하면서 시간을 끌 수 있으면 이 번 혈전에서 우리가 유리할 수 있습니다. 그 외에도 우리는 그들을 상 대할 수 있는 방법이 있습니다."

모두들 백리소소를 바라보았다.

"우선 혈강시의 경우 제가 지닌 사대마병이 그들과 천적 관계라 빠 르게 처리할 수 있을 것입니다. 그들을 처리하고 저나 누군가가 다른 분을 도우면 됩니다. 요는 그때까지 누군가가 담대소를 상대할 수 있 어야 한다는 것입니다."

그 말을 들은 관표와 도종이 동시에 말했다.

"담대소는 내가 상대하겠소."

"제수씨, 담대소는 내게 맡기시오."

두 사람이 동시에 나서자 마종이 단호한 표정으로 말했다.

"안 될 말입니다. 이 일은 나 때문에 일어난 일. 담대소는 내가 맡겠 습니다."

서로 담대소를 맡겠다고 나서자 백리소소가 웃으면서 말했다.

"담대소를 맡는 것은 관 대가께서 하시는 것이 가장 적합합니다. 혹시 오해는 하지 마세요. 관 대가의 무공이 가장 높아서가 아니라 무공의 특성상 담대소의 무공을 상대하기에 가장 편하기 때문입니다."

모두들 백리소소를 바라보았다.

백리소소가 웃으면서 말했다.

"관 대가는 도가의 무공과 마공을 동시에 익히고 있습니다. 특히 그중에 도가의 무공은 마공과 극성입니다."

모두들 놀란 표정으로 관표를 보았다.

한 명이 도가의 정공과 마공을 동시에 익혔다는 말을 들어본 적이 없었던 것이다.

관표는 그들의 표정을 보면서 조금 쑥스러운 듯 말했다.

"건곤태극신공을 익혔습니다."

호치백이 더욱 놀란 표정으로 말했다.

"건곤태극신공이라니, 정말 놀랍군. 하지만 그 무공은 원체 습득하는 속도가 느려서 세상에서 그 무공을 터득한 사람이 없다고 들었네. 기본 내공만 터득하는 데 육십 년의 세월이 필요하다고 들었는데, 자네는 대체 몇 성이나 터득한 것인가?"

"기연이 있었습니다. 그래서 거의 극성으로 터득한 상태입니다."

모두들 놀란 표정으로 관표를 바라보았다.

백리소소가 웃으면서 말했다.

"이제 관 대가가 담대소를 상대해야 하는 이유를 알았을 것이라 생각합니다."

모두들 고개를 끄덕였다.

담대소가 익힌 무공은 사공이고, 건곤태극신공은 사공의 극성이었던 것이다.

이때 호치백이 말했다.

"하지만 그것만으로는 부족한 것 같은데."

"물론 그렇습니다. 하지만 일단 두 분 중 한 분이 검마제 일행을, 그리고 다른 한 분이 천제를 상대한다면 나머지는 방법이 있습니다. 또 잘만하면 저들을 쉽게 상대하고 담대소와 천제를 막을 수 있을지도 모릅니다. 문제는 담대소나 천제가 지금 우리를 찾고 있는 자들과 얼마나 빨리 합류하느냐 하는 점입니다. 만약 그들의 합류가 늦어진다면 우리는 뜻밖의 이익을 얻을 수도 있습니다. 하지만 그건 조금 힘들고, 일은 항상 최악의 상황을 대비해서 생각해야 한다고 생각합니다. 다행이라면 우리에게 그들이 생각하지 못한 무기가 있다는 점입니다."

모두들 백리소소를 바라보았다.

백리소소는 자신의 생각을 그들에게 말하기 시작했고, 듣고 있던 사람들은 모두 백리소소를 바라보았다. 새삼 그녀가 왜 무림제일지라고 불리는지 알 것 같았기 때문이다.

호치백은 자신이 그녀에게 무림제일지라는 호칭을 붙여주고도 새삼스런 표정을 지었다.

동굴 앞쪽 숲에는 단우와 검마제, 그리고 혈검과 검마제의 심복인 호불검 지성현, 대환귀두도(大環鬼頭刀) 방산 등이 숨어서 지켜보고 있었다.

혈검대의 부대주인 귀검 황우경은 살아남은 백이십 명의 혈검대와 칠십이 구의 활강시들을 데리고 동굴 앞면을 이중삼중으로 둘러싸고 있었다. 그리고 그 뒤쪽으로는 혈교의 살수들인 혈랑대가 속속 도착하고 있었다.

단우 일행은 동굴 속의 사람들이 눈치채지 않도록 은밀하게 숨어 있었다. 잠시 후 담대소와 천제, 그리고 혈강시들이 온 다음에 일제히 공격을 감행할 생각이었다.

호치백은 흥미있는 표정으로 동굴 밖을 바라보고 있었다.

동굴 밖에는 아무도 없었다.

호치백 역시 아무런 기척도 느끼지 못했지만, 백리소소와 관표, 그리고 도종과 마종은 이미 동굴 밖에서 모여드는 혈교의 존재를 눈치채고 있었다.

도종이 자신의 도를 뽑아 들면서 말했다.

"예상보다 빠르군. 제법 많은 자들인데."

호치백이 조금 궁금한 표정으로 말했다.

"최소 오 일은 걸릴 줄 알았는데, 저들 중에 진법의 대가가 한 명쯤 있는 것 같습니다."

"아우는 최선을 다했네. 다행히 제수씨의 예상대로 아직 담대소와 천제가 오지 않았네. 그렇다면 조금이라도 빨리 움직이세."

도종 엽고현의 말을 시작으로 그들은 움직이기 시작했다.

늦으면 늦을수록 자신들이 불리하다는 것을 그들은 알고 있었기 때문이다.

第十章

사령혈마(邪靈血魔)

—강자는 강자가 상대해야 한다

　멀리서 진으로 철저하게 가려진 동굴을 바라보고 있던 검마제 여운정이 단우를 보면서 말했다.

　"진법이란 참으로 오묘한 것 같습니다. 나는 아무리 봐도 저 몇 그루의 나무 사이에 동굴이 있다는 것을 알아낼 수가 없을 것 같습니다."

　단우가 침중한 어조로 말했다.

　"저 동굴 앞에 설치된 진법은 정말 대단한 것입니다. 비록 단순한 눈속임이지만, 너무 절묘해서 누구라도 쉽게 찾아내지 못했을 것입니다. 나도 진법에는 자신있지만, 자칫했으면 그냥 지나칠 뻔했습니다. 듣던 대로 호치백은 정말 대단한 자가 분명합니다."

　두 사람이 이야기를 나누고 있을 때였다.

　다섯 그루의 작은 나무 사이로 갑자기 세 명이 나타났다.

　혈검 경무덕과 검마제의 표정이 굳어졌다.

동굴 밖으로 나온 사람들은 관표와 마종, 그리고 도종이었다.

그들을 본 단우 역시 조금 당황한 표정이었다. 어차피 도종이나 마종의 시선을 피해서 동굴을 포위하리란 생각은 못했다. 그런데 적은 생각보다 너무 빨리 움직이고 있었던 것이다.

경무덕이 단우를 보면서 말했다.

"눈치를 챈 것 같습니다."

단우 역시 고개를 끄덕이며 말했다.

"어차피 들킬 것은 예상했다. 저들이 나타난 것은 교주님이 나타나기 전에 우리를 먼저 죽이려는 속셈이기 때문이다. 이제 좀 있으면 교주님과 천제님이 올 것이다. 그때까지 버텨야 한다. 두 분은 일각 안에 오신다."

검마제와 혈검 일행의 얼굴에 불안한 기운이 어렸다.

자신들만의 힘으로 초인이라 불리는 인간을 넷이나 상대해야 한다는 것은 상당히 부담스러운 일이었다. 그러나 지금 있는 혈검대나 활강시들, 그리고 뒤쪽에 숨어 있는 혈랑대라면 일각 정도는 충분히 버틸 수 있을 것 같았다.

검마제가 결심한 듯이 말했다.

"그 정도는 충분히 견딜 수 있을 겁니다. 헉."

말을 하던 검마제가 기겁해서 고개를 돌렸다.

'피융' 하는 소리가 들리면서 한 대의 화살이 그의 귓불을 스치고 지나갔다. 차가운 기운과 함께 소름이 확 돈다.

'퍽' 하는 소리와 함께 끄윽 하는 신음 소리가 들렸다.

검마제의 바로 뒤에 있던 호불검 지성현이 얼굴 복판에 얼음 화살을 맞고 천천히 뒤로 쓰러지고 있었다. 검마제가 갑자기 화살을 피하자 지성현은 꼼짝도 못하고 그 화살을 맞아야 했던 것이다. 어떻게 보면 화살은 처음부터 검마제를 겨냥한 것이 아니라 지성현을 겨냥했던 것 같았다.

'쿵' 하는 소리가 들리면서 지성현이 뒤로 넘어졌다.

검마제는 자신의 심복이라 할 수 있는 지성현이 쓰러지자, 분노보다는 겁이 더럭 났다. 그가 당황하고 있을 때 혈검이 검을 뽑으며 고함을 질렀다.

"조심하시오! 혈검대와 강시대는 일제히 공격하라!"

검마제는 정신이 번쩍 들어 자신의 검을 뽑아 들고 전면을 주시하였다. 사방에서 혈검대와 강시들이 뛰쳐나오는 가운데 마종 여불휘와 도종, 그리고 관표가 자신들이 있는 곳을 향해 직선으로 달려오고 있었다.

특히 마종은 숲에 숨어 있는 자신을 정확하게 알아보고 달려오는데, 눈에 어린 살기만 보아도 소름이 오싹 끼칠 정도였다.

검마제가 검을 뽑았을 때 그들은 이미 바로 코앞까지 다가와 있었다. 십여 명의 혈검대가 그들의 전면을 가로막으며 달려들었다. 마종은 자신을 방해하는 자들을 노려보면서 고함을 지르며 검을 휘둘렀다.

"이놈들, 비켜라! 검마제, 이리 당장 나와라!"

천지가 진동하는 고함과 함께 그의 천마지존검이 존마궁에서도 궁주만이 익힐 수 있다는 칠극천마공공검법(七極天魔攻功劍法)을 펼쳤다.

칠극의 다섯 번째 살수인 천마불기살(天魔制技殺)이었다.

한 가닥의 패도적인 검강이 실낱처럼 뿜어져 열 명의 혈검대를 단번에 쓸어갔다. 혈검대들은 사력을 다해서 검을 휘두르며 마종의 검에 대항하였다. 그들은 죽어간 동료들을 통해서 마종의 무공이 얼마나 매서운지 이미 잘 알고 있었다.

'번쩍' 하는 순간 다섯 명의 혈검대가 두 쪽으로 갈라진 채 바닥에 굴렀다. 나머지 다섯 중 한 명은 팔이 잘리고 또 한 명은 어깨가 갈라진 채 뒤로 물러섰으며, 세 명만이 무사하게 뒤로 물러났다. 그러나 그들이 미처 정신을 차리기도 전에 관표의 도끼가 한 번에 훑고 지나갔다.

'끄윽' 하는 소리와 함께 세 명의 혈검대 머리가 날아갔다.

부상을 당한 두 명은 땅바닥을 구르며 겨우 관표의 공격권에서 벗어났다. 이때 두 사람이 열 명의 혈검대를 처리하는 사이로 도종의 신형이 검마제 등이 숨어 있는 숲을 향해 날아갔다.

죽은 지성현을 제외하고 네 명의 노인들 중 가장 앞에 있던 검마제와 혈검 경무덕이 동시에 협공을 가하였다.

"감히."

차가운 음성과 함께 도종의 도에서 열 가닥의 도기가 한꺼번에 뿜어져 나왔다. 도종에게 불패도란 명성을 안겨준 도법은 모두 두 가지였다. 그중 하나가 바로 십절광한도법(十絶獷悍刀法)이고, 지금 도종 엽고현이 펼친 초식은 십절광한도법의 가장 무서운 살수라 할 수 있는 십기단도(十氣斷刀)였다.

일 도에 열 가닥의 도기가 그물처럼 얽히면서 공격해 오자 검마제와 혈검 경무덕의 표정이 창백하게 질렸다. 그러나 그들도 무공이라면 천하에 짝을 찾아보기 힘들 정도로 강한 자들이었다.

각자의 무공 중에서 최고의 절기를 펼쳐 도종에게 마주 대항하였다. 그리고 그들의 뒤에 있던 검마제의 또 다른 심복인 대환귀두도(大環鬼頭刀) 방산이 도종을 향해 자신의 귀두도를 휘두르며 한 힘 거들려고 하였다. 그러나 대환귀두도 방산은 자신의 도를 휘두르기도 전에 기겁을 하고 말았다.

갑자기 도종의 등 뒤에서 화살 하나가 포물선을 그리며 날아온 것이다. 도종과 방산의 거리는 불과 삼 장.

막고 피하고 할 시간적인 여유가 없었다.

급한 대로 고개를 틀었지만, 화살은 방산의 왼쪽 눈에 들어가 박힌 채 그 뒤로 절반이나 빠져나왔다.

"끄으으."

고통에 신음을 하면서 화살을 손으로 잡아 뽑으려는 순간이었다.

이번에는 도종의 옆으로 돌아서 날아온 작은 손도끼가 그의 머리를 간단하게 부수고 돌아갔다. 관표가 비월로 던진 도끼였다. 그때 도종의 공격을 받은 검마제와 혈검의 신형이 엉켜들었다.

'파르릉' 하는 소리와 함께 도종의 열 개 도기 중 하나가 검마제의 가슴을 스쳤고, 하나는 혈검의 어깨를 가르고 지나갔다.

둘은 불과 일초 만에 뒤로 주춤거리며 물러설 수밖에 없었다.

검마제와 혈검은 가슴이 덜컥 내려앉는 기분이었다.

칠종에 대해서야 귀가 닳도록 들었지만, 이렇게 지독할 줄은 몰랐다. 이미 마종의 경악할 만한 무공에 놀랐던 두 사람은 도종의 무공 또한 마종에 못지않음을 인정해야 했다.

도종과 마종, 그리고 관표가 이제 살아남은 검마제와 혈검 경무덕을 향해 공격을 하려 할 때 활강시들과 혈검대가 한꺼번에 몰려들었다.

지켜보던 단우는 이마에 식은땀이 흐르는 것을 느꼈다.

'교주께서 왜 이들과 정면 승부를 하지 말라고 했는지 알 것 같다. 정말 지독하게 강한 자들이다.'

문제는 그뿐이 아니었다.

제일 두려운 것은 어디서 날아올지도 모르는 화살이었다.

이미 무후가 사대마병 중 세 개를 가지고 있다는 사실은 무림에서 모르는 사람이 없었다. 그렇다면 지금 날아오고 있는 화살은 요궁일 것이다.

단우는 안절부절못하고 있었다.

사방에서 혈검대와 활강시들이 달려들었지만, 관표와 마종의 무공은 상상 이상이었다. 이십여 명의 혈검대와 이십여 구의 활강시가 제대로 반항조차 못하고 쓰러지는 것은 눈 깜짝할 사이였다. 그리고 검마제와 혈검은 도종의 일초 검식조차 제대로 받아내지 못한 채 상처를 입었다.

두 사람을 상처 입힌 도종에게 혈검대와 활강시들이 달려들지 않았다면 검마제나 혈검 중 한 명은 도종의 도에 고혼이 되었을 것이다.

도종이 혈검대와 활강시들에게 막혀 검마제와 혈검 경무덕을 더 이상 공격하지 못할 때, 관표와 마종에게도 활강시들과 혈검대가 달려들었다.

그 순간 갑자기 나타난 얼음 기둥이 터지면서 혈검대 십여 명이 얼음 조각에 맞아 죽어갔으며, 관표는 달려드는 활강시들과 혈검대 대부분을 혼자 맡으면서 마종에게 길을 터주었다. 마종은 자신의 앞을 가로막은 두셋의 혈검대와 활강시를 일검에 베어버리고 검마제를 향해 달려들었다. 검마제는 마종을 보는 순간 당황해서 자신도 모르게 뒤로 물러섰다.

"어디로 도망가는가!"

마종의 고함과 함께 그의 검에서 한 가닥의 검강이 뿜어져 나왔다.

기겁을 한 검마제는 대항할 생각도 못하고 땅바닥을 굴렀다.

'꽝' 하는 소리와 함께 검마제가 있던 바닥에 깊이 삼 장이나 되는 거대한 구덩이가 생겼다. 그것을 본 검마제는 가슴이 떨리는 것을 느꼈다. 만약 정면으로 상대했다면 중상을 면하기 힘들었을 것 같았다.

'과연 마도제일검법이라는 칠극천마공공검법이다. 지성현이나 방산이 살아 있다면 어떻게 해볼 테지만, 나 혼자 정면 승부는 미친 짓이다.'

검마제는 판단을 내리자, 우선은 도망칠 생각부터 하였다.

마종은 첫 공격에서 실패하였지만 조금도 실망하지 않고 다시 검마제를 공격하려 하였다. 그러나 그때는 다시 십여 명의 혈검대와 다섯 구의 활강시가 그를 향해 달려들고 있었다.

결정적인 순간에 방해를 받은 마종의 분노는 극에 달했다.

"이놈들!"

고함과 함께 그의 검에서 무시무시한 수라의 상에 나타났다가 사라졌다. 그것을 본 검마제의 안색이 창백하게 변했다.

"수… 수라현신."

칠극천마공공검법의 후 이식을 십성 이상 터득해야만 나타나는 현상으로, 오백 년 존마궁의 역사상 수라현신을 이룬 궁주는 초대 궁주인 수라신마 외엔 단 한 명도 없었다.

"끄으윽."

하는 소리가 들리면서 십여 명의 혈검대와 다섯 구의 활강시가 단일 검에 모래성처럼 부서져 내렸다. 그것을 본 검마제는 감히 덤빌 생각도 못하고 돌아서서 도망가려 하였다.

그 모습을 본 혈검 경무덕과 단우도 얼어붙은 표정이었다.

"멈춰라!"

갑자기 들린 고함에 도망치려던 검마제는 물론이고 도종 엽고현과 마종 여불휘, 그리고 관표가 동시에 손속을 멈추었다. 죽어라 달려들던 혈검대와 활강시들도 한순간에 뒤로 물러섰다. 그러나 잠깐 사이에 혈검대와 활강시들은 절반 이상이 죽고 사용이 불가능할 정도로 망가진 상태였다.

검마제와 혈검, 그리고 단우는 기가 막혔다.

세 사람이 나타나서 반의 반 각도 지나지 않은 시간에 벌어진 일이었다. 그들 중 상당수가 화살에 맞아 죽은 것도 특이한 일이었다. 그러나 일단 정신을 수습한 세 사람은 나타난 자들을 바라보고 안도의 숨을 쉬었다.

단우와 혈검은 나타난 세 명의 인물들 중 가운데 선 노인에게 다가가서 허리를 숙였다.

"오셨습니까, 교주님."

담대소는 사방을 둘러보고 가볍게 한숨을 쉬었다.

"처참하군."

단우는 착잡한 표정으로 말했다.

"상대가 너무 강했습니다."

담대소는 차분한 표정으로 관표와 도종, 그리고 마종을 바라보면서 말했다.

"저들이라면 그런 말을 들을 자격이 있다. 모두 물러서라! 혈검대나 활강시 따위가 상대할 수 있는 자들이 아니다."

담대소의 명령을 들은 검마제와 혈검 경무덕, 그리고 혈검대와 활강시들이 뒤로 물러섰다.

담대소가 앞으로 나오자 마종과 도종, 그리고 관표도 그 앞으로 천천히 다가갔다. 그들에게 다가가면서 도종과 관표는 담대소와 함께 나타난 두 명의 인물 중 한 명이 천제 환우인 것을 보고 백리소소의 선견지명에 다시 한 번 감탄하였다.

반대로 천제는 관표와 도종이 자신을 보고도 놀라지 않자 오히려 의아해했다. 당연히 뜻밖의 장소에서 뜻밖의 사람이 나타났으면 의아한 표정이라도 지어야 하는데, 그들은 마치 그럴 줄 알았다는 표정이 아닌가? 천제 환우는 기분이 상하는 것을 느꼈다.

상대가 자신이 원했던 반응을 안 보이자 괜히 불안하고 기분이 나빴던 것이다. 그러나 애써 그 마음을 감추고 말했다.

"가운데 있는 자가 도종 귀원이고, 오른쪽에 있는 자가 투왕 관표입니다."

담대소는 환우의 나직한 말을 들으며 천천히 세 사람에게 다가선 다음 도종을 바라보았다. 도종 역시 잔잔한 눈으로 담대소를 바라본다. 순간적으로 거대한 산악이 자신의 앞을 가로막은 듯한 착각이 들었지만, 도종의 표정은 조금도 흔들림이 없었다.

서로 활동하던 시기를 놓고 따진다면 천군삼성과 쌍괴는 칠종보다 한 배분에서 반 배분 정도가 더 빨랐다. 그러나 칠종 중에서는 늦게 강호에 나오면서 나이가 쌍괴나 삼성과 비슷한 자도 있었다.

당진진의 경우가 그랬다.

"담대소일세. 항상 이야기는 들었지만, 활동하던 시기가 조금 다르고 지역이 다르다 보니 이렇게 만나는 것은 처음이군."

도종 엽고현이 웃으면서 말했다.

"만나뵙게 되어 영광입니다, 선배. 그런데 상황이 좀 미묘합니다."

"그래서 말일세, 지금이라도 이곳에서 떠난다면 더 이상 핍박하지 않겠네."

도종이 덤덤한 목소리로 말했다.

"물론 여 형은 남겨두고 가야겠지요. 그렇지 않습니까?"

"이것은 문파와 문파 간의 일일세. 십도맹이 끼어들 일이 아니라고 생각하네만."

도종의 이름이 아니라 십도맹을 들먹이며 협박하고 있었다.

이는 자칫하면 혈교와 십도맹이 원한을 가질 수 있다는 말로 협박을 하는 것이었다. 도종이 어찌 그 뜻을 모르겠는가.

"물론 나와 관 아우가 여 형을 남겨두고 떠나면 가장 빠른 시간 내에 여 형을 죽이고 우리도 쫓아와서 죽이겠지요. 그 다음엔 백리세가와 십도맹 차례가 되겠지요. 그렇지 않습니까?"

담대소의 표정이 차가워졌다.

"어째서 그렇게 생각하나?"

"내가 의제를 두었고, 덕분에 덤으로 제수씨가 한 명 생겼는데, 그 제수씨가 조금 똑똑한 편입니다. 그래서 혈교가 전륜살가림과 관계가 있다는 것도 알고 있고, 그 증거로 천제가 바로 선배님 곁에 있지 않습니까?"

환우는 그제야 이들이 왜 자신이 나타나도 태연했는지 이유를 알 수 있었다. 생각해 보면 자신이 옆에 있는데 담대소가 도종과 관표에게 물러서라고 한 것은 그저 한 말에 불과할 뿐이었을 것이다.

담대소의 입가에 괴소가 어렸다.

"역시 소문대로 백리가의 계집은 눈치가 빠르군. 그렇다면 그냥 전부 죽이면 되겠지."

마종이 냉랭한 표정으로 말했다.

"능력이 될까 모르겠군. 어차피 네가 그렇게 안 해도 나는 네놈을 용서할 생각이 없었다."

마종의 말에 담대소의 몸에서 무서운 살기가 피어올랐다.

"네놈이 죽고 싶은 게구나. 하긴 그 처지가 이해도 간다. 그럼 어디 덤벼보아라."

담대소가 앞으로 나서자 관표가 그의 앞으로 천천히 걸어나오며 말했다.

"아무래도 당신의 상대는 내가 될 것 같군."

"네놈이 관표란 아이구나."

"관표는 맞지만 아이는 아니오. 내가 아이면 당신은 노인이겠지."

담대소는 흥미있는 표정으로 관표를 바라보았다. 그의 얼굴엔 별다른 긴장감은 없었다. 그렇다고 관표를 얕보는 것도 아니었다.

건곤태극신공으로 관표가 자신의 내면을 숨기고 있었지만, 담대소는 그가 지닌 힘을 어느 정도는 느끼고 있었다.

"어린 나이에 대단하다고 들었다. 좋군. 그렇지 않아도 그동안 제대로 된 적수가 없었는데, 부디 네가 소문보다 더 강하길 바란다."

"실망하지 않을 것이오."

담대소는 허리에서 한 자루의 도를 뽑아 들면서 말했다.

"좋은 패기. 그럼 우린 먼저 어울려 볼까? 다른 아이들이야 지들이 알아서 어울리겠지."

"그것도 좋을 것 같소."

대답을 하면서 관표는 담대소의 손에 들린 도가 요제라 불린 여자의 사령도와 많이 닮았다는 것을 알았다.

다시 보니 닮은 것이 아니라 거의 똑같이 생겼다.

'설마 저것도 사령도인가?'

관표가 의아하게 생각할 때였다.

"관 대가, 저자가 아무래도 요제의 사부인 것 같아요. 도가, 사령도와 비슷한 것은 아무래도 저자의 무공이 사령도법에 바탕을 두었다는 뜻일 거예요."

관표는 가볍게 고개를 끄덕이곤 담대소를 보면서 물었다.

"사령도의 전대 주인이 당신이었군. 그럼 요제는 당신의 제자였군."

담대소의 표정이 잠깐 굳어졌다가 펴졌다.

"백리소소, 그 아이가 사대마병의 주인이라고 들었다. 그렇다면 사령도도 알아보는 것이 당연하겠군. 하지만 나는 더 이상 사령도가 필요하지 않기에 이것으로 대신할 뿐이다."

관표의 표정이 굳어졌다.

천하의 보도인 사령도가 필요없어졌다면 이제 그의 사령도법은 새로운 경지에 도달했다는 말이었다. 보도가 있으나 없으나 차이가 없는 경지.

이는 다시 말해서 사령도법을 바탕으로 자신의 무공을 재창조했다는 말이기도 하였다. 필히 사령도법보다 더 무섭고 강할 것이다.

관표는 신월을 뽑아 들면서 말했다.

"축하하오."

담대소는 만족한 듯 웃으면서 말했다.

"너는 나의 진천사령도법(震天死靈刀法)에 죽는 첫 번째 극강의 고수가 될 것이다. 그런데 너의 무기는 도끼인가? 듣기는 했지만 참으로 특이하군. 도끼를 쓰는 고수는 많았지만, 그것으로 일가를 이룬 무림의 고수는 아주 드물었다."

"나는 조금 다를 것이오."

"맞아. 자네는 확실히 좀 다르군. 그럼 어디 실력도 남다른지 볼까? 내 비록 선배지만 양보는 없네."

"생사의 결전에 양보가 있다면 논검과 다름이 없겠지요."

"그럼 가네."

담대소의 신형이 갑자기 사라지면서 관표의 오 척 앞에 나타났다. 동시의 그의 사령도가 빛살처럼 관표의 목을 노리고 날아왔다.

급작스런 기습이었고, 도의 속도는 번개보다 빠른 것 같았다.

모두 움찔하는 순간, 관표의 도끼가 짧게 위로 쳐갔다.

'땅' 하는 소리가 들리면서 관표의 옷자락이 베어져 떨어졌다.

'빠르다. 확실히 검제나 요제와는 수준이 다르다.'

관표는 단 일 합으로 상대의 실력을 대중할 수 있었다.

담대소의 공격은 거기서 끝이 아니었다.

도끼에 막힌 그의 도가 삽시간에 일곱 번이나 좌우로 빛살처럼 그어졌다. 담대소가 사령도법을 바탕으로 새롭게 만들어낸 진천사령도법의 살수 중 하나인 칠살귀령(七殺鬼靈)이었다.

관표는 이를 악물었다.

'정말 지독하게 빠르고 날카롭다.'

자신의 모든 감각을 개방하고 있는 관표였다.

만약 담대소가 무공을 펼칠 때 반응해서 움직이면 치명적인 상처를 입었을 것이다. 그러나 건군태극신공의 초(超)자결은 담대소가 공격을 하려는 순간 관표에게 위험신호를 주었고, 그의 몸은 관표가 생각을 하고 행동으로 옮기기 이전에 벌써 저절로 반응하여 움직이고 있었다.

특히 상대의 무공이 사공을 바탕으로 하였기에, 사공과 극성인 건곤태극신공은 더욱 예민하고 빠르게 활성화되어 있었다. 관표는 본능적으로 광월참마부법의 귀월을 펼쳐 냈다. 그리고 귀월의 기세 속에는 관표의 사대신공이 저절로 혼합되어 있었다.

사대신공의 배합은 건곤태극신공의 통제 하에서 진행되었다.

귀월은 광월참마부법의 단 하나뿐인 방어 초식답게 일곱 가닥의 도기를 단번에 가르고 들어갔다. 순간 건곤태극신공의 흡자결이 칠살의 도기를 끌어당겼다가 대력철마신공의 탄자결로 튕겨내고 있었다.

'티디딩' 하는 소리가 들리면서 담대소의 도기가 귀월의 초식 안에 감기며 흩어져 갔다. 그러나 칠살의 도기를 완전히 파해한 것이 아니라서 관표의 가슴에 다시 한 번 작은 상처가 남았다.

천군삼성의 천군삼성의 무공이 칠종보다 위라고 한 이유를 알 것 같았다.

"우웃."

하는 소리와 함께 담대소가 자신의 도를 당겼다가 다시 밀어냈다. 자신의 도가 관표의 도끼에서 뿜어진 흡인력이 당겨지는 것을 느끼고 당겼다가 그 힘까지 보태서 밀어낸 것이다.

관표는 건곤태극신공의 흡자결로 담대소의 도를 제어하려 하다가 상대가 갑자기 도를 흡인력에 맡기면서 밀고 들어오자 기다렸다는 듯이 도끼의 힘을 발자결로 바꾸어 상대의 도를 밀어내면서 앞으로 일보를 전진하였다.

그리고 그 힘으로 한월을 이용해서 담대소의 도를 찍어갔다.

담대소는 갑자기 도에 반발력이 생겼지만 조금도 당황하지 않고 도를 비스듬히 누여 그 힘을 비켜내면서 옆으로 몸을 이동하였다. 무기의 충돌을 피해내면서 빠르게 찌르고 휘두른다.

삽시간에 두 사람이 주고받은 공격은 십여 초가 지나갔다.

마치 말뚝처럼 서서 최소한의 움직임만으로 공격을 주고받는 관표와 담대소의 대결은 화려하고 요란하지는 않았지만, 살기가 충천하여 근처에 어떤 사람도 다가서지 못하였다.

그리고 둘의 동작이 너무 빨리 멀리서 지켜보고 있던 단우는 두 사람이 서로 어떻게 공격하고 방어를 하는지 전혀 알 길이 없었다.

강호에서 칼밥을 먹은 지 일 갑자(육십 년)가 넘었지만 지금 두 사람이 싸우는 것 같은 살벌하고 빠른 대결은 본 적이 없었다. 다행이라면 담대소의 무공과 초식이 아직은 한 수 위인 듯 관표는 네 군데나 상처를 입고 있었다.

비록 그것이 큰 상처는 아니었지만, 시간이 지날수록 관표가 수세로 몰린다는 것은 알 수 있었다. 그러나 그럼에도 불구하고 담대소의 무공 수위를 잘 아는 단우의 입장에선 놀라지 않을 수 없었다.

'투왕이라더니 정말 대단하구나! 이제 삼십도 안 되었는데, 감히 교주님과 맞상대를 하다니. 정말로 십 년 후엔 천하에 적수가 없을 것 같다. 저자는 반드시 죽여야 한다!'

그것이 단우만의 생각은 아니었다.

第十一章

초인혈전(超人血戰)

─이놈은 오늘 반드시 죽여야 한다

　관표와 대결하고 있는 담대소의 놀라움은 단우와 비교할 바가 아니었다. 설마 관표가 자신과 겨루어 이 정도까지 싸울 줄은 몰랐던 것이다. 이건 실력 이전에 투기와 배짱이 없으면 힘든 일이었다.

　그렇지 않다면 자신과 마주 서는 순간 기에 눌려 제 실력을 제대로 발휘조차 못하고 졌을 것이다.

　어떤 면에서 보면 조금 순박해 보이는 관표의 내심에 이런 순수한 정열과 맹렬한 용기가 숨어 있을 줄은 몰랐다. 그리고 자신의 무공에서 뿜어지는 기세가 관표의 몸에서 뿜어지는 어떤 현기에 의해 방해를 받고 있다는 것을 알았다.

　관표가 자신이 터득한 사공과 상극인 무공을 익히고 있다는 뜻이고, 그렇다면 도가나 불가의 무공을 터득하고 있는 것이 확실했다.

　'이놈은 오늘 반드시 죽여야 한다!'

담대소의 가슴에 새삼 살기가 솟구쳐 오르고 있었다.

담대소와 관표가 치열하게 접전을 펼치는 순간 도종은 이미 천제 환우에게 달려들고 있었다.

환우 역시 자신의 왼손에 천간요뢰를 장착하고 싸울 준비를 끝낸 참이라 조금도 망설이지 않고 도종에게 마주 달려들었다. 그렇지 않아도 자신의 실력을 자신하던 환우는 칠종과 우열을 가리고 싶은 욕망을 지니고 있던 참이었다.

도종은 처음부터 강수를 두고 있었다.

그의 도에서 살기가 충천하면서 우웅 하는 소리가 들려왔다.

도명과 함께 그의 도에서 거대한 강기가 뿜어져 그대로 천제 환우를 공격해 갔다.

광한명강(獷悍鳴罡)이라는 초식으로, 십절광한도법에서 가장 패도적인 도초라 할 수 있었다.

천제의 오른 주먹에서도 무시무시한 권강이 뿜어져 나왔다.

'퍽' 하는 소리가 들리면서 둘은 뒤로 두 걸음씩 물러섰다.

엽고현은 기가 막힌 표정으로 천제 환우를 보면서 말했다.

"권강으로 도강을 쳐내다니. 내가 알기로 무림에서 그 정도의 위력을 지닌 권공은 몇 개 되지 않는 것으로 아는데, 권강의 무거움으로 보아 전설의 팔황중천광권(八荒重天光拳)인 것 같군."

"역시 명불허전. 단 한 번에 나의 무공을 알아보다니… 정말 대단하오."

엽고현은 호기심 어린 표정으로 천제의 오른손을 본 다음 말했다.

"팔황중천광권은 중원에서 가장 무겁고 파괴력이 강한 권공이라고 들었는데, 과연 그 말이 맞는 것 같소. 그런데 그 무공은 백 년 전 중원의 패자로 군림했던 이가장의 무공이라고 들었는데, 그걸 어떻게?"

"사연이 있지."

도종의 입가에 냉소가 어렸다.

"그 사연이 뭔지 모르지만, 팔황중천광권의 위력이 소문대로이길 바라겠소."

"그거야 마주쳐 보면 알 일이지."

천제 환우의 주먹이 직선으로 뻗어왔고, 그의 권에서 무서운 강기가 나선형으로 회전하며 도종 엽고현의 전면을 치고 왔다.

도종 엽고현의 도에서 십여 줄기의 도강이 어리면서 한꺼번에 폭사되었다.

십절광환도법의 마지막 초식인 십기단도(十氣斷刀)를 도강으로 펼친 것이다. 단 한 번에 모든 것을 결판내려는 듯 두 사람은 한 치도 물러서지 않고 정면으로 충돌하였다.

'꽝' 하는 소리와 함께 권강과 도강이 서로 엉켜들었다.

'크윽' 하는 신음과 함께 둘은 서로 다섯 걸음이나 밀려 서며 휘청거렸다. 여전히 승부를 보지 못한 것이다.

관표와 담대소가, 그리고 도종과 천제가 결전을 벌일 때 마종은 천천히 검마제를 향해 다가서고 있었다.

검마제의 얼굴이 딱딱하게 굳어졌다.

아무리 생각해도 혼자서는 마종을 이길 자신이 없었던 것이다. 그는 슬쩍 혈검 경무덕을 바라보았다. 경무덕 역시 그와 협공을 생각하고 있는 것 같았다. 그러나 검마제는 자신이 혈검 경무덕과 협공을 해도 마종 여불휘를 이기긴 힘들 것이라고 생각했다.

불과 얼마 전까지만 해도 자신과 두 명의 심복이 협공을 하면 마종과 결전을 벌일 수 있을 것이라고 생각했었다. 그러나 수라현신을 본 다음 그 생각을 버렸다.

셋이서 겨우 몇십 초는 견디겠지만, 결국 결과는 같을 것이다.

검마제와 혈검이 조금 불안한 마음으로 각자 무기를 뽑아 들 때 담대소와 함께 왔던 노인이 검을 뽑아 들고 마종의 앞을 가로막았다. 그리고 그 순간 단우의 전음이 혈검의 귀에 들려왔다.

"지금 마종을 가로막은 분은 전륜살가림의 팔대호법 중 한 분인 전륜마검(戰輪魔劍) 누가란님이시다. 그분과 협공을 한다면 능히 마종을 이길 수 있을 것이다."

혈검은 그 말을 그대로 검마제에게 전했고, 두 사람은 용기를 내 누가란의 양옆에 나란히 섰다. 혈검은 전륜살가림의 팔대호법이 얼마나 무서운 무공을 익히고 있는지 잘 알기에 어느 정도 안심이 되었지만, 검마제는 여전히 불안한 표정이었다.

마종 여불휘와 검마제 여운정의 시선이 마주쳤다.

검마제는 자신도 모르게 움찔했다.

마종의 눈에 살기가 어렸다.

'우웅' 하는 소리와 함께 천마지존검이 마종의 살기에 반응하여 울기 시작하였다. 누가란의 얼굴이 굳어졌다.

'좋지 않다.'

판단이 서면 바로 행동하는 것이 좋다는 것을 그는 경험으로 아는 자였다.

"공격."

짧은 한마디를 남기고 그의 검이 짧고 빠르게 호선을 그리면서 마종의 가슴을 찔러갔다. 검마제와 혈검의 검도 좌우에서 마종을 공격해갔다. 그러고 보니 네 명의 무기가 모두 검이었다.

마종이 천마지존검을 상하좌우로 휘두르면서 세 명의 공격을 한 번에 쓸어갔다. 칠극천마공공검법이 펼쳐진 것이다.

단우는 사방에서 절대고수들이 결투를 벌이자 혈검대의 부대주인 귀검 황우경과 혈랑대의 대주인 혈랑마도(血狼魔刀) 음소충에게 전음을 보냈다.

"여긴 놔두고 전 인원을 동원해서 동굴 속에 있는 자들을 전멸시켜라! 그리고 백리소소는 십이전사 중 한 명인 오하사란이 혈강시들과 함께 상대할 것이다. 그때 혈랑대는 협공을 하여 수단과 방법을 가리지 말고 백리소소와 호치백을 죽여라."

명령이 떨어지자 살아남은 오십여 명의 혈검대가 동굴 쪽으로 은밀하게 다가갔다. 그들은 이미 동굴을 공략할 수 있는 방법을 준비해 놓고 있었다.

혈검대가 움직이자, 살아남은 활강시들은 단우의 주변으로 몰려들었다. 단우는 만약의 경우를 대비해서 활강시들로 하여금 철저하게 자신을 보호하게 만든 것이다.

그와 동시에 숲 뒤편에서는 혈랑대가 따로 움직이기 시작했다. 그들의 목표는 동굴이었지만, 그 동굴 속에 얼마나 무서운 여자가 있는지 뼈저리게 느끼고 있었기에 조심스러웠다.

움직이는 혈랑대의 일부는 손에 건초와 화섭자를 들고 있었다.

그들이 동굴에 거의 다가갔을 때였다.

동굴 안에서 갑자기 거대한 얼음 기둥이 날아왔다.

그것을 본 혈검대는 기겁하며 사방으로 흩어졌다.

그 기둥이 얼마나 무서운지 잘 알기 때문이었다. 그러나 동굴에 가까워질수록 흩어져 있던 그들의 간격이 좁혀졌고, 거리도 너무 가까웠다.

얼음 기둥은 나타났다 싶은 순간 폭발하였고, 혈검대 이십여 명이 얼음 조각에 맞아 죽어갔다. 그리고 그 순간 동굴 속에서 십여 명의 인물들이 뛰쳐나와 도망치기 시작했다. 그들 중엔 백리소소도 있었고 호치백으로 보이는 무사도 있었는데, 호치백은 도산, 장칠고와 함께 청룡단의 맨 앞에서 달리고 있었고 백리소소는 맨 뒤에 서 있었다.

혈검대의 부대주인 귀검 황우경이 고함을 질렀다.

"뭐 하느냐? 잡아라!"

고함과 함께 혈검대가 일제히 도망치는 자들을 쫓기 시작했다. 그리고 숲의 그늘 속에서 살수들인 혈랑대 백사십여 명이 그들의 뒤를 쫓는다.

맨 뒤에 서서 청룡단을 보호하며 달리던 백리소소는 이미 그들의 기척을 느끼고 있었다.

'보이는 혈검대도 무섭지만 더 무서운 것은 보이지 않는 곳에서 쫓아오는 자들이다. 이들은 정말 강하다. 미리 예상하지 않았으면 큰일 날 뻔했다. 그러나 문제는 이들이 아니다. 그들 바로 뒤에서 쫓아오는 네 구의 혈강시다. 내가 아무리 강하다 해도 네 구의 혈강시와 이들의 협공엔 절대로 대적할 수 없다. 예상은 했지만, 생각대로 잘돼야 할 텐

데. 관 대가가 견디실 수 있으면 좋겠는데.'

백리소소는 약간 초조함을 느끼고 있었다. 그러나 그녀가 서두른다고 되는 일이 아니었다.

처음 마종을 만났던 곳.

동굴에서 청룡단과 도산의 신법으로 약 반 각 정도 떨어진 곳이었다. 등잔 밑이 어둡다고, 실제로 그들이 도망친 곳은 처음 그곳에서 그리 멀지 않은 곳이었다.

산과 산 사이로 펼쳐진 계곡은 당연히 바위와 계류로 이어져 있었고, 계류의 맑은 물은 사람 무릎 정도의 깊이였다. 청룡단과 일행은 바로 그 계곡 안으로 달리고 있었다.

사방에서 그들의 뒤를 쫓던 혈검대와 혈랑대가 계곡 안으로 모여들면서 거리를 좁혀왔다. 그러나 어느 정도 가까이 오면 다시 백리소소의 활이 그들을 향해 날아가곤 하였다. 혈검대나 혈랑대는 백리소소가 요궁을 들기만 하여도 기겁을 하였다.

숨어서 쫓아오던 혈랑대도 그 화살에 맞아 몇 명의 사상자를 낸 다음이었다. 혈랑대는 이제 백리소소가 자신들의 정체를 알고 있다는 것을 알았는지 굳이 숨어서 쫓지도 않았다.

계곡 안으로 도망을 치던 청룡단과 백리소소가 걸음을 멈추었다.

더 이상은 도망만 칠 수 없었던 것인지, 아니면 더 도망쳐 보았자 결국 소용이 없다고 생각한 것인지는 몰라도, 계곡으로 들어와서 불과 이백 장도 안 가서였다.

백리소소와 청룡단, 그리고 도산은 각자 무기를 들고 계곡 옆의 편편하게 경사가 진 바위 위로 올라갔다.

이는 결전 시 유리한 곳을 미리 선점하기 위한 것으로 보였다.

추적대의 수좌이자 총책임자인 혈랑대의 대주, 혈랑마도 음소충은 시원한 개울에 발을 담그고 백리소소를 올려다보았다. 그의 곁에는 눈이 위로 치켜 올라간 한 명의 장년인이 서 있었는데, 장년인의 뒤로 네 명의 남자가 나란히 서 있었다.

장년인은 전륜살가림의 십이전사 중 한 명으로 천축인인 오하사란 이었고, 그의 뒤에 있는 네 명의 남자는 오하사란이 데리고 온 네 구의 혈강시들이었다.

오하사란은 기묘한 표정으로 백리소소를 바라보고 있었다.

'환제님에게 들은 바로, 무후의 삼대마병은 혈강시와 극성이라고 했다. 그러나 이번에 내가 데려온 혈강시들은 조금 다를 것이다. 거기에 더해서 혈랑대가 돕는다면 두 명의 무후라도 상대할 수 있을 것이다.'

오하사란은 속으로 계산을 끝내고 무후의 아름다운 모습을 감상하고 있었다.

'반드시 저 계집을 잡아서… 흐흐흐.'

오하사란은 속으로 침을 삼켰다.

음소충도 처음엔 백리소소의 아름다움에 놀라서 미처 공격 명령을 내리지 못했다. 그러나 빠르게 정신을 차리고 조금 안타까운 표정으로 말했다.

"무후가 아름답다는 말은 들었지만, 지금 보니 참으로 그 소문이 조금도 모자라지 않군. 내 손으로 그 아름다움을 깨야 하다니, 너무도 안타깝다는 생각이 드는데. 무후는 혹시 항복할 생각은 없으시오."

소소가 방긋이 웃으면서 말했다.

"예의가 있으신 분이군요. 하지만 전 항복할 수 없답니다. 차라리 그쪽 분이 제게 항복하시는 것이 어떤가요? 제가 천문에 좋은 자리 하나쯤은 마련해 줄 수 있는데."

"과연 무후답소. 그러나 나 역시 그것은 불가능한 일이오."

"그럼 우린 싸워야겠군요. 그런데 지금 여기 계신 분들이 전부인가요? 그렇다면 실망인데."

음소충은 무후의 배짱에 놀란 듯이 그녀를 바라보았다. 이때다 싶었는지 오하사란이 앞으로 나왔다. 그렇지 않아도 무후랑 대화를 나누고 싶었던 오하사란이었다.

"후후, 무후답구려. 하지만 내 뒤에 넷이나 되는 혈강시가 있다는 것을 모르는가 보군. 이들은 이전의 혈강시에 비해서 더욱 발전한 혈강시오. 내가 보기에 무후가 아무리 강해도 네 구의 혈강시와 백사십의 혈랑대, 그리고 오십의 혈검대를 상대로 싸워서는 이길 수 없을 것이오."

"호호호, 아주 자신하는군요. 하지만 그걸 아나요? 천문에는 아주 무서운 무기가 있다는 것을."

오하사란이 음충하게 웃으면서 말했다.

"음양접이란 접착제를 말하는 것이라면 알고 있소. 하지만 우리도 그것에 대해서 나름대로 연구를 했소. 그건 우선 지금처럼 물속에서는 사용할 수 없다는 것과 바위 같은 곳에 접착력을 가질 땐 물기가 있어야 한다는 사실이오. 알다시피 우린 전부 물속에 발을 담그고 있고, 지금 무후가 서 있는 바위와 근처 바위 어디에도 물기가 없는 것으로 보아 아직 음양접을 사용하지 못했다는 것을 알 수 있소. 물론 지금 사용하려 한다면 우리가 두고 보진 않을 것이고 말이오."

백리소소의 입가에 고혹적인 미소가 떠올랐다.

"맞아요. 음양접에 대해서 아주 자세히 알고 있군요. 정말 대단해요. 하지만 내가 기를 쓰고 이 근처 바위에 전부 음양접을 발라 버린다면 아마도 바위 위로는 못 올라가겠죠. 물론 그쪽에서는 최선을 다해 방해하겠지만, 내가 그 정도의 공격을 피하면서 음양접을 뿌리지도 못할 정도의 약자라고 생각하는 것은 아니겠죠? 물론 우리는 신발에 음양접을 밟아도 달라붙지 않는 약을 이미 바르고 있다는 것도 예상하고는 있겠지요."

백리소소의 말엔 일리가 있었다. 오하사란은 믿을 수 없다는 표정으로 사방을 둘러보면서 말했다.

"그럼 도망치다가 여기서 멈춘 것은?"

"제가 이래 보여도 백리가의 신녀라 불렸답니다. 미리 이런 일을 예상하고 음양접을 사용하기 좋은 곳이 있는가 살펴보는 것은 그다지 어려운 일은 아니었지요."

모두 멍하니 백리소소를 바라보았다.

그녀의 말대로 도종이나 투왕, 그리고 무후라면 이곳을 미리 염탐하는 일이 그리 어려운 일은 아니었을 것이다. 그리고 그들이 보기에도 이곳은 크고 평평한 바위들이 많았다. 하지만 혈랑마도 음소충이 코웃음을 치면서 말했다.

"하지만 무후는 틀렸소."

백리소소가 혈랑대의 대주인 음소충을 바라보았다.

"뭐가 틀렸지요?"

"이곳은 비록 깊지 않지만 개울물이 넓게 퍼져 있는 곳이오. 비록 바위도 많지만, 음양접을 사용할 수 없는 물이 고인 곳도 많다는 뜻이오."

백리소소는 품 안에서 병 하나를 꺼내 들며 말했다.

"일리는 있지만 글쎄요. 비록 음양접이 물에는 소용되지 않겠지만, 내가 그 정도도 생각하지 못했을까요?"

생각해 보니 상대는 신녀 백리소소였다.

그 정도도 생각하지 못했을 리는 없었다.

모두 백리소소가 꺼낸 옥병을 바라본다.

백리소소는 생긋 웃으면서 들고 있는 병을 흔들어 보였다. 주춤거리던 그들 모두의 시선이 그 병으로 모아졌을 때, 소소의 뒤에 있던 도산이 뒷춤에서 병 하나를 꺼내어 들었다. 그리고 병의 마개를 딴 다음 그대로 개울에 던져 버렸다. 물론 개울이란 자신들이 서 있는 바위 옆으로 흘러내리는 물이고, 그 개울은 바로 혈랑대와 혈강시 등이 서 있는 곳의 상류였다.

'퐁' 하는 소리와 함께 병이 개울 속으로 떨어졌다.

순간 백리소소와 청룡단, 그리고 도산은 신형을 날려 바위 뒤쪽에 있는 숲으로 몸을 날렸다. 가까운 곳이라 그렇게 어렵지 않았다.

갑작스런 일에 혈랑대와 오하사란 등이 놀랐을 때, '쩡' 하는 소리와 함께 개울이 그대로 얼어버렸다.

개울만 언 것이 아니었다.

개울에 발을 담그고 있던 혈랑대와 혈검대, 그리고 오하사란과 혈강시 등이 그대로 얼어버린 것이다. 단 한 번에 결빙이 되면서 미처 피하고 어쩌고 할 사이가 없었다.

도산이 물에 던진 것은 천음빙한수였다.

빙한수로 만들어졌지만 빙한수보다 더 차가운 천음빙한수의 음기는 일순간에 모든 물을 얼려 버렸고, 내공이 강해서 한기가 잘 침투하지 않는 일부 고수들의 발마저 얼리면서 마치 족쇄처럼 얼음 속에 붙잡아 버린 것이다.

천음빙한수의 음기가 얼마나 강한지 물 근처에 있던 바위까지도 꽁꽁 얼려놓았다. 백리소소와 청룡단이 급하게 바위 위에서 피한 이유도 그것 때문이었다.

백리소소는 병을 든 채로 숲에서 다시 뛰쳐나왔다. 그리고 막 얼음을 깨고 발을 들려고 하는 혈강시들에게 달려들어 천음빙한수를 뿌렸다.

발이 물과 함께 얼어붙어서 행동이 부자연스러웠던 혈강시들은 그 천음빙한수를 고스란히 맞아야만 했다. 단순하게 얼음만 언 거라면 혈강시들의 힘으로 단숨에 뿌리쳤을 것이다. 그러나 천음빙한수는 물을 얼리면서 혈강시들의 다리까지 어느 정도 얼게 만들었고, 그래서 얼음을 단숨에 뿌리치고 나오기가 쉽지 않았던 것이다.

물을 얼리면서 침투한 한기와 직접 천음빙한수를 맞는 것은 하늘과 땅 차이였다. 제아무리 혈강시라도 천음빙한수를 직접 맞고 나자 그대로 몸이 얼어버렸다.

금강불괴에 근접했던 당진진도 이 천음빙한수에 몸이 깨졌었다.

혈강시들이 얼었다고 생각한 순간 백리소소는 사혼마겸을 꺼내 들고 휘둘렀다. 얼어버린 혈강시들이 무후의 공격을 피하는 것은 처음부터 불가능한 일이었다.

겸강이 스치고 가면서 급작스럽게 얼었던 혈강시들이 사분오열로 갈라져 버렸다. 겨우 얼음을 깨고 얼음 위로 올라오던 오하사란은 이 어이없는 광경을 보고 몸을 부르르 떨었다.

그 외에도 청룡단과 도산이 뛰어들어 발이 얼음과 함께 얼어 있는 혈랑대와 혈검대를 공격하고 있었다. 사실 공격이 아니라 일방적인 도살에 가까웠다. 혈랑대의 대주였던 음소충과 귀검 황우경은 얼음에서 빠져나오기도 전에 도산과 장칠고의 검에 고혼이 되었다. 그 외의 혈검대나 혈랑대는 자신들의 힘으로 얼어버린 얼음을 깨고 나올 만한 힘이 없었다.

자칫 잘못하면 언 다리가 함께 부서질 것이기 때문이었다.

백리소소는 얼음보다 차가운 시선으로 오하사란를 노려보면서 말했다.

"감히 네놈이 내게 음흉한 눈빛을 보내?"

"그, 그게……."

"죽어도 나를 원망하지 마라."

백리소소의 사혼마겸이 허공에서 십여 번이나 사선을 그렸다.

제아무리 십이전사 중 한 명이라지만 오하사란의 무공으로 무후의 상대가 될 순 없었다. 오하사란의 몸이 서너 쪽으로 갈라지면서 서서히 바닥으로 쓰러졌다.

도종과 천제의 대결은 치열했다.

단 한 치의 양보도 없었고, 둘의 실력도 백중세라 누가 이기고 진다고 말할 수 없을 정도로 팽팽한 대결이었다.

그들의 옆 오 장의 거리에선 마종이 삼 대 일로 힘겨운 대결을 벌이고 있었다.

전륜살가림의 팔대호법의 수좌인 누가란은 생각 이상으로 강했다. 거의 칠종과 맞설 수 있을 정도였다. 거기에 검마제와 혈검이 가세하고 나니 마종은 여긴 힘들지 않았다. 더군다나 내외상이 완전하게 고쳐진 것도 아니고, 아직 기력도 완전하지 않은 상황이었다.

처음엔 조금 앞서는 것 같더니 시간이 지날수록 내외상이 다시 도지면서 불리해지고 있었다.

평상시의 칠 할 정도밖에 힘을 내지 못하고 보니 어쩔 수 없는 상황이었다. 겨우겨우 버티고 있는 것은 마종 여불휘만이 아니었다.

관표 역시 기진맥진하고 있었다.

사령혈마 담대소의 무공은 끔찍하리만큼 강했다.

맹룡십팔투와 사대신공을 모조리 동원해도 그의 터럭 하나 건드리지 못했다. 그러나 담대소 역시 관표를 당장이라도 쓰러뜨릴 것 같으면서도 완전한 마무리를 못하고 있었다.

둘의 결전은 벌써 반 각(칠 분) 이상을 넘고 있었다. 그리고 시간이 지날수록 관표는 밀리고 있었다.

숨이 턱에까지 닿아 있었고 다리까지 후들거린다.

'천군삼성의 무공이 강하다고 생각은 했지만 이렇게 강할 줄은 몰랐다. 칠종의 둘이 있어야 이길 수 있다는 말이 결코 거짓이 아니었다.'

관표는 다시 한 번 담대소의 무공에 경탄하면서 한월을 휘둘렀다. 담대소의 도가 교묘하게 그의 도끼를 비켜내면서 그의 사혈을 노리며 그어져 왔다.

관표는 잠룡둔형보법으로 몸을 옆으로 돌리면서 한월로 담대소의 도를 쳐냄과 동시에 왼손으로 맹룡분광수의 제일초인 섬룡(閃龍)을 펼쳤다. 잠룡둔형보법과 삼절광룡부법에 이은 또 다른 삼절황 중에 하나인 맹룡분광수는 당장이라도 담대소를 일격에 쓰러뜨릴 것만 같았다.

마치 한 마리의 용이 꿈틀거리는 듯한 강기가 자신을 향해 덮쳐 오자 담대소는 기가 찼다.

'대체 이 어린 놈의 무공은 어디가 끝이란 말인가?'

경탄만 하고 있을 수는 없었다.

지금 상대가 펼친 수공(手功)은 정말 위협적이었던 것이다.

담대소의 도에서 갑자기 혈광이 뿜어지면서 맹룡분광수와 충돌하였다. '퍽' 하는 소리가 들리면서 담대소는 뒤로 비척거리며 뒤로 두 걸음 물러섰다.

관표 역시 네 걸음이나 물러서고 있었다.

담대소는 가볍게 숨을 고르면서 관표를 보았다.

정말 기가 막힌 일이었다.

설마 자신이 이제 삼십도 안 된 아이를 상대로 이렇게 고전하리란 생각은 해본 적이 없었다.

처음엔 놀람으로, 그리고 그 다음엔 기가 막혔고, 이젠 감탄을 하지 않을 수 없었다.

'정말 대단한 놈이구나. 강호무림에 나를 상대로 이 정도까지 견딜 수 있는 무인이 몇이나 될까? 십이대초인을 전부 다 합해도 셋을 넘지 않을 것이다. 그런데 이제 삼십도 안 된 아이가 나를 상대로 이 정도까지 견디다니, 이걸 믿어야 한단 말인가?'

눈앞에 벌어지고 있는 일이니 안 믿을 수도 없었다.

관표를 바라보던 담대소가 말했다.

"정말 대단하다. 특히 너의 보법과 위급할 때마다 펼치는 수공(手功)은 능히 강호제일이라 할 만하다. 그리고 네가 휘두르는 도끼의 초식은 상당히 단순한데, 몇 가지의 힘이 서로 상승 작용하는 것 같군. 만약 내가 아니었다면 칠종의 누구라도 견디기 어려웠을 것이다. 검제가 진 것은 당연했다. 그의 실력으로는 너를 이길 수가 없었겠구나."

담대소의 목소리엔 정말 감탄했다는 감정이 고스란히 담겨 있었다. 그는 정말로 관표에게 감탄하고 있었던 것이다.

"칭찬으로 알아듣겠소. 하지만 여전히 내가 당신을 이기긴 부족한가 보군요."

"너는 욕심이 과하구나. 지금 나이에 이 정도인 것만 하여도 넘치고도 남는다."

"그거야 생각 나름이 아니겠소. 중요한 것은, 지금 내 실력이 부족해서 당신에게 죽을지도 모른다는 것이오."

"죽을지도 모른다가 아니라 반드시 죽는다."

마치 스스로에게 다짐이라도 하듯이 말한 담대소의 도가 다시 관표의 목을 향해 쳐나갔다. 관표의 도끼가 다시 한 번 사대신공과 절묘한 배합을 이루면서 신월단참의 초식으로 담대소의 도를 막아갔다.

'철컥' 하는 소리가 들리면서 도끼의 힘이 자신의 도를 밀어내는 것을 느낀 담대소는 기가 막혔다.

'분명히 초식은 단순하고 명쾌하다. 그런데 같은 초식을 펼쳐도 그 속에 밀고 당기고 쳐내는 힘이 언제나 다르다. 그뿐이 아니라 어느 땐 가볍고 어느 땐 무겁다. 정말로 같은 초식인지 아니면 서로 다른 초식이 모양만 같은 것인지 알기가 힘들다.'

담대소는 관표의 부법에 대해서 파악하기가 힘들었다.

결투를 하면서 관표가 펼친 부법의 초식이라고 해봐야 일곱에서 여

넓 가지를 넘지 않았다. 관표는 지금까지 그 초식을 배합하고 반복해서 펼치며 자신을 상대하고 있었다.

요는 자신처럼 같은 초식이라도 수백여 가지의 변화를 가지고 연환으로 이어지는 게 아니었다. 그저 단순하고 명쾌하며 빨랐다. 그래서 상대의 초식을 간파하기가 더욱 쉬웠다. 그런데 그 안에 숨은 힘이 달랐다.

서로 무기가 충돌할 때 어떤 때는 너무 가벼워서 솜뭉치를 치는 기분이었고, 어떤 때는 너무 무거워서 자신의 도가 튕겨 나오기도 하였다.

흡인력으로 당기는가 하면 밀어내고, 부드러운가 하면 강했다.

매번 그 방법이 상황에 따라 다르니 담대소로서도 관표의 부법이 그저 신기하기만 하였다. 그래도 어찌어찌해서 상대를 위기로 몰고 가면 기묘한 보법과 담대소로서도 정면으로 받아내기 부담스러운 수공을 사용해서 빠져나가곤 하였다.

그것뿐이 아니었다.

벌써 일곱 군데나 상처를 입혔지만, 관표는 별 지장 없이 자신의 무공을 펼치고 있었다. 그것도 담대소가 보기엔 어이없는 일이었다. 분명 도기로 베어냈는데, 생각보다 큰 상처를 입지 않았다.

어떻게 보면 거의 금강불괴에 도달해 있는 것 같았다.

단순한 금종조나 철포삼 같은 외공 따위로 자신의 도기나 도강을 받아내진 못할 것이기 때문이었다. 그러나 담대소의 표정에 감탄의 감정은 있을지언정 초조함은 없었다.

시간이 갈수록 관표의 무공에 적응하고 있는 중이었고, 실제로 일방적으로 관표를 몰아가고 있었기 때문이다.

반대로 관표는 온몸이 땀과 피로 범벅이 되어 있었다.

만약 건곤태극신공이 아니었으면 벌써 주저앉았을 것이고, 대력철마신공이 아니었으면 심한 외상으로 인해 지금과 같은 기동력을 보여주지 못했을 것이다.

'삼절광룡부법이나 맹룡분광수의 마지막 초식을 사용해야 하나? 하지만 지금 삼절광룡부법을 펼쳐서 담대소를 이길 수 있을까?'

담대소를 바라보았다.

호흡조차 거칠어지지 않은 모습을 보고 질리지 않을 수 없었다.

최소한 그가 자신의 건곤태극신공이나 대력철마신공에 버금가는 신공을 극성으로 터득하고 있다는 사실을 알 수 있었다.

아직 완벽하지 않은 삼절광룡부법이나 맹룡분광수의 나머지 초식으로 상대한다 해도 완전히 이길 것 같지 않았다. 그리고 자신과 마찬가지로 담대소 역시 아직 쓰지 않은 무공이 있을 거란 예감이 들었다.

'결정적일 때를 기다려야 한다. 그때 맹룡분광수의 나머지 초식에 기대를 하자.'

관표가 내심으로 결정을 내리고 있을 때였다.

담대소가 갑자기 공격을 멈추고 제자리에 우뚝 섰다.

"이 정도면 네 무공도 적당히 파악했고, 이젠 그만 끝내야겠다."

담대소의 표정에 어린 차가운 냉소를 보면서 관표는 등골이 시리는 한기를 느꼈다. 그리고 그가 지금까지 감추어두었던 살수로 끝을 보려 한다는 사실을 알았다.

'이제 진짜인가? 과연 내가 받아낼 수 있을까?'

의문이 들었다. 그러나 관표는 두려움없이 한월을 들어올렸다. 상대가 비장의 수를 감추어두었다면 자신 역시 감추어둔 무공이 있는 것이다. 지금까지 견딘 것도 나름대로 최선을 다한 것이다.

이젠 장기전이 아니라 단기전이 될 것이다.

第十二章
천음빙수(天陰氷水)
—천군삼성은 강했다

세 명의 고수를 상대하는 마종은 가장 치열하게 싸우고 있었다.

우선 삼 대 일인데다가 상대들의 무공이 모두 만만치가 않았다. 특히 누가란의 무공은 마종에게 큰 부담을 주었다. 그러나 그 와중에서도 마종의 검은 언제나 검마제를 노리고 있었다.

그는 이 자리에서 죽어도 반드시 검마제만은 죽이겠다는 일념인 것 같았다. 그 질긴 집념에 검마제는 몇 번이나 등골이 서늘해지곤 하였다. 그리고 한쪽에서는 단우가 넋을 잃고 관표와 담대소의 대결을 보고 있었다.

그는 비록 혈궁의 지낭이지만 무인이기도 하였다.

천하의 고수들이 바로 눈앞에서 동시에 대결을 벌이고 있는데, 어찌 마음이 동하지 않을 수 있을까? 태어나서 처음으로 자신의 무공이 얼마나 보잘것없는지 뼈저리게 느끼는 중이었다.

하지만 그가 그렇게 넋을 잃고 있을 때, 한 명의 그림자가 동굴 앞의 절진을 빠져나와 은밀하게 몸을 숨기고 있었다.

호치백이었다.

그는 청룡단원 중 한 명과 옷을 바꾸어 입고 혼자 동굴 안에 숨어서 기회를 보고 있었던 것이다.

그는 숲을 이용해서 아주 느릿하게 움직이고 있었다. 이미 모든 무사들은 백리소소와 청룡단을 쫓아갔고, 남은 것은 단우와 활강시들이 었는데, 활강시들은 모두 단우의 주변에 모여 있었기에 호치백이 움직이는 데 전혀 지장이 없었다.

단우는 설마 동굴 속에 호치백이 남아 있을 거라고는 전혀 생각하지 못하고 있었다.

호치백은 자신과 가장 가까운 곳에서 결투를 하고 있는 마종과 누가란, 그리고 검마제와 혈검이 싸우는 곳까지 왔다.

동굴에서 그곳까지는 이미 호치백이 숨어서 움직일 수 있는 엄폐물들이 교묘하게 놓여 있었다. 이는 백리소소가 여러 가지 상황을 고려해서 결투가 벌어질 만한 곳까지 만들어놓았기 때문이다.

다시 한 번 백리소소의 뛰어난 머리에 감탄하면서 호치백은 품 안에서 무엇인가를 꺼내 들고 마종에게 간단한 전음을 보냈다. 그리고 기회를 보고 있던 호치백은 갑자기 결전 장소로 뛰어들었다.

막 마종을 공격하려 하던 누가란은 갑자기 누군가가 자신을 공격해오자 놀라서 들고 있던 검을 휘둘렀다. 순간 마종의 신형이 빠르게 뒤로 물러섰고, '퍽' 하는 소리가 들리면서 무엇인가가 깨졌다.

동시에 액체가 사방으로 튀었다.

"크윽."

신음과 함께 누가란은 극심한 한기에 검을 놓치고 말았다. 그나마 그는 좀 나은 편이었다. 누가란의 검에 튄 천음빙한수 몇 방울을 다리에 맞은 검마제는 그 자리에 뻣뻣하게 섰다.

다리가 순식간에 얼어왔던 것이다.

얼른 내공을 끌어모아 발을 보호하려 하였다. 그러나 그 순간 호치백이 달려들면서 검을 휘둘렀고, 기겁을 한 검마제가 땅바닥으로 굴렀다. 그러나 한쪽 다리가 얼어서 제대로 구르질 못한다.

호치백이 달려들면서 발로 검마제의 다리를 찼고, 얼었던 검마제의 다리가 그대로 유리 조각처럼 깨져 버렸다.

일단 검마제를 무력화시키는 데 성공한 호치백이 혈검을 향해 달려들었다. 혈검 경무덕은 액체가 갑자기 튀어오자 검을 휘둘러 막았다. 그러자 천음빙한수가 검에 떨어지면서 검과 손을 한꺼번에 얼려놓았다.

혈검의 무공은 누가란처럼 한서가 불침할 정도의 고수가 아니었다. 하물며 누가란조차도 그 한기에 놀라 검을 놓쳤는데, 셋 중 가장 무공이 약한 혈검 경무덕이 무사할 리가 없었다.

혈검은 당황한 중에 호치백의 공격을 받고 본능적으로 검을 들어 막았다.

'깡' 하는 소리가 들리면서 얼어 있던 혈검의 검이 부서졌고, 그 검을 잡고 있던 혈검 경무덕의 손도 함께 깨져서 바닥에 우수수 떨어졌다.

"크윽."

하는 신음이 저절로 튀어나온다.

호치백의 무공은 결코 약한 것이 아니었다.

정상적인 상황이라 해도 일 대 일로 겨룬다면 혈검보다 한 수 위라고 할 수 있었다.

손까지 언 혈검이 호치백을 이기긴 불가능한 일이었다.

누가란이 검을 놓치고 당황한 사이 마종의 검에서는 무시무시한 귀기가 어렸다. 존마궁의 전설이라고 할 수 있는 칠극천마공공검법(七極天魔攻功劍法)의 제육식인 귀혼살(鬼魂殺)이 펼쳐진 것이다.

칠극천마신공을 십성 이상으로 완성해야만 익힐 수 있는 악마의 검법.

마종 여불휘는 이 무공을 익히기 위해서 아직 결혼도 하지 않은 상태였다.

누가란의 표정이 새파랗게 질렸다.

도저히 대항할 엄두가 나지 않았던 것이다. 특히 검마저 놓친 지금 상황에서는 방법이 없었다. 급한 대로 바닥을 굴러서라도 도망치려고 했지만, 귀혼살은 그것을 허락하지 않았다.

번쩍, 하는 섬광과 함께 수라의 상이 허공에 수를 놓았다.

몇 가닥의 귀기가 누가란이 서 있는 허공을 가르고 지나갔다. 그리고 귀혼살을 펼친 마종의 검이 그의 손을 떠나 허공으로 날아갔다.

칠극천마공공검법의 사초인 비마공공(飛魔攻功)이었다.

호치백이 갑자기 나타나자 놀란 단우는 활강시들에게 공격 명령을 내리려 하였다. 단우는 주머니에서 작은 뿔피리를 꺼내 입에 물었다. 그러나 그것을 불기도 전에 마종이 날린 천마지존검이 그의 얼굴 복판에 박혀 버렸다.

단우의 신형이 천천히 뒤로 넘어지고 있었다.

누구 말대로 눈 한 번 깜짝할 사이에 벌어진 일이었다. 특히 마종의 동작이 얼마나 빠른지는 호치백이 나타나고, 검마제의 다리가 부서질 때, 단우의 얼굴엔 마종의 검이 들어가 박혀 있는 것으로 알 수 있었다. 그리고 그때 호치백의 검이 혈검의 검과 손을 한 번에 깨뜨리고 있었다.

마종이 손을 내밀자 단우의 얼굴에서 검이 뽑혀졌고, 뽑혀진 검은 회전을 하면서 호치백의 공격에 팔이 부서진 혈검의 머리를 자르고 돌아왔다.

약간의 틈.

그것은 절대고수들에게 있어서 놓칠 수 없는 기회였고, 마종은 그 기회를 놓치지 않았다. 아직 나은 지 얼마 되지 않아 내상으로 인해 속이 좋지 않았지만, 그것이 방해가 될 순 없었다.

돌아온 자신의 검을 잡은 마종 여불휘가 검마제에게 다가갔다.

다리 하나를 잃은 검마제는 도망도 가지 못한 채 체념한 듯 허탈한 표정으로 말했다.

"후회는 안 한다. 단검에 나를 죽여다오."

"잘 가시오. 나 역시 숙부님의 입장을 이해는 합니다. 그러나 용서할 수는 없습니다."

검마제는 고개를 끄덕였다.

"나도 후회하는 중이다. 내가 죽는 것으로 더 이상의 피는 안 흘렸으면 좋겠다."

"내가 알아서 할 일이오."

"단지 부탁을 한 것이다."

"피는 최소한 적게 볼 것이오. 그러나 배신자들은 용서할 수가 없소."

"허허, 이렇게 죽는 것을. 버둥거리고 살아온 세월이 아쉽구나."

"잘 가시오."

마종의 검이 검마제의 목을 끊었다.

단검에 검마제의 목을 벤 마종이 돌아섰다.

지켜보던 호치백 역시 자신의 검을 들고 한쪽으로 돌아섰다.

아직 둘은 해야 할 일이 남은 것이다.

담대소의 몸 주변으로 은은한 혈기가 감돌고 있었다.

특히 도끝에 어린 혈광은 짙은 핏빛이라 보기에도 섬뜩하였다.

"가라!"

고함과 함께 담대소의 도에서 혈광이 뿜어지며 관표를 향해 찍어왔다. 진천사령도법의 삼대살수 중 하나인 전광혈음(電光血陰)이 십성의 공력으로 펼쳐진 것이다.

관표의 얼굴이 창백해졌다.

혈광에 어린 힘을 느꼈기 때문이다.

한월이 움직였다.

광월참마부법의 마지막 초식인 사령마왕살(死靈魔王殺)이 사대신공과 함께 펼쳐졌다.

수십 가닥의 강기가 한 번에 엉키고 풀어졌다.

'서걱' 하는 소리가 들리면서 관표의 신형이 뒤로 주춤거리며 물러서고 있었는데, 가슴 한쪽이 쩍 벌어져 있었다. 그리고 물러서는 관표를 향해 다시 한 번 사령혈마 담대소의 도가 일도양단의 기세로 공격해 왔다.

은은한 혈광이 거대한 기둥처럼 뿜어져 나오고 있었다.

삼대살수 중 두 번째인 혈한명강(血漢明罡)은 담대소조차 평생 동안 단 두 번을 펼쳐 보였던 무공이었다.

관표는 이를 악물었다.

'이걸 못 막으면 아무리 나라도 살아남지 못한다!'

관표의 도끼에서 눈부신 광채가 벼락처럼 뿜어졌다. 동시에 그의 왼손에서는 한 가닥의 강기가 미친 듯이 회오리치며 담대소의 옆구리를 찍어갔다.

한월로는 대력철마신공의 진천무적강기를 뿜어낸 것이고, 왼손으로는 맹룡분광수의 두 번째 초식인 광룡(狂龍)을 펼친 것이다.

'꽝' 하는 소리와 함께 '퍽' 하는 소리가 들리면서 관표가 다섯 걸음이나 뒤로 물러서면서 입에서 피를 토했다.

담대소 역시 옆구리의 살이 뜯겨져 나가 피가 배어 나온다.

"허허."

담대소의 입에서 허탈한 웃음이 새어 나왔다.

설마 진천사령도법의 삼대살수를 두 개나 사용하고도 상대를 죽이지 못할 줄을 생각하지 못한 것이다.

"정말 대단하다. 인정하지. 하지만 이번에는 살아남지 못할 것이다."

담대소의 도에서 뿜어진 혈광이 무시무시한 마인의 형상으로 변하고 있었다. 진천사령도법의 삼대살수 중 마지막 초식인 혈광사령마인(血光死靈魔人)이 펼쳐진 것이다.

건곤태극신공이 관표에게 위험신호를 알리고 있었다.

관표는 다급하게 도끼를 비월로 던졌다.

'퍽' 하는 소리가 들리면서 한월이 마인과 충돌하더니 다섯 조각으로 부서져 날아갔다. 관표는 이를 악물고 양손으로 맹룡분광수의 마지막 초식인 진룡(震龍)을 펼쳤다.

삼절황을 익히고 난 후 처음으로 맹룡분광수의 정화라 할 수 있는 진룡을 펼친 것이다. 이는 관표의 무공 중에서 삼절광룡부법의 마지막 초식인 광룡파천황을 제외하면 가장 강한 무공이라 할 수 있었다.

지금 같은 상황에서는 아직 완전하게 펼칠 수 없는 삼절광룡부법보다는 그래도 근래에 완성한 맹룡분광수가 더 낫다고 생각한 것이다. 관표의 손에서 한 마리의 용이 벼락처럼 날아갔다.

혈광의 마인과 한 마리의 용이 겹쳐지는 순간 갑자기 나타난 한 가닥의 검기가 용과 합세를 하였다. 갑자기 거대한 강기의 폭풍이 불면서 주변 십여 장이 뒤집어졌다.

그 여파로 인해 아름드리나무 세 그루가 갈가리 찢겨져 부서지고 있었다. 막상막하로 대적하던 도종과 천제 환우의 대결도 멈추어졌다.

관표와 사령혈마 담대소는 서로 마주 보고 있었고, 관표의 곁에는 마종이 검을 들고 나란히 서 있었다.

검마제를 처리한 마종이 관표와 합세를 한 것이다.

"허."

담대소의 입가에 허탈한 웃음이 떠올랐다.

주변을 신경 쓰며 싸웠기에 대충 돌아가는 상황을 알고는 있었다. 그래서 급하게 관표를 처리하려 하였지만, 간발의 차이로 관표를 죽이는 데 실패를 하였다.

담대소는 관표와 마종 여불휘를 바라보았다.

이 대 일이다.

한 명은 투왕이요, 또 한 명은 칠종의 수좌를 다투는 마종 여불휘였다. 제아무리 사령혈마요, 혈존이라고 하는 담대소라도 부담 가는 대결이 되었다. 갑자기 뛰어든 마종의 검에 의해 어깨에 난 작은 잔상이 욱신거린다. 관표에게 당한 옆구리의 상처보다 크지 않았지만 아픔은 더했다.

담대소는 관표를 바라보았다.

"운이 좋은 놈이군. 오늘은 그냥 간다."

담대소는 환우를 보고 말했다.

"가자."

담대소가 떠나려 하자, 관표와 마종의 시선이 잠깐 사이에 마주쳤다.

이렇게 보낼 수는 없었다.

어쩌면 지금이야말로 담대소를 죽일 수 있는 절호의 기회였다.

실제 관표와 마종의 협공이라면 어느 누구도 죽일 수 있을 것이다.

"누구 마음대로!"

고함과 함께 관표가 다시 한 번 진룡을 펼쳤고, 마종 또한 칠극천마공공검법에서 가장 빠르다고 할 수 있는 귀혼살을 다시 한 번 펼쳤다.

"이놈들이!"

고함과 함께 담대소의 도가 무섭게 꿈틀거렸다.

이 대 일의 대결.

눈 깜짝할 사이에 삼십여 초가 흘렀다. 그러나 어느 누구도 승기를 잡지 못하였고, 서로 무기가 충돌하거나 강기가 충돌한 경우도 없었다.

치고 흘리고 찌르는 세 사람의 동작이 너무 빨라서 호치백은 세 사람을 제대로 볼 수가 없었다. 그러나 그것을 보고 있는 도종 귀원과 천제는 경탄의 표정으로 그들을 바라본다.

도종은 세 사람의 대결을 보면서 마치 자신이 그 안에 들어가 있는 것 같은 착각이 들었다.

그는 특히 관표와 담대소의 무공에 놀라고 있었다.

'여 형의 무공은 과연 대단하구나. 나와 겨룬다면 어느 누구도 서로 이긴다고 장담할 수 없겠다. 백지 한 장의 차이도 나지 않을 것 같다. 하지만 정말 놀란 것은 관 동생이다. 내가 보기에 관 동생의 무공은 나나 여 형보다 반수 이상 위일 것 같다.'

나름대로 마종과 관표의 무공을 저울질한 도종 엽고현은 그런 두 사람의 협공을 받으면서 크게 밀리지 않고 받아내는 담대소의 무공에 혀를 내둘렀다.

비록 칠종의 전대 선배이긴 하지만, 확실히 담대소의 무공이 자신들보다 한 수 위임을 인정해야만 했다.

'과연 천군삼성은 강하구나.'

도종 엽고현은 감탄하면서 천제 환우를 슬쩍 바라보았다.

환우 역시 마침 세 사람의 혈투를 지켜보다가 도종을 보고 있었다. 두 사람의 무공은 그야말로 백중세라, 앞으로 백여 합은 지나야 겨우 승부가 날 것 같았다. 그런데 거기에 호치백이 다가오자, 환우 입장에서는 상당히 부담스런 일이었다.

"가랏!"

갑자기 고함 소리가 들리면서 담대소의 도에서 무시무시한 혈광 마인이 뿜어져 나왔다.

관표와 마종도 자신의 최고 무공들을 동원하여 마주 공격하였다.

서로 승부를 걸었다는 것을 알 수 있었다.

'꽝' 하는 소리가 들리는 순간 하나의 그림자가 무서운 속도로 뒤로 날아갔다. 그리고 그 그림자는 숨도 안 쉬고 숲 속으로 사라졌다. 동시에 천제 환우도 그 뒤를 따라 사라지고 말았다.

눈 깜짝할 사이에 벌어진 일이었다.

관표와 마종은 멍하니 사령혈마 담대소가 사라진 쪽을 바라보았다. 그들의 앞에서는 담대소가 토해낸 피 한 덩어리가 놓여 있었다. 하지만 관표와 마종도 적지 않은 내외상을 입고 있었다.

둘은 아쉬운 표정으로 서로를 바라보았다.

좋은 기회를 놓쳤다는 생각이 들었던 것이다. 그러나 어쩔 수 없는 일이었다. 도종 엽고현과 호치백 또한 조금 허탈한 표정으로 두 사람에게 다가왔다.

호치백이 관표와 마종 여불휘, 그리고 도종 엽고현을 바라보면서 말했다.

"내가 일단 호법을 서고 있을 테니 세 분은 어서 운기를 하여 내상을 치료하십시오."

도종이 고개를 흔들었다.

"나는 견딜 만하네. 그보다는 관 아우와 여 형이 먼저 운기를 하게. 아직 위험이 다 사라진 것은 아니니까. 나 역시 호 아우와 함께 호법을 서겠네."

관표와 마종 여불휘는 사양하지 않고 그 자리에 앉아서 운기를 하기 시작하였다. 그들을 보면서 호치백은 잠시 전 벌어진 일들을 다시 한 번 생각해 보았다.

한바탕 꿈을 꾸고 난 기분이었다.

자칫했으면 한 명도 살아남지 못할 뻔하였다.

특히 천군삼성과 칠종, 그리고 관표와 천제가 어우러진 결투는 호치백으로선 평생 가도 다시 볼 수 없는 장관이었다.

그들을 일컬어 왜 백 년 내의 제일고수들이라고 불리는지 알게 해준 한판이었다.

'대체 전륜살가림의 힘은 얼마나 큰 것일까? 소소의 말대로 백호궁마저 전륜살가림의 한 갈래라면 지금 강호는 매우 위험하다. 그래도 이럴 때 관 아우가 나타난 것은 천만다행이다. 생각해 보니 관 아우는 무공뿐만이 아니라 인덕도 굉장하다. 지금 상황을 보면 무림의 절대고수들이 관 아우를 중심으로 모여들고 있다.'

생각해 보니 그랬다.

도종과 마종, 그리고 지금은 내공을 잃었지만 천군삼성 중 한 명인 천검 백리장천, 그리고 백리소소와 투괴 하후금이 그렇고 백봉이 그렇다. 벌써 십이대초인들 중 여섯 명이 관표와 직간접적으로 연관이 있게 된 것이다.

관표 본인까지 합하면 일곱 명이나 되었다.

이미 검종이 죽었고 독종 역시 사라졌다. 그래서 현 무림에서는 이 둘을 제외하고 대신 투왕과 무후를 새로운 십이대초인으로 추대한 상황이었다.

어느 누구도 여기에 이의를 제기하지 않았다.

그렇다면 십이대초인 열둘 중에 절반이 넘는 일곱이 관표를 중심으로 포진한 것이다. 거기에 더해서 무림의 최고 지낭이라는 백리소소가 있고, 나름대로 정파무림에서 큰 영향력을 가진 자신까지 관표와 의형제를 맺었다.

'싫든 좋든 이제 무림은 관 아우의 행보에 따라 달라질 것이다.'

호치백은 그렇게 결론을 내렸다.

마종과 관표가 운기를 시작한 지 반 각 정도가 지났을 때 백리소소가 급하게 먼저 돌아왔다. 지금까지 모든 결전이 시작되고 마무리되는데 걸린 시간은 일각이 조금 넘었을 뿐이다. 그러나 호치백은 그 짧은 시간이 너무도 길게 느껴졌다.

백리소소는 관표가 운기행공을 하고 있는 모습을 보자 눈물이 왈칵 쏟아지는 것을 느꼈다.

혹시라도 무슨 일이 생겼을까 봐 온 힘을 다해 달려온 것이다.

상황이 어쩔 수 없었다지만, 관표를 가장 어려운 담대소와 싸우게 만든 것은 그녀였다. 그걸로 인해 혹시 관표가 잘못되기라도 한다면 그녀는 스스로 살아남지 못했을 것이다. 그러나 그녀가 아무리 생각해 보아도 담대소를 상대로 시간을 끌 수 있는 것은 관표뿐이었다.

그녀는 도종과 마종을 포함한 모든 사람들 중에 관표가 가장 강하다는 사실을 알고 있었던 것이다. 그래서 어쩔 수 없이 담대소의 상대로 관표를 지목하였지만, 지금까지 그녀의 가슴은 내내 좌불안석이었다.

이제 관표가 무사한 것을 보자 안심이 되었다.

호치백과 도종은 백리소소의 표정을 보고 능히 그녀의 마음을 짐작할 수 있었다.

호치백이 그녀를 보고 말했다.

"너무 걱정하지 말거라! 관 아우는 무사하다."

백리소소는 가볍게 고개를 숙인 다음 마종의 얼굴을 살폈다.

다행히 마종도 큰 부상은 없는 것 같았다.

그녀는 가볍게 한숨을 내쉬면서 도종과 호치백을 바라보았다.

"이제 한시름 놓게 되었습니다. 전륜살가림도 일단은 함부로 움직이지 못할 것입니다. 그것은 이곳에 있는 분들의 힘이 큽니다. 하지만 우리는 빠르게 움직여야만 합니다. 그리고 각 문파들을 규합해서 전륜살가림에 대항할 수 있는 힘을 갖추어야 합니다. 지금 상황으로 보아 이제 백호궁도 서서히 움직일 시기가 된 것 같습니다. 그전에 백호궁을 견제할 수 있는 무엇인가가 있어야 하지 않을까 생각 중입니다. 요는 백호궁이 어떻게 움직일 것인가 하는 점입니다."

호치백은 눈을 빛내면서 백리소소를 바라보고 물었다.

"네 말뜻은, 백호궁이 힘이 아닌 다른 방법으로 무림을 공략하려 들 것이라고 하는 것 같은데… 그러냐?"

소소가 고개를 끄덕이며 말했다.

"그렇습니다. 힘이라면 전륜살가림과 혈궁만으로도 충분합니다. 백호궁이 힘을 내세우려면 지금까지 강호에 심어놓은 자신들의 위상을 한 번에 버려야 합니다. 그리고 자신들의 정체가 밝혀지면 공들여 모아놓은 백호와도 적이 되어야 합니다."

그 말에 일리가 있었다.

백호궁은 비록 정파는 아니지만 그렇다고 사파도 아니었다.

어떤 면에서 보면 정파무림보다도 무인들에게 더욱 큰 호감을 준 것이 바로 백호궁의 패도였다.

강자만이 백호궁의 수하가 될 수 있었고, 백호궁의 모든 서열도 특별한 경우를 제외하고는 전부 무공의 고하로 결정되었다.

언제든지 결투를 하여 이기면 자신이 이긴 자의 자리를 차지할 수 있는 곳이 바로 백호궁이었다. 현 백호궁의 가장 강한 강자들이라는 백호(百虎)도 그렇게 만들어졌다.

백 마리의 호랑이라는 백호는 백호궁이 만들어지고 강호에서 묵치에게 도전했던 수많은 강자들을 중심으로 만들어졌다. 그들은 백호궁의 장로원에 기거하면서 하루도 거르지 않고 오로지 무공을 닦으며 최소 한 달에 한 번은 생사를 걸고 비무를 하였다.

초기에는 수많은 사람들이 그 비무에서 죽어갔다고 한다.

백호는 바로 백호궁을 오대천의 수위로 만들어놓은 원천이었다. 무인들이라면 누구라도 백호 안에 들기를 원했다. 그리고 백호 안에 들어가는 것은 아주 간단했다.

누구든 백호 중 한 명에게 결투를 신청해서 이기면 된다.

그것은 정과 사를 가리지 않고 누구든지 강하기만 하면 가능한 일이었다. 그리고 백호가 되면 백호궁의 장로원에 들 수 있고, 그가 원하는 모든 부귀를 누릴 수 있는 권한을 가진다.

백호궁은 이들을 위해서 아낌없이 돈을 썼다.

결국 백호궁의 백호들은 백호궁의 수하들이 아니면서도 백호궁과는 떨어질 수 없는 공생 관계를 형성하고 있었다. 만약 누군가가 백호궁을 공격한다면 백호들은 앞장서서 그들을 물리칠 것이다.

이들 중 상당수는 백호궁에 충성을 맹세한 것으로 전해진다.

이런 무공 중심의 패도는 백호궁이 무인들에게 큰 호감을 얻은 중요한 원인이 되었고, 반대로 정파들에게 있어선 반감을 얻는 계기가 되었다.

무공이 강하면 정파든 사파든 가리지 않는 것이 문제였던 것이다. 물론 일단 백호 안에 들면 백호궁의 통제 하에 놓이면서 그 안에 든 사파의 고수가 문제를 일으킨 경우는 없었다.

이런 이유로 백호궁은 무림인들에게 나름대로 무의 상징성을 가진 곳이 되었다. 만약 백호궁이 전륜살가림의 한 갈래라는 것이 강호에 알려지면 그 위상이 단번에 날아가 버릴 것이다.

그렇다고 특별한 증거가 없이 백호궁을 전륜살가림의 한 갈래라고 말하기엔 너무 부담스럽다.

도종이 물었다.

"그럼 제수씨는 백호궁이 어떤 형식으로 무림을 도모할 것이라고 생각하는 것입니까?"

"내 생각엔 상업입니다."

"상업? 상단을 말씀하시는 것입니까?"

"그렇죠. 어느 문파고 간에 돈은 아주 중요하답니다. 백호궁이 은밀하게 움직인다면 반드시 대륙의 돈줄을 움켜쥐려고 할 것이 분명합니다. 그리고 그들에겐 그만한 힘이 있고, 이미 준비도 해놓은 것 같습니다."

도종과 호치백은 고개를 끄덕였다.

그러고 보니 강북의 가장 큰 상단과 강남의 가장 큰 상단이 백호궁과 연관이 있었다.

이번에는 호치백이 물었다.

"너는 그들을 상대할 수 있는 방법이 있느냐?"

"상단 쪽은 천문의 힘으로 가능할 것 같아요. 거기에 십도맹과 백리세가가 돕는다면 능히 그들을 막을 수 있을 겁니다. 그 외에 백호궁과 백호를 갈라놓는 것도 중요해요. 어차피 백호들은 상당수가 중원인. 그들에게 백호궁의 정체만 제대로 알려준다면, 중원인으로 백호궁에 반대하는 자들과 백호궁에 충성하는 자들끼리 자중지란을 일으켜 공멸할 가능성이 큽니다. 그리고 백호궁과 백호의 분리 문제는 무림맹의 군사인 제갈령도 생각하고 있을 것입니다."

호치백과 도종 엽고현은 가볍게 숨을 내쉬었다.

"도종은 당연히 도울 수 있는 만큼 제수씨를 도울 것입니다."

백리소소가 도종 엽고현을 바라보고 말했다.

"시숙께 감사드립니다. 그리고 십도맹에 가시면 무엇보다도 간자부터 잡아내셔야 할 것입니다. 제 생각이 틀림없다면 십도맹에도 간자가 있을 것입니다."

"반드시 찾아내서 그의 목을 비틀어놓을 것입니다."

백리소소가 다소 불안한 표정으로 말했다.

"중요한 것은 만약 그 간자가 이미 힘을 확보하고 있다면, 시숙께서 없을 때 외부의 힘을 빌어 십도맹을 칠지도 모른다는 것입니다. 내가 그라면 그렇게 했을 것입니다. 그래서 지금 십도맹에 있는 시숙님의 아들을 인질로 잡고 그 다음을 도모했을 것입니다. 특히 그 간자가 혈교의 담대소와 연결되어 있다면 더욱 위험한 상황일 수 있습니다."

도종 엽고현의 표정이 굳어졌다.

호치백 역시 그녀의 말에 가슴이 덜컥 내려앉는 기분이었다.

"마종 여 어른을 치료하면서 그 생각이 들었지만, 그때는 상황이 그런지라 말을 하지 못했습니다. 그리고 제 생각은 혹시나 해서 하는 말일 뿐입니다. 어떤 증거도 없습니다."

도종은 굳은 표정으로 말했다.

"아니오. 제수씨 말이 옳습니다. 나는 아무래도 지금 급히 돌아가 봐야 할 것 같습니다."

"여긴 제가 지키고 있겠습니다. 어서 가보십시오. 저희도 곧 뒤를 따르겠습니다."

도종은 사양하지 않았다.

자신만의 문제가 아니었던 것이다.

"그럼."

도종의 신형이 질풍처럼 동쪽을 향해 치달렸다.

호치백은 불안한 시선으로 도종이 사라진 동쪽을 바라본다.

'형님, 부디 아무 일도 없기를 바랍니다.'

第十三章

십도맹(十刀盟)

―빠져나갈 곳은 없었다

마종과 관표가 눈을 뜨자 백리소소는 상황을 설명해 주었다.

그 말을 들은 마종은 자신의 검을 들고 일어서며 말했다.

"그렇다면 망설일 시간이 어디 있습니까? 가서 도와야지요."

보기보다는 성질이 급하고 단순한 면이 있는 여불휘였다.

패검을 익힌 자답게 성격도 패도적인 면이 강했다.

백리소소가 미소를 머금고 말했다.

"아직 정확한 사실은 아닙니다. 저의 섣부른 판단일 뿐, 아무 일도 안 일어났을 수도 있습니다. 하지만 그래도 모르니 우리도 조금 서둘러 가는 것이 좋을 것 같습니다."

이때 관표가 일어서며 말했다.

"예감이 좋지 않소. 아무래도 조금 서두르는 것이 좋을 것 같소. 늦으면 천추의 한을 남길 수도 있소."

관표의 말에 백리소소의 표정이 조금 심각해졌다.

그녀가 알기로 관표의 건곤태극신공은 도가의 최고 무공이었다. 절정에 달하면 그 능력은 무궁무진하다. 특히 도가 계열의 뛰어난 심공들은 어느 정도 예지 능력까지 가지는 경우가 있다고 들었다.

"그럼 어서 출발하도록 하죠."

백리소소마저 서두르자 호치백도 자리에서 일어섰다.

백리소소가 호치백을 보면서 말했다.

"사숙께서는 백리세가로 가서서 제가 말하는 몇 가지를 전해주세요. 그리고 할아버지의 곁에 있어주세요. 아무래도 사숙이 해야 할 일은 따로 있을 것 같습니다."

호치백은 조금 망설였지만, 결국 그녀의 말을 따르기로 하였다.

어차피 자신이 가도 무력으로 별 도움이 되지 못할 것 같았기 때문이다. 그리고 지금 상황이라면 자신을 더욱 필요로 하는 곳이 백리세가 같았기 때문이다.

호치백은 그녀의 전달 사항을 가지고 백리세가로 향했고, 관표와 마종을 비롯한 도산과 청룡단은 산동성을 향해 급하게 달리기 시작하였다.

도산과 청룡단의 단원들은 벌써 호형호제하는 사이가 되었고, 도산은 나이가 많은 장칠교와 왕호, 그리고 장삼을 꼬박꼬박 형님으로 부르고 있었다. 그들이 서로 친해지는 것은 좋은 일이라 관표나 마종은 모르는 척하였다.

도종이 도착한 곳은 섬서성 동북쪽 끝에 위치한 작은 마을이었다. 이곳은 민현이란 마을로, 평범한 마을에 불과했다.

하지만 이 평범해 보이는 마을은 도종이 강서성에 마련해 놓은 비밀 장소 중 한 곳이었다. 그곳에 도착한 도종은 마을 촌장을 찾아갔고, 촌장은 황급하게 도종을 집 안으로 안내하였다. 그리고 잠시 후 촌장의 집에서 한 마리의 전서구가 날아올랐다.

전서구가 날아가자마자 도종은 다시 동북쪽을 향해 달리기 시작했다.

십도맹은 산동성 태안 근교의 태산 자락에 자리잡고 있었다.

오대천 중 하나인 십도맹은 열 명의 도객이 모여서 이루어진 단체였다.

십도맹은 각 도객들이 도주란 직책으로 자신의 세력을 가지고 모인 하나의 거대한 단체였다.

십도맹의 맹주는 그들에게 절대적인 권한을 가지고 있었다.

십도란 불패도(不敗刀) 귀원(貴元), 섬전도(閃電刀) 산곡, 월인도(月刃刀) 벽산, 묘광도(猫光刀) 인후, 분광도(分光刀) 문서광, 폭풍도(爆風刀) 가한, 풍운도(風雲刀) 감산, 광마도(光魔刀) 여소백, 자양도(紫陽刀) 사도황, 암사도(暗死刀) 정운려를 말하는 것이고, 이 중 묘광도 인후와 암사도 정운려는 여자였으며, 섬전도 산곡과 풍운도 감산은 귀원의 충복으로 그들은 따로 세력을 형성하지 않고 있었다. 그러나 두 사람의 무공은 이미 도객들이 모두 인정을 하였기에 산곡은 십도객의 이위에, 그리고 감산은 칠위에 각각 올라 있었다.

물론 십도객의 서열이 무공으로 결정된 것은 아니었지만, 그래도 같은 십도의 두 명이 충복이고 보면 불패도 귀원의 힘은 다른 도주들에 비해서 너무 강했다.

이런 상황이고 보니 십도맹의 사실상 주인은 불패도 귀원이라고 보는 것이 옳았다. 더군다나 그의 무공은 다른 누구보다도 발군이었고, 십도맹의 명성 대부분이 도종 불패도 귀원의 명성으로 인한 것이었기 때문이다. 그러나 귀원을 제외한 나머지 구도의 명성도 그리 만만한 것이 아니었다.

십도맹을 잘 아는 사람들은 십도맹을 일컬어 도산호림(刀山虎林)이라고 불렀다. 그중에서도 십도의 두 번째 고수인 월인도 벽산과 묘광도 인후의 무공은 강호에서 손꼽힐 정도로 강했다.

특히 묘광도 인후가 귀원을 사랑하고 있다는 것은 십도맹에서 모르는 사람이 없었다. 뛰어난 미인인 그녀는 처음 십도맹에 들어왔을 때부터 귀원에게 적극적이었다. 그러나 맹주인 귀원은 전혀 다른 여자를 사랑하고 그녀와 결혼까지 하였다.

그 후 귀원의 부인이 두 명의 아들을 낳고 죽자, 인후는 다시 귀원에게 접근하려 하였다. 그러나 귀원은 죽은 부인을 잊지 못해 다른 여자의 사랑을 받아들이지 못했다.

그러나 십 년 전 십도맹의 도주 중 한 명이었던 야운도(夜殞刀) 이공이 죽고, 그의 제자인 정운려가 십도의 한자리를 이어받으면서 묘한 분위기가 형성되었다.

그녀 역시 귀원을 사랑하고 있었기 때문이었다. 그러나 그녀가 귀원을 사랑한다는 사실을 알고 있는 사람은 십도맹에서도 그리 많지는 않았다.

도산호림이라고 불리는 십도맹에 묘한 긴장감이 어리고 있었다.

십도맹의 묘화각.

이곳은 십도 중의 한 명인 묘광도 인후의 거처였다.

그곳에 그녀를 포함한 다섯 명의 인물들이 모여 있었다.

폭포수처럼 내려뜨린 긴 머리카락과 농염한 몸매를 자랑하는 묘광도 인후는 무림에서 가장 뛰어난 여고수를 말할 때 항상 거론되는 도의 달인이었다.

그녀의 묘광십절도법(猫光＋絶刀法)은 강호무림의 사대도법 중 하나라고 일컬어지는 기학이었다. 만약 인후가 묘광십절도법을 완벽하게 익힌다면 능히 도종과 겨룰 수 있을 것이란 소문까지 나돌았었다.

현 십도맹에서는 맹주인 불패도 귀원과 월인도 벽산 다음으로 뛰어난 고수였다.

그런 그녀가 조금 심각한 표정으로 서 있었다.

탁자에는 네 명의 인물들이 앉아 있었고 인후는 일어서서 창밖을 바라보고 있었는데, 그녀의 눈에 아련한 표정이 어려 있었다.

언제나 냉정한 표정의 중년 서생이 아련하게 떠오른다. 그의 사랑을 차지하기 위해 부단히 노력하였지만, 결국 그의 마음을 열지 못했다.

비록 목적이 있는 사랑이었지만, 나중엔 그 마음이 진심으로 변하고 말았다. 세상에서 가장 은밀한 독으로 그의 부인을 독살하고 며칠 동안 울었던 기억이 떠오른다. 그 후 그는 어떻게 해서든 귀원의 마음을 차지하려고 모든 정성을 기울였다. 그의 마음에 드는 일이라면 어떤 일도 가리지 않았다. 그렇게 공을 들였지만 도종 귀원의 마음은 움직이지 않았다. 그래도 언제이고 자신에게 마음을 주리라 믿고 기다렸다. 그러나 어느 순간 도종의 마음이 십도의 막내인 암사도 정운려에게 가 있다는 것을 느끼고 큰 절망을 느꼈다.

그 배신감으로 그녀는 며칠 동안 이를 갈았었다.

실제로 그녀가 배신감을 느낄 이유가 없었지만, 사람의 마음이란 참으로 간사한 것이라 그녀는 자신의 마음을 외면한 도종 불패도 귀원을 원망하게 되었다.

더군다나 정운려의 나이는 귀원의 절반 정도에 불과했다.

그런 상황이라 더욱 귀원에게 배신감을 느낀 것이었고, 어린 정운려에 대한 패배감도 그녀를 못 견디게 만드는 원인 중 하나였다.

미움 반 사랑 반으로 갈등할 때 그녀에게 하나의 전서구가 날아왔고, 그녀는 더 이상 망설일 수 없게 되었다.

'이렇게 될 수밖에 없는 것인가?'

그녀는 한스러웠지만, 어쩔 수 없었다.

그녀가 거역하기엔 그녀의 사부인 혈존 담대소는 너무 무서웠다. 세상은 사령혈마인 그를 두려워하지만, 그녀와 그녀의 직전 사저인 요제는 혈존으로서 담대소를 두려워하였다.

감히 배신할 생각도 하지 못했다.

인후가 참담한 마음을 다스리고 있을 때였다. 네 명의 인물 중 한 명이 다가와 그녀의 어깨 위에 손을 얹고 다정하게 말했다.

"인후, 마음을 강하게 먹게. 어차피 시작한 싸움이라면 이겨야 하고, 이기려면 인후가 독하게 마음을 먹어야 할 것이네."

인후가 돌아섰다.

냉철하게 생긴 중년의 남자가 그녀의 시선 안에 가득 들어왔다.

그는 십도 중 삼인자인 월인도 벽산이었다.

겨우 사십 정도로 보이지만 그의 나이는 지금 육십오 세.

그가 젊어 보이는 것은 그의 심후한 무공 때문이었다.

인후는 누구보다도 벽산의 무공을 잘 알고 있었다.

평생 도종의 그늘을 벗어나기 위해 부단히도 노력한 자. 덕분에 그의 무공은 놀라운 발전을 하였고, 세상에 알려지지 않은 절대고수 중한 명이 되었다. 그러나 여전히 도종의 그늘 속에서 벗어나지 못한 자가 바로 벽산이었다.

그 이전에도 벽산이 십도맹의 세 번째가 된 것은 이위인 산곡보다 무공이 못해서가 아니었다.

나이가 산곡보다 적었기 때문이다.

십도맹의 서열은 맹주 외엔 나이순으로 정해진 것이었다. 그래서 그는 실질적인 십도맹의 이인자로 불린다.

벽산의 눈빛에는 인후에 대한 사랑이 가득했다.

그가 어떻게 그녀에게 회유당했는지 능히 짐작할 수 있는 눈빛이었다. 그 외에 나머지 세 명은 분광도 문서광, 광마도 여소백, 자양도 사도황이었다.

그들 역시 이런저런 이유로 인후와 벽산의 거사에 힘을 보태고 있었다. 인후는 부드럽게 웃으면서 벽산을 바라보며 말했다.

"걱정하지 마세요. 이제 우리도 천천히 움직여야 할까 봐요. 그들은 아직 우리가 움직이는 것을 눈치채지 못하고 있겠죠?"

"당연히 짐작조차 못하고 있을 것이야. 누구도 우리가 움직일 것이라고 생각하지 못할 거야. 사실 인후가 알아냈으니 망정이지, 그렇지 않다면 맹주가 섬서성에 있을 줄은 우리도 전혀 몰랐을 것이고 감히 거사를 일으킬 생각도 못했겠지."

벽산의 말대로 인후가 맹주의 행방을 몰랐다면 지금 거사를 일으킬 생각조차 하지 못했을 것이다. 그녀는 어떻게 알았는지 맹주가 섬서성에 있다고 말해주었고, 모두들 지금이 기회라고 생각한 것이다.

그렇지 않아도 시간이 지날수록 자신들의 움직임이 맹주에게 알려질 것을 두려워하던 참이었다. 그리고 조금은 맹주도 자신들의 마음을 눈치챘을 것이라고 짐작하던 중이었다. 이젠 더 이상 뒤로 미룰 수도 없었다.

"우선 폭풍도 가한과 암사도 정운려를 죽이고 엽정을 사로잡으세요. 그래야 우리의 안전도 확실하게 확보될 수 있습니다."

인후의 말에 벽산이 고개를 끄덕이며 말했다.

"걱정 말게. 맹주가 없고 산곡과 감산도 없으니, 이번 일의 성공 확률은 십 할이라 장담할 수 있네. 문제는 나중에 있을 맹주의 분노겠지. 누가 뭐라 해도 그는 칠종의 한 명일세."

귀원에 대한 이야기가 나오자 앉아 있던 세 사람의 얼굴이 굳어졌다. 아무리 배신을 하는 상황이라 해도 도종 불패도의 이름은 그들에게 넘을 수 없는 벽이었고 두려움의 대상이었던 것이다.

인후가 가볍게 웃었다.

"귀원에 대해서는 걱정하지 마세요. 그를 상대하기 위해 사부님과 두 분의 사숙이 이곳으로 와 계십니다. 그분들의 무공이면 충분히 맹주를 감당할 수 있을 것입니다. 만약 세 분이 힘을 합해도 안 되면 우리가 합세하면 됩니다. 제아무리 도종의 무공이 강하다 해도 그 상황에서는 방법이 없을 것입니다."

그 말을 들은 벽산과 세 명의 도객은 안심한 표정을 지었다.

"그럼 오늘 새벽에 일을 거행하도록 하겠습니다."

인후의 말에 네 사람은 일제히 자리에서 일어섰다.

이제 행동만 남은 것이다.

더 이상 망설일 이유가 없었다.

그 시각, 십도맹의 암사각으로 한 마리의 전서구가 날아들었다.

전서구의 다리에 달린 전서통에는 맹주인 엽고현의 표식이 새겨져 있었다. 이는 십도맹에서도 극소수만이 알고 있는 비밀이라고 할 수 있었다.

암사각의 각주인 암사도 정운려는 이제 서른일곱이었다. 그러나 그녀의 나이가 어리다고 능력까지 어린 것은 아니었다.

암사도 자체가 살수의 도법이었고, 그녀는 살수의 무공까지 극성으로 익힌 여자였다. 그녀의 사부는 전대 십대도주 중 한 명이었던 야운도 이공이었는데, 이공은 맹주였던 귀원보다도 나이가 스무 살이나 더 많고 귀원의 사부와는 의형제 사이였다.

귀원은 이공을 사숙이라고 부르며 누구보다도 잘 따랐다.

늦은 나이에 정운려를 제자로 맞은 이공은 모든 정성을 들여 그녀를 키웠다. 그리고 귀원이 부인을 잃자 이공은 정운려를 그에게 시집보내려 하였다.

정운려 또한 그를 사랑하고 있던 터라 싫을 리가 없었다.

문제는 묘광도 인후의 오랜 세월에 걸친 귀원에 대한 사랑이었다. 부인을 잃고 나이를 떠나 정운려에게 연정을 느낀 귀원이었지만, 인후의 집요한 사랑과 아직 가슴에 남아 있는 전 부인에 대한 사랑을 잊지 못해 그녀를 받아들이지 못했다.

정운려는 귀원의 마음을 이해하였지만, 그를 사랑하는 마음은 어쩔 수가 없었다. 오히려 세월이 갈수록 그 사랑은 더욱 깊어져만 갔다.

그녀는 결국 누구의 사랑도 받아들이지 못하고 지금까지 홀로 사라가는 중이었다. 그녀는 사부가 죽은 후 자신의 능력을 발휘해서 실력을 인정받았고, 현재는 십도맹의 정보를 총괄하고 있었다.

전서구를 접한 그녀의 수하는 날아온 전서통의 표시를 보고 무엇인가 급한 일이 벌어졌다는 것을 눈치챘다.

단 한 번도 없었던 맹주의 비밀 서신이었던 것이다.

그녀는 전서통을 들고 달리기 시작하였다.

막 잠이 들려던 정운려는 다급하게 달려오는 발자국 소리를 들었다. 그녀가 알기로 이 늦은 시간에 이런 상황은 단 한 번도 없었던 일이었다.

문을 열고 들어선 이십대 후반의 여자는 전서통을 정운려에게 전해 주며 말했다.

"맹주님의 전서구였습니다."

"맹주님의?"

"예, 도주님. 분명합니다."

정운려의 표정이 굳어졌다.

'맹주님은 갑자기 사라지셨다. 나에게조차 어디로 간다는 말도 없으셨다. 그런데 갑자기 비상 전서구라니.'

정운려는 전서통의 표시를 확인한 후 급히 서둘러서 서신을 펼쳤다.

급. 아무래도 십도맹에 무슨 일이 있는 것 같소.

려 매의 말대로 십도맹의 암류가 지금쯤 터지려 할지도 모르겠소. 지금 내가 믿을 수 있는 것은 려 매와 가한뿐.

정이를 부탁하오.

만약 나의 우려가 사실이라면 충돌하지 말고 바로 도망치시오.

그리고 그곳에 숨어서 내가 올 때까지만 기다려 주시오.

서신이 그녀의 산매진화에 재가 되어 흩어져 날아갔다.

그곳이라면 어디인지 짐작이 갔다.

십도맹에서도 맹주와 그녀의 사부, 그리고 자신만이 아는 곳이었다.
그녀는 빠르게 옷을 갈아입고 무기를 들면서 말했다.

"너를 포함한 삼대암주를 전부 불러라!"

"복명."

그녀가 사라지고 잠시 후 다시 나타났을 땐 두 명의 여자가 함께하
고 있었다. 이 세 명의 여자가 암사도 정운려의 심복인 삼대암주들이
었다.

"제일암주는 은밀하게 암사대의 백이십 명 전원을 모아라."

"복명."

허리에 도를 차고 있던 여자가 소리없이 사라졌다.

그녀가 바로 암사각의 살인대라 불리는 백이십 명 암사대의 대주였
던 것이다.

"제이암주는 지금 각 도주들의 행방을 알아내서 내게 보고하라."

두 번째 여자가 사라졌다.

그녀는 암사각의 눈과 귀라는 암혼대의 대주였다.

마지막에 남은 여자는 그녀에게 전서구를 가지고 온 여자였다.

그녀는 제삼암주이자 그녀의 손과 발이라는 암천대의 대주였다.

"너는 지금 당장 밀정들을 풀어 귀원각의 동태를 철저하게 살펴라.
아울러 내 명령이 떨어지면 암사각과 폭풍각의 모든 힘을 십도맹 밖으
로 이동시킬 수 있게 준비하라."

"복명."

그녀의 명령을 받은 제삼암주가 사라졌다.

일각 후 제이암주가 나타났다.

"다섯 명의 도주들이 지금 묘화각에 모여 있습니다. 그리고 각 도주들의 핵심 무력들도 모여들고 있습니다. 너무 은밀해서 저희도 놓치고 있었습니다. 지금 자세히 알아본 결과 확실히 움직임이 이상합니다. 그리고 십도맹의 주변으로 은밀하게 무인들이 움직이고 있습니다."

정운려의 표정이 딱딱하게 굳어졌다.

"사실이었군. 그분이 어떻게 이 사실을 알았는지 모르지만 조금만 늦었어도 큰일날 뻔하였다. 암사각의 모든 힘을 십도맹 밖 백석평으로 비밀리에 이동시켜라. 나는 가한 오라버니에게 들러서 바로 귀원각으로 가겠다. 그 외의 준비는 삼암주가 해놓았을 것이다."

명령을 내리자마자 그녀의 신형이 사라졌다.

이암주는 황망한 시선으로 그녀가 사라진 허공을 바라보았다.

그녀는 암사각주가 지금처럼 서두르는 것을 본 적이 없었던 것이다. 그녀의 눈동자에 불안함이 깃들고 있었다.

무엇인가 큰일이 벌어지려는 것을 눈치챘기 때문이다.

새벽 동이 트기 전.

묘시가 시작될 무렵(다섯 시) 세 명의 인물들이 귀원각으로 다가왔다. 귀원각의 정문을 지키던 무사들의 눈이 커졌다.

지금 다가오는 사람들이 너무 뜻밖이었던 것이다.

그들은 십도맹의 도주들 중 세 명이었다.

무사들이 황급하게 인사를 하자 다가온 도주들 중 자양도 사도황이 빙긋이 웃으면서 말했다.

"미안하다."

무사들이 뜻을 몰라 도주들을 바라보았다.

사도황의 도가 번쩍 하는 순간 두 무사의 머리가 허공을 날아 땅에 떨어졌다.

세 명의 도주 중 묘광도 인후가 안색을 찌푸리며 말했다.

"들어가자."

세 명의 도주가 문을 열고 귀원각 안으로 거침없이 들어가자, 귀원각 내부를 지키던 무사들이 놀라서 뛰어나왔다가 그녀를 비롯한 삼대 도주를 보고 놀라서 멈추었다.

인후가 나타난 무사들을 보고 가볍게 인상을 찌푸리며 말했다.

"너희들은 모두 제자리로 돌아가고, 누가 가서 내가 소맹주님을 급히 뵙자고 전해라."

무사들이 제자리로 돌아간 다음, 소맹주의 거처로 갔던 무사 한 명이 다급하게 돌아왔다.

그의 곁에는 시녀 한 명이 함께하고 있었다.

시녀는 인후에게 다가와 인사를 한 후 말했다.

"소맹주님께서는 밤중에 급한 일이 생기셨다고 나가신 후 돌아오지 않으셨습니다."

인후의 안색이 굳어졌다.

"급한 일이라고?"

"그렇습니다."

"갑자기 밤중에 급한 일이라니, 무슨 일이라도 있는 것이냐?"

"그건 제가 잘 모르겠습니다."

"혼자서 나갔단 말이냐?"

"그것도 잘 모르겠습니다."

인후의 표정이 묘하게 변하였다.

그녀는 갑자기 불안한 마음이 들었다.

'무엇인가 잘못되었다.'

작은 심호흡을 한 다음 뒤를 돌아보며 말했다.

"눈치를 챈 것 같아요. 지금 당장 추적대를 조직하고 암사각과 폭풍각을 확인해 보세요."

그녀와 함께 왔던 두 명의 도주가 급하게 움직였다.

오대도주들은 급하게 서둘러서 천라지망을 펼쳤다.

만약을 위해서 태원을 중심으로 사방 삼십 리에 걸쳐서 펼쳐 놓았던 천라지망까지 전부 동원하였다. 이중으로 펼쳐진 포위망에서 십도맹의 소맹주와 암사각, 그리고 폭풍각의 중요 세력들이 감쪽같이 사라진 것이다.

배신을 꿈꾸던 다섯 도주의 입장에서는 황당한 일이었다. 그러나 그들은 실망하지 않았다. 도망친 자들이 결코 자신들의 천라지망을 빠져나가지 못했다는 것을 알기 때문이었다.

한두 명도 아니고 삼백여 명의 사람들이 자신들의 천라지망을 흔적도 없이 빠져나갈 수는 없기 때문이었다.

그리고 보름의 시간이 지났다.

묘광도 인후는 초조한 기색으로 서 있었다.

그녀의 뒤에는 네 명의 도주가 나란히 서 있었다.

월인도 벽산이 그녀에게 다가와 부드럽게 말하였다.

"인 매, 너무 초조해하지 마라. 우리에겐 아직 시간이 남아 있고, 그들은 절대로 이곳을 빠져나가지 못했다. 너도 알다시피 그들이 빠져나갈 수 있는 시간도 없었고 틈도 없었다. 이 근처 어딘가에 숨어 있는 것이 분명하다."

"그것은 저도 알고 있습니다. 하지만 이제 시간이 없습니다. 만약 이러다가 맹주라도 오게 된다면 어떻게 되겠습니까? 비록 내가 급하게 도움을 요청해서 사부님과 두 분 사숙께서 와 계시긴 하지만, 맹주가 그들과 합세라도 한다면 적지 않은 피해를 입을 것입니다. 그래서 그전에 그들을 처리하고 소맹주를 인질로 잡아야 합니다."

모두들 표정이 굳어졌다. 그러나 벽산은 밝게 웃으면서 말했다.

"그것은 기우다. 맹주가 너의 말대로 보름 전에 강서성에 있었다면 우리에겐 아직도 여유가 있다. 거기서 여기까지 거리를 계산해 본다면 앞으로도 십 일 정도의 여유가 있다."

"만약 이곳의 사정을 맹주가 안다면요?"

벽산이 고개를 흔들면서 말했다.

"여기서 벌어지는 일은 절대로 맹주에게 전달되지 못할 것이다. 움직이고 있는 사람에게 전서구를 보낼 수도 없을 것이고, 누군가 이곳을 빠져나가서 알린다고 해도 그것은 쉽지 않은 일이다. 자네의 말대로 맹주가 강서성에서 이곳으로 오는 중이라면, 맹주를 찾아서 전해 주는 데만 최소 며칠은 더 걸릴 것이다. 그렇다고 맹주가 무슨 신통력이 있어서 여기서 벌어지는 일을 미리 알 수도 없을 테고. 그렇지 않은가?"

인후는 벽산의 말에 조금 안심이 되는 느낌이었다.

"그렇기는 하지만 그래도 빨리 찾아서 처리하는 것이 좋아요."

"걱정 마라. 십도맹의 건물을 지을 때 귀원이 만약을 위해서 십도맹 근처에 비밀 장소를 만들어놓았다고 들었다. 그곳이 너무 은밀해서 찾기 어렵지만, 그 많은 인원이 숨어 있는 것도 한계가 있을 것이다. 그러니 곧 찾을 수 있을 것이라고 믿는다. 내 예상으로 우리는 아직 십일 정도의 여유가 더 있을 것이네."

인후는 조금 안심이 되었다.

이때 한 명의 그림자가 날아왔다.

인후는 나타난 그림자가 누구인지 한눈에 알아보았다.

그녀의 앞에는 묘광대의 대주인 한광묘도(寒光猫刀) 산요요가 한쪽 무릎을 꿇고 앉아 있었다. 그녀의 제일충복이라고 할 수 있는 여자였다.

"도주님께 보고드립니다."

"무슨 일이냐?"

"그들이 숨은 곳을 찾은 것 같습니다."

인후와 벽산을 비롯한 다섯 명의 도주들 얼굴이 밝아졌다.

"어디냐?"

"공석평(珙石平) 안입니다."

"공석평?"

"그렇습니다."

"그랬던가?"

인후의 얼굴에 허탈한 표정이 떠올랐다.

공석평은 십도맹에서 불과 오 리도 떨어지지 않은 곳이었다. 한쪽으로는 태산의 한 자락이 험하게 올라가 있고 주변은 숲으로 둘러싸인 곳이었는데, 옥처럼 고운 큰 바위들이 널려 있어서 공석평이라고 부르는 곳이었다.

그곳은 이전에도 분명히 찾아보았고, 어떠한 흔적도 발견하지 못했던 곳이었다. 그렇다면 그곳 어딘가에 비밀 장소가 있다는 말인데, 아무리 생각해 보아도 그곳엔 그럴 만한 곳이 없었다.

'대체 어디에?'

의문이 일었지만 산요요가 허튼소리를 할 리는 없었다.

무려 보름이나 샅샅이 뒤져서 겨우 찾아내었으니, 얼마나 치밀하게 만들어진 장소인지 대략 짐작이 갔다.

"자세한 이야기는 그곳에 가서 듣겠다. 모두 그곳으로 모이게 하라."

"복명!"

외침과 함께 산요요의 신형이 허공으로 사라져 갔다.

인후가 뒤를 돌아보며 말했다.

"우리도 그곳으로 가죠."

모두들 밝은 표정으로 인후의 뒤를 따랐다.

공석평 안으로 수백 명의 인물들이 모여들었다. 그리고 뒤이어 인후를 비롯한 오대도주가 나타났다.

산요요가 나타난 도주들 앞으로 다가가 공석평 한쪽을 가리켰다. 그곳은 태산의 한 자락과 맞닿아 있는 곳으로, 상당히 험한 산줄기가 마치 절벽처럼 삼십여 장이나 하늘로 올라간 곳이었다.

인후가 보기엔 단순히 산일 뿐이었다.

사도황이 황당하다는 표정으로 물었다.

"저곳이 비밀 장소란 말인가?"

산요요가 대답하였다.

"그렇습니다."

"산밖에 안 보이는데."

"저희도 그렇게 생각하고 있었습니다."

"어떻게 저곳이 비밀 장소라고 생각하는 것인가?"

"그 많은 인원이 여러 날을 지내려면 반드시 필요한 것 중 하나가 물입니다. 당시 상황을 돌이켜보면 소맹주 일행은 피하는 데 급급해서 물이나 음식을 제대로 준비하지 못했을 겁니다. 제아무리 무인들이라지만, 음식은 몰라도 물 없이는 오래 버티지 못하는 법입니다. 그래서 우리는 근처에서 물을 구할 수 있는 곳에 사람을 풀어놓고 지키게 하였습니다. 결국 이 근처에서 가장 가까운 샘터에 누군가가 나타났고, 저 산 안으로 꺼지듯이 사라지는 것을 확인하였습니다. 결국 조사한 끝에 지금 우리가 보는 것은 천연 동굴 입구를 가리기 위해 만들어진 절진이란 것을 알게 되었습니다."

"흐흐, 그렇단 말이지. 그렇다면 굳이 우리가 저 안으로 들어가지 않아도 되지 않을까?"

사도황의 말에 산요요가 대답했다.

"저도 그렇게 생각합니다. 진을 해체하고 불을 질러도 되고, 아니면 안에다가 독탄을 투여해도 될 거라고 생각합니다."

사도황이 입가에 차가운 웃음을 머금고 말했다.

"좋은 생각이군. 그럼 기다리지 말고 빨리 처리하도록."

"복명."

산요요가 벌떡 일어서서 산자락을 향해 가다가 갑자기 멈추었다. 갑자기 눈앞의 산 한쪽이 사라지면서 높이 일 장이나 되는 동굴이 나타난 것이다.

第十四章

묘광인후(猫光引煦)

―소녀의 미소는 죽음을 부른다

갑작스런 변화에 모두들 놀라서 동굴을 바라보았다.

광마도 여소백은 혹시 산요요가 동굴 앞의 진을 해체한 것이 아닌가 하고 그녀를 바라보았다. 그러나 그녀 역시 어안이 벙벙한 표정인 것을 보고 그녀와는 전혀 상관없이 벌어진 일이란 것을 알았다.

"누가 나오는군."

벽산의 조금 긴장한 듯한 말에 모든 시선이 다시 동굴로 향했다.

동굴 속에서 십여 명의 인물들이 천천히 걸어나오고 있었다.

나오는 인물들을 본 오대도주들의 표정이 조금 굳어졌다.

그들 중에 반갑지 않은 자들이 둘이나 있었던 것이다. 다행이라면 그래도 그중에 도종 귀원의 모습이 없다는 점이었다.

벽산은 두 사람을 번갈아 보면서 냉랭한 목소리로 말했다.

"산곡과 감산이 나타날 줄은 몰랐군. 저들만 먼저 돌아온 것인가?

아니면 맹주도 함께 돌아온 것인가? 보아하니 맹주는 없는 것 같은데."

그의 말투를 보면 아쉽다는 것인지, 아니면 다행이라는 것인지 분간하기 어려웠다. 벽산의 말을 들었는지 나타난 인물들 중에 산곡이 피식 웃으면서 말했다.

"그래도 맹주님은 두려운 모양이군."

벽산은 당당한 목소리로 대답하였다.

"두렵다. 누구라도 맹주님을 두려워하지 않는 자는 없을 것이다. 설사 천군삼성이라 해도 맹주님은 두려워할 것이다. 칠종 중에서도 가장 강한 분을 누가 무서워하지 않겠는가?"

"그걸 알면서도 배신을 해. 인후의 미모에 홀려서인가?"

벽산의 얼굴에 씁쓸한 표정이 떠올랐다.

그는 인후를 보면서 말했다.

"아주 아니라고는 하지 않겠다. 그러나 그것이 전부는 아니다. 남아로 태어나 언제까지 남의 밑에 있을 수는 없지 않은가? 나는 맹주의 그늘을 벗어나고 싶었다. 진짜 이유는 그것이다."

"단순히 그것 때문인가?"

"그거보다 더 큰 이유가 있을 수 있나? 나에게 있어서 맹주는 삶의 목표였다."

"그렇다고 배신을 해? 적어도 남자라면 당당하게 겨루어서 넘어설 생각을 해야 하는 것 아닌가?"

산곡의 꾸지람에 벽산은 피식 웃으면서 말했다.

"당당하게 겨룬다면 나는 질 것이다. 힘으로 안 된다는 것을 알기에 다른 방법을 택한 것이다. 그리고 나는 배신을 한 것이 아니라 내 꿈을 위해 날개를 편 것이다."

"내 아래 있는 것이 그렇게 싫었었던가?"

갑자기 들려온 말에 놀란 벽산과 인후를 비롯한 오대도주들이 놀라서 고개를 돌려 소리가 난 곳을 바라보았다. 그러나 고개를 돌리기 전에 이미 그들은 창백하게 질려 있었다.

목소리가 너무 익숙했던 탓이었다.

어찌 그들이 맹주의 목소리를 잊을 수 있겠는가?

오대도주들은 모두 굳은 표정으로 맹주인 도종 귀원을 바라보았다. 도종 귀원의 옆에는 한 명의 청년이 도끼 한 자루를 옆에 끼고 서 있었다.

벽산은 한동안 숨이 막히는 듯 호흡을 조절한 후 말했다.

"오셨습니까, 맹주. 상황이 좋지 않아서 인사는 이 정도로 마치겠습니다."

도종 귀원은 벽산을 바라보았다.

이미 오래전부터 벽산을 비롯한 사대도주가 십도맹을 이탈하고 있다는 정보를 들어 짐작은 하고 있던 참이었다. 그러나 설마 배신까지 생각하고 있을 줄은 몰랐다. 특히 자신을 사랑하고 있던 인후의 배신은 도종에게 큰 충격을 주었다.

처음 소소의 말을 듣고 짚이는 것이 있어서 서둘렀고, 다행히 먼저 출발한 산곡과 감산을 만나서 함께 돌아올 수 있었다. 그리고 그 뒤를 서둘러 쫓아온 관표와 백리소소, 그리고 마종과 합류할 수 있었다. 산서성에서 산동성까지는 결코 가까운 거리가 아니었다. 그러나 절정고수들인 그들은 밤낮을 가리지 않고 신법을 펼친 끝에 늦지 않게 미리 약속된 곳에 도착할 수 있었다.

도착해서 일단 운기를 하고 난 후 백리소소는 한 사람을 내보내 이들을 이곳으로 한꺼번에 유인한 것이다. 배신자들이 공석평에 나타났을 때 가장 놀란 것은 도종이었다. 설마 배신자들 중에 인후가 있을 줄은 생각하지 못했던 것이다. 아름답고 현숙해 보이는 인후에게 정이 가지 않았던 이유를 이제야 알 수 있었다는 생각도 들었다. 그리고 실제 이들을 모아 배신을 하게 만든 사람이 누구인지도 알 것 같았다.

인후에게 어느 정도 책임감 같은 기분과 미안한 감정을 동시에 가지고 있던 도종이었다. 그래서 그녀의 눈치를 보느라 정운려의 마음조차 함부로 받아들이지 못했었다.

물론 또 다른 이유도 있었다.

십대도주들 중 광마도 여소백과 자양도 사도황이 정운려를 사랑하고 있다는 사실을 알고 있었기 때문이다. 이 얽히고설킨 정의 관계 때문에 도종의 갈등도 깊어갔다.

도종 엽고현은 가볍게 숨을 고르며 벽산에게 말했다.

"남자라면 그 정도 꿈은 있어야지. 인정하네. 한데 자네의 성격으로 보아 자네는 아닐 것 같고."

도종 엽고현의 시선이 인후에게 닿았다.

인후의 얼굴이 파르르 떨린다.

"나에게 접근했던 이유가 전륜살가림의 지시 때문이었나?"

엽고현의 물음에 인후의 안색이 백지장처럼 변하였다.

그녀는 놀랍고 당황해서 제대로 대답을 하지 못했다.

설마 맹주가 자신의 정체를 알고 있으리란 생각은 전혀 하지 못했던 것이다. 그러나 그녀가 놀라는 것을 보고 더욱 당황한 것은 벽산과 나머지 도주들이었다.

그들은 지금 상황을 이해할 수 없다는 표정으로 인후를 바라보았다.

여기서 왜 전륜살가림이란 말이 나온단 말인가? 인후의 표정은 곧 침착해졌다. 여기서 자신의 정체가 노출된다면 모든 것은 완전히 끝장이었다.

그녀는 도종을 노려보면서 말했다.

"무슨 말을 하는 거죠? 내가 왜 전륜살가림의 지시를 들어야 한단 말이죠? 내가 배신을 한 이유는 당신보다 벽 오라버니를 더 사랑하게 되었고, 이왕이면 내가 사랑하는 분이 십도맹의 맹주가 되는 것이 좋다고 생각했을 뿐이에요."

그녀의 말에 엽고현은 고개를 흔들었다.

"평소의 인후답지 않군. 이 정도 상황이면 이제 솔직히 말해도 되지 않소? 아니면 나를 상대하기 위해 초청한 고수들이나 불러보시구려. 그들에게서 정체를 찾아내면 되니까."

인후의 말에 기분이 좋아졌던 벽산이 도종을 바라보며 말했다.

"그걸 어떻게?"

"그럼 자네들만으로 나를 상대하려 했는가? 자네의 실력이 대단하지만 그 정도라고는 생각하지 않네. 최소 나를 견제할 만한 고수가 있었겠지. 그렇다면 그 부분은 자네를 충동질한 인후가 책임지지 않았을까 해서일세."

벽산의 얼굴이 참담하게 변하였다.

분하지만 도종의 말은 사실이었다.

인후 역시 할 말이 없었다. 하지만 그녀는 도종 앞에서 자신이 초라해지는 것을 용납할 수가 없었다. 그래도 사랑하는 사람 앞에서는 끝까지 당당하고 싶었고, 자의든 타의든 자신이 선택한 남자가 도종을 어떤 식으로든 이겨서 자신의 자존심을 세워주길 바랬다. 그러나 처음부터 그 계획은 어긋나고 있었다.

벽산은 인후를 바라보았다.

인후는 이번 일에 자신의 사부와 사숙들을 불렀다고 했다. 그리고 그녀의 사부와 사숙들은 바로 백호궁의 백호들이었고, 그들은 누구나 다 아는 고수들이었다.

바로 백호 중에서도 상위 십위권에 들어가는 고수들이었기 때문이다. 그들은 일 갑자도 전에 활동하던 고수들로 강호에서는 삼절수라(三絶修羅)라고 불리던 마도의 절정고수들이었다.

수라마도(修羅魔刀), 수라마검(修羅魔劍), 수라마창(修羅魔槍)으로 불리는 이들은 한때 마도무림에서 무적의 고수들로 군림했었다. 특히 세 사람이 함께 펼치는 협공은 아직까지 패한 적이 없다고 알려져 있었다.

이들 중 수라마도를 인후의 사부로 알고 있는 벽산이었다. 그래서 그들을 믿고 이번 일을 도모할 수 있었다. 그들 셋이면 충분히 도종 귀원을 상대할 수 있으리라 생각한 것이다.

벽산의 생각은 틀리지 않았다.

분명히 삼절수라의 협공이라면 도종 한 명을 상대하기에 부족함이 없었다. 그들은 그 정도로 대단한 고수들이었다.

백호 중에서도 십위권 안에 들어가는 고수란 그렇게 대단한 것이다. 뿐만 아니라 삼절수라는 그 안에서 사귄 친구들도 여럿 있어서 그들까지 힘을 보태준다고 하였었다.

설사 조금 모자라도 자신이 힘을 보탠다면 충분히 도종을 상대할 수 있으리라고 생각했다. 그동안 남몰래 닦아온 자신의 무공을 어느 정도 믿었기에 가능한 생각이었다. 그런데 갑자기 전륜살가림이 여기서 왜 나온단 말인가? 그는 누구보다도 도종을 잘 안다. 그가 말을 함부로 하는 사람이 아니란 것도 잘 안다. 하지만 삼절수라나 인후가 전륜살가림의 인물이란 것 역시 믿을 수 없었다.

아니, 그보다는 인후의 사랑을 부정하기가 싫었다.

정말 그렇다면 자신은 너무 비참하게 될 것이다.

인후는 차가운 표정으로 벽산을 보면서 말했다.

"저를 못 믿으시나요. 제가 왜 사부님과 사숙님들을 놔두고 전륜살가림 같은 곳이랑 손을 잡겠어요. 더군다나 그걸 알게 되면 산 오라버니가 저를 절대로 용납하지 않을 거란 사실을 알고 있는데 말이죠."

그녀의 말을 들은 벽산이 고개를 끄덕였다.

이때 그들의 뒤쪽에서 세 명의 노인이 나란히 걸어나오면서 말했다.

"흐흐, 맞다. 우리는 백호궁의 백호일 뿐 전륜살가림과는 무관하다."

모두 소리가 난 곳을 바라볼 때 어느새 세 명의 노인이 인후의 옆에 나란히 섰다. 그들을 본 인후와 벽산, 그리고 나머지 삼대도주들의 표정이 밝아졌다.

인후가 얼른 허리를 숙이고 말했다.

"인후가 사부님과 사숙님들을 뵙습니다."

세 명의 노인이 웃으면서 고개를 끄덕이고 도종의 앞에 나란히 섰다. 세 노인을 본 도종 귀원은 고개를 가볍게 흔들었다.

이미 그들을 알고 있다는 투였다.

그중 허리에 도를 차고 있는 노인이 도종 귀원을 보며 말했다.

"오랜만이군, 도종."

도종의 얼굴이 차갑게 굳어졌다.

"늙어서 부끄럽지도 않은가?"

"부끄럽지는 않지. 하지만 오늘은 반드시 너를 잡아 죽이고 말겠다. 우리는 평생 동안 그때의 패배를 잊을 수 없다. 너는 교활하게도 우리를 흩어지게 만들고 한 명씩 이겨 나갔지. 하지만 지금은 그렇게 할 수 없을 것이다."

"일 대 일 대결은 정당한 것이다. 셋이서 한꺼번에 덤비려고 하는 너희들이 비겁한 것이지."

"흐흐, 하지만 우리가 익힌 최고의 무공은 셋이서 펼치는 삼절수라진이다. 그러니 꼭 비겁하다고 말할 순 없는 것이지. 그렇다면 소림의 십팔나한진이나 무당의 칠성검진도 비겁하다고 해야 한다. 그렇지 않은가?"

도종은 피식 웃으며 옆에 서 있는 관표를 보며 말했다.

"비겁하다고 한 말을 잘못 알아들었군. 어차피 상관없겠지. 그렇다면 나도 함께 싸워야 하겠군."

수라마도가 비웃는 표정으로 말했다.

"도종도 궁색해졌군, 어린아이에게 도움을 요청하다니."

"어린아이라… 글쎄, 내 의제가 누구인지 알고도 그런 말을 할 수 있을지 모르겠군."

도종의 여유있는 대답에 삼절수라는 기분이 이상하게 좋지 않았다. 우선 자신들을 눈앞에 두고도 너무 태연한 도종과 청년의 모습이 기분 나빴다.

도종의 말은 오대도주들은 물론이고 동굴 안에서 나온 정운려와 가한, 그리고 소맹주인 엽정을 놀라게 만들었다.

도종 귀원을 잘 아는 그들이었다.

설마 도종이 의제를 맞이할 것이란 생각은 하지 못했던 것이다. 모두의 시선이 청년에게로 향했다.

그저 평범한 덩치가 좀 큰 청년이 거기 있었다.

수라마도가 청년을 보고 물었다.

"네놈은 누구냐?"

관표는 수라마도를 보면서 담담한 표정으로 대답하였다.

"관표라고 합니다."

"관표? 허… 헉! 관표라니. 투, 투왕 관표?"

관표가 가볍게 고개를 끄덕이며 말했다.

"남들이 그렇게 부르더군요."

공석평이 조용해졌다.

모두들 나름대로 놀란 시선으로 관표를 보고 있었는데, 그들은 큰 충격을 받은 표정들이었다. 특히 배신을 했던 오대도주들이나 삼절수라들은 가슴이 덜컥 내려앉았다.

엽고현의 아들 엽정은 얼굴이 상기된 표정으로 관표를 보고 있었는데, 그의 얼굴엔 동경심과 존경심이 가득했다.

엽정의 우상은 바로 관표였던 것이다.

벽산은 놀란 가슴을 겨우 진정시키고 관표를 보고 물었다.

"귀하가 정말 투왕이오?"

관표는 당연하다는 표정으로 태연하게 말했다.

"그렇소."

"그… 그럼 무후는?"

"나는 왜 찾죠?"

모두들 소리가 난 곳을 바라보았다.

도종과 관표가 나타난 반대편 숲에서 일남 일녀가 나타났다.

너무도 고귀하고 아름답게 생긴 여자와 중년의 철혈대한이었다.

사람들은 한눈에 여자가 무후란 것을 알아보았다.

그녀가 아니라면 세상에 저렇게 아름다운 여자가 또 있을 수 없기 때문이었다. 제법 미인이라고 알려진 인후와 정운려의 존재감이 사라지고 있었다.

오대도주들은 자신들의 꿈이 와르르 무너지는 것을 느꼈고, 지금까지 긴장하고 있던 정운려와 엽정 등은 놀라움과 동시에 마음이 편해지는 기분이었다.

도종에 투왕과 무후면 세상에 무엇이 두려우랴.

인후가 떨리는 목소리로 말했다.

"저, 정말 무후라니⋯⋯."

백리소소는 몇 발자국 앞으로 나온 다음 인후를 보면서 말했다.

"백호궁과 혈교, 그리고 전륜살가림이 한통속인 줄은 알고 있었지만, 이렇게 노골적으로 나올 줄은 몰랐군요."

그녀의 말에 인후가 놀라서 발작적으로 소리를 질렀다.

"그게 무슨 말이냐? 네가 아무리 무후라고 하여도 말을 함부로 하면 안 된다! 그리고 저분들은 모두 백호궁의 백호들이시다. 함부로 말을 했다가는 백호궁과 적이 된다는 것을 생각해야 할 것이다."

나타나기 전 요안으로 그녀의 무공을 살펴 본 백리소소가 웃으면서 말했다.

"백호궁을 들먹여 겁을 줄 생각이라면 그만두세요. 그리고 인후의 무공은 내가 보기에 저기 세 분보다 절대로 부족하지 않은 것 같은데, 어떻게 저 세 분이 스승이 되었는지 궁금하군요. 청출어람이라고 말할 수도 있겠지만, 서로 사용하는 무공도 다르군요."

백리소소의 말에 인후는 당황하였다.

설마 백리소소가 한눈에 자신의 모든 것을 파악할 줄은 생각하지 못했던 것이다.

백리소소는 요안을 통해 요제와 인후, 그리고 사령혈마 담대소의 무공이 한 종류라는 것을 파악하고 있었다.

"너는 무슨 근거로 그렇게 말하는 것이냐?"

인후의 말에 백리소소는 별거 아니란 말투로 말했다.

"나는 제법 많은 것을 알고 있답니다. 우선 당신이 혈존인 사령혈마 담대소의 제자란 것도 알고 있죠. 내 손에 당한 요제와는 사형제지간이고."

그녀의 말에 삼절수라와 인후는 적잖게 당황하였다. 그러나 인후는 애써 태연한 표정으로 백리소소를 쏘아보면서 말했다.

"너는 감히 네 상상을 마치 진실처럼 말하는구나. 대체 무슨 근거로 그런 말을 하는지 말해보아라. 제대로 대답을 못한다면 절대로 가만두지 않겠다."

그 말을 들은 백리소소는 재미있다는 표정으로 말했다.

"가만두지 않으면 어쩔 건대요."

그녀의 말을 듣고서야 인후는 다시 한 번 지금 상황을 인지하였다. 지금 상황은 자신들이 너무 불리한 상황이었다. 누군가를 협박할 수 있는 자리도 아니었고, 자신이 무후와 투왕을 협박한다는 자체가 우스운 상황이었다.

이이가 어른에게 협박할 수는 없는 것이다.

인후와 백리소소의 이야기를 듣고 있던 벽산을 비롯한 사대도주들은 크게 당황하고 있었다. 백리소소의 말을 그냥 흘려들을 수가 없었던 것이다. 만약 정말로 인후가 전륜살가림과 관련이 있다면 자신들은 설혹 배신이 성공을 한다고 해도 영원히 중원무림의 표적이 되어야 할 판이었다.

결국 끝까지 전륜살가림의 꼭두각시로 살아가야만 한다.

그건 생각만 해도 끔찍한 일이었다.

그렇다고 무후와 투왕이 이 상황에서 군이 거짓말을 할 필요는 없었다. 지금 무후와 투왕, 그리고 도종이 함께 있다. 그들의 실력이면 지금 자신들로서는 도저히 상대할 수 있는 전력이 아니었다.

한마디로 그들이 거짓말을 할 필요가 없다는 것이다.

벽산이 인후를 똑바로 보면서 물었다.

"무후의 말이 사실이오?"

인후가 차가운 표정으로 말했다.

"나를 뭘로 보고 그런 말을 하는 것이죠?"

삼절수라 역시 불쾌한 표정으로 벽산을 바라보았고, 그들 중 수라마도가 냉랭하게 말했다.

"백호궁이 뭐가 아쉬워서 전륜살가림과 손을 잡는단 말인가? 감히 백호를 모욕하는가?"

삼절수라의 강한 대응에 벽산이 당황할 때였다.

소소가 웃으면서 말했다.

"이번 거사를 하게 된 이유가 도종이신 귀원 시숙께서 강서성에 있다는 것을 알고 한 짓이겠죠. 그렇다면 그 소식을 어떻게 알게 되었죠? 시숙께서 강서성에 간 것을 아는 사람은 십도맹에 아무도 없었죠. 우리 이외에 시숙께서 그곳에 있는 것을 알고 있는 자들이 있다면 그곳에서 우리랑 생사의 혈전을 벌인 전륜살가림뿐이었죠. 그들이 소식을 전해주었다면 여기서도 알 수 있죠. 그리고 그곳에서 이곳까지 신속하게 소식을 전할 수 있는 것은 전서구뿐입니다. 전서구의 특성은 훈련으로 정해진 곳에만 소식을 전할 수 있다는 것이고, 이는 지속적으로 통신이 이루어지는 상대가 아니라면 전서구를 교환할 수 없다는 말과 같죠. 참고로 우리가 강서성에서 전륜살가림과 결전을 벌인 것은 불과 이십 일 전이죠."

그녀의 말을 들은 벽산을 비롯한 사대도주들의 표정이 굳어졌다.

그들은 모두 인후를 바라보고 있었다.

인후는 더 이상 빠져나갈 곳이 없음을 알았다.

삼절수라 역시 당황한 기색이 역력했다. 그러나 인후의 표정은 조금도 변하지 않았다.

그녀는 매서운 표정으로 소소를 노려보면서 말했다.

"네년은 정말 대단하구나. 하지만 나는 절대로 전륜살가림과 연관이 없다."

백리소소는 입가에 잔잔한 미소를 지으며 말했다.

"수십 년 동안이나 십도맹에 숨어들어 간자 노릇을 한 분이니 쉽지는 않으리라 생각했어요. 하지만 아무래도 상관없죠. 그럼 이제 시숙님과 은원을 해결하도록 하세요. 참고로 우리에게 타 문파의 일에 끼어들지 말라는 엉터리 말은 하지도 말아요. 왜냐하면 제 지아비께서 그대의 맹주님과 의형제 사이라 이 일은 결코 남의 일이 아니랍니다. 불쌍한 것은 당신의 달콤한 말과 육체에 속아서 인생을 망친 멍청이들이지요."

그녀의 말을 들은 벽산과 사대도주들의 얼굴이 참담하게 변했다.

인후가 분함을 참고 백리소소를 노려보고 있을 때였다.

벽산이 도종의 앞으로 걸어왔다.

도종은 묵묵히 벽산을 바라본다.

"맹주님께 묻고 싶습니다."

"말해라."

"무후의 말이 사실입니까?"

"벽 오라버니?"

인후가 벽산을 불렀지만 벽산의 표정은 단호했다.

"넌 내가 사실이라고 하면 믿을 참이냐?"

"내가 비록 배신을 했지만 맹주를 존경하는 마음이 변한 것은 아닙니다. 그리고 맹주가 결코 치졸한 사람이 아니라는 것도 잘 알고 있습니다. 다시 묻겠습니다. 무후가 한 말이 사실입니까?"

"나는 아무나 내 동생으로 삼지 않는다. 그리고 제수씨의 말이 거짓이었으면 중간에 내가 말을 막았을 것이다."

"벽 오라버니는 나를 못 믿는 것인가요?"

벽산은 인후의 말을 무시하고, 도종에게 고개를 끄덕이며 말했다.

"맹주를 믿습니다. 부탁이 있습니다."

인후의 표정이 창백하게 변했다.

"말하게."

"일단 죄는 나중에 청하겠습니다. 하지만 미안하다는 말은 하지 않겠습니다."

벽산이 도를 뽑아 들었다.

모두들 긴장한 시선으로 벽산과 도종을 본다.

벽산이 도종에게 정식으로 도전한 것이라고 본 것이다.

도를 뽑아 든 벽산이 돌아서면서 도를 휘둘렀다.

번쩍 하는 섬광과 함께 인후의 머리가 날아갔다.

인후는 설마 하는 마음으로 벽산을 보고 있다가 갑자기 자신을 공격하는 바람에 대항조차 못하고 목이 날아갔다. 참으로 허무한 최후라고 할 수 있었다.

단 일 도에 그녀의 목을 벤 벽산은 천천히 도종에게 다가와서 말했다.

"일 대 일로 도전을 청합니다."

도종이 고개를 끄덕이며 앞으로 나섰다.

"좋아. 그래도 제삼도주답군."

이 갑작스런 상황에 삼절수라의 입이 쩍 벌어졌다. 그러나 놀라움도 잠시, 그들은 분노한 표정으로 벽산에게 달려들려고 하였다. 그러나 그 순간 번쩍 하는 섬광과 함께 한 대의 화살이 날아와 수라마검의 심장에 꽂혔고, 관표가 잠룡둔형보법으로 달려오면서 맹룡분광수를 펼쳤다.

한 마리의 용이 꿈틀거리자 수라마창이 단 일 격에 삼 장이나 날아가 즉사하였다. 그 혼자의 힘으로는 삼절황의 하나인 맹룡분광수를 감당하기가 불가능한 일이었다.

혼자 남은 수라마도가 놀라서 엉거주춤할 때였다.

백리소소의 곁에 있던 남자가 들고 있던 검을 던졌다.

검은 번개처럼 날아가서 수라마도의 목을 자르고 주인의 손으로 돌아왔다.

"이기어검술이라니!"

자양도 사도황이 어이없는 표정으로 말했다.

이건 자기들과는 너무 차원이 다른 고수들이었다.

투왕과 무후는 그렇다 치고 또 한 명의 남자는 누구기에 이기어검술을 저렇게 쉽게 쓸 수 있단 말인가? 정운려가 놀라서 마종을 보다가 다시 산곡을 바라보았다.

대체 누구냐는 표정이었다.

"저분은 여불휘란 분이시다."

"천마제(天魔帝) 여불휘. 마종."

정운려는 너무 놀라서 말소리가 떨려 나왔다.

투왕과 무후에 이어 마종이라니.

지금 이 자리에 십이대초인 중 네 명이나 모여 있는 것이다.

모두들 얼떨떨한 표정들이었다.

배신을 꿈꾸었던 삼대도주들은 반항을 포기한 채 허탈한 표정으로 투왕과 무후, 그리고 마종을 번갈아 보고 있었다.

관표 일행과 헤어진 호치백은 백리세가로 돌아가고 있었다.

부지런히 백리세가를 향해 걸어가던 호치백은 앞에서 걸어오는 세 명의 이상한 남녀를 보고 고개를 갸웃거렸다.

제법 준수한 모습의 청년과 한 명의 소녀, 그리고 붉은 머리카락이 돋보이는 중년의 남자였다.

청년이 앞장서서 걷고 있었으며, 소녀와 중년의 남자는 청년을 호위하듯이 뒤에 서서 따라오고 있었다.

호치백은 이들의 모습을 신기한 듯 바라보았다. 특히 소녀의 모습이 너무 귀여웠던 것이다. 소녀는 자신을 보고 있는 호치백을 호기심이 동한 표정으로 살피더니 말했다.

"호호, 아저씨는 참으로 멋지군요. 혹시 강호에서 호치백이라고 불리시는 분이 아닌가요?"

호치백은 몹시 놀란 표정으로 그녀를 바라보았다.

"소저는 나를 아십니까?"

소녀가 방긋 웃으면서 고개를 끄덕였다.

"이거 무안합니다, 저는 도통 기억이……. 그런데 어떻게 나를 알죠? 물론 나야 소저처럼 아름다운 분이 알아준다면 영광이지만."

소녀가 더욱 반가운 표정으로 웃으면서 말했다.

"호치백님은 저를 모르시겠지만, 저는 호치백님을 잘 안답니다."

호치백이 놀란 표정으로 그녀를 다시 한 번 바라보며 물었다.

"아름다운 소저가 저를 기억하고 있다니, 오늘 이 호치백의 운수가 좋은 날인가 봅니다."

"왜냐하면 우리가 반드시 죽여야 할 분이라, 호치백님의 초상화를 보면서 열심히 기억을 해놓았기 때문이랍니다. 그래도 혹시나 했는데 참으로 다행입니다."

호치백의 표정이 굳어졌다.

"아름다운 분이 그런 농담을 하면 좋지 않답니다."

소녀가 놀란 표정으로 물었다.

"왜 농담이라고 생각하시는 거죠? 저는 정말 진심이랍니다."

호치백이 미미하게 표정을 굳히면서 물었다.

"그럼 왜 나를 죽이려고 하는 것입니까?"

"전 전륜살가림의 이대호법대전사 중 한 명인 도라고 합니다. 그리고 서쪽에 서 있는 조금 무식하게 생긴 멍청이가 제 사제인 탄이죠. 그리고 이분이 바로 전륜살가림의 현 림주이시자 저와 탄의 스승님이신

천존 이가람님이십니다. 그리고 미리 말하지만, 스승님은 천하제일인
이십니다. 이제 왜 호치백님을 죽여야 하는지 알겠죠? 반드시 아셔야
합니다. 다시 설명을 하게 된다면 도는 너무 슬퍼질 것입니다."

도는 정말 슬픈 표정이었다. 그러나 그녀의 표정을 보는 호치백의
표정은 더없이 굳어 있었다. 그리고 그녀가 자신을 정말 죽이려 한다
는 사실을 알았다. 그 이유도.

"그렇군. 설마 천존을 이렇게 만나게 될 줄이야. 그런데 누가 날 죽
일 거지?"

도가 천진하게 웃으면서 말했다.

"호치백님은 제가 맡기로 했답니다."

"고맙구나."

"고맙기는요. 오히려 저를 심심하지 않게 해주서서 정말 감사하답니
다. 사실 이곳에서 호치백님을 만나게 된 것은 정말 행운이랍니다. 우
리는 혈존 사숙을 만나러 가던 중이었거든요."

호치백의 표정이 더욱 굳어졌다.

혈존이라면 사령혈마 담대소를 말하는 것이라고 짐작했다.

"그렇구나. 그렇지 않아도 담대소는 얼마 전에 본 적이 있다."

호치백의 말에 도와 청년의 표정이 조금 변하였다.

"그렇군요. 역시 지자답게 많이 알고 있었군요. 이래저래 인연이 많
은 분. 이만 편히 쉬세요. 살아 있다는 것 자체가 고뇌랍니다. 죽는 것
은 안식이요, 내세를 위한 준비랍니다. 그래서 도는 이 일에 아주 큰
보람을 느끼고 있답니다."

도가 천천히 손을 들어올렸다.

호치백은 검을 뽑아 들었다.

도가 조금 슬픈 표정으로 말했다.

"대항하지 마세요. 대항하게 된다면 고통스러워진답니다."

호치백은 가볍게 웃으면서 말했다.

"나는 그냥 죽기엔 너무 억울하구나. 우선 아직 장가도 가지 않았다. 더욱 억울한 것은 근래 제법 괜찮은 아가씨를 만났는데, 꼭 다시 만날 것 같은 기분이 들었단다. 그런데 다시 보기도 전에 죽을 순 없지 않느냐?"

"모든 것은 미련이고 집착이랍니다. 그것에서 해방되세요. 안녕."

도의 손에서 미증유의 거센 힘이 뿜어져 나왔다.

호치백의 도가 매섭게 허공에 선을 그리며 도의 손에서 뿜어진 힘에 대항을 하였다. 그러나 미처 삼 초를 견디지 못하고 가슴이 답답해지는 것을 느낀 호치백이 당황하는 순간, 도의 입가에 하얀 미소가 어렸다.

호치백은 그 미소를 보면서 엄청난 힘이 밀려오는 것을 느끼고 무의식중에 검을 휘둘렀지만, 둔탁한 충격과 함께 삼 장이나 뒤로 튕겨져 날아갔다.

그가 땅바닥에 처박히려던 순간이었다.

갑자기 허공에서 하나의 그림자가 나타나더니 떨어지는 호치백을 낚아채서 조용히 내려섰다.

도와 탄이 놀라서 나타난 인영을 바라보았다.

그림처럼 아름다운 아가씨가 호치백을 안고 서 있었다.

도가 고개를 갸웃거렸다.

강호무림의 중요한 인물들은 그림으로 모두 기억하고 있는 그녀였지만, 지금 눈앞의 여자만큼은 기억할 수가 없었다.

도가 조금 황당한 표정으로 물었다.

"누구시죠?"

"넌 알 거 없다."

도를 싹 무시한 그녀는 천존을 보고 물었다.

"네가 전륜살가림의 천존인가?"

천존은 몹시 흥미롭다는 표정으로 그녀를 바라보았다.

도와 탄은 놀란 표정으로 천존을 본다.

그들이 아는 한 사부가 지금 같은 표정을 지은 것은 처음이었다. 그것은 지금 눈앞의 여자가 그들이 상상할 수 없는 고수란 뜻일 것이다. 도는 그것을 인정할 수가 없다는 표정으로 나타난 여자를 다시 한 번 바라본다.

다시 봐도 누구인지 알 수가 없었다.

어쩌면 당연한 일이었다.

그녀의 옛 모습은 지금 거의 사라지고 없었기 때문이다.

〈제8권 끝〉